SON DÉSIR AUX COURBES GÉNÉREUSES

UNE ROMANCE DE PETITE VILLE AVEC UNE
HÉROÏNE AUX COURBES VOLUPTUEUSES

À LA RECHERCHE DU HÉROS LITTÉRAIRE PARFAIT
TOME NEUF

MARY E THOMPSON

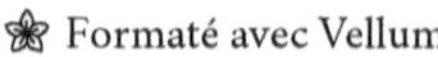 Formaté avec Vellum

À LA RECHERCHE DU HÉROS LITTÉRAIRE PARFAIT

Merci de visiter L'anse MacKellar ! L'amour est dans l'air, et nous sommes ravis de vous revoir parmi nous. Restez en contact avec tout ce qui se passe dans notre ville et inscrivez-vous à la newsletter de Mary.

LIVRE 9

Son Désir aux Courbes Généreuses

Trent

Tout le monde aimait ma petite ville endormie. Adolescent, je ne comprenais pas pourquoi, mais je n'étais pas comme les autres. J'étais le Garçon en Or. Le fils de la ville. Celui dont tout le monde voulait quelque chose.

Les choses avaient changé depuis mon départ. Personne ne me connaissait plus. Je pouvais aller et venir comme bon me semblait. Je me suis laissé prendre au jeu. Je me suis laissé croire que j'étais l'un d'eux. Que je pouvais avoir une aventure avec une locale et que tout irait bien.

C'était plus que bien. C'était chaud comme l'enfer. Elle était...

Une sacrée menteuse.

Finley

Il n'y avait jamais d'étrangers dans ma petite ville. En rencontrer un, c'était comme trouver une licorne. Et cet homme ? Il était définitivement rare.

Ce n'était qu'une nuit. Une fois. Je n'étais jamais censée le revoir. Je n'étais pas une petite fille naïve qui pensait qu'un coup d'un soir allait mener au grand amour.

Mais cela a mené à quelque chose. Quelque chose qui m'obligeait à le retrouver.

Et à lui dire qu'il allait devenir père.

À tous ceux qui font de leur mieux, vous êtes formidables. Vous ne le ressentez peut-être pas toujours, mais c'est le cas. Continuez à vous dépasser.

FINLEY

Je faisais tournoyer une paille dans mon verre en essayant de faire semblant que tout était normal.

Pourquoi ne le serait-ce pas ? Ce n'était pas comme si je n'avais pas eu de relations sexuelles depuis plus d'un an et que j'étais assise là à attendre qu'un inconnu se présente pour que je puisse coucher avec lui.

Bon, d'accord, c'était exactement ça.

Tout irait bien. Il n'était pas du coin, son pseudo l'affirmait, et je ne le reverrais jamais. C'était pour cette raison que j'avais accepté de le rencontrer. Ça, et parce que j'étais désespérée de mettre fin à ma période de solitude.

Chaque muscle de mon corps était tendu et se tendait davantage à chaque seconde qui passait. Et s'il ne venait pas ? Et s'il venait mais ne disait rien ? Et s'il venait et disait quelque chose ?

J'étais dans tous mes états.

J'ai expiré bruyamment et pris une autre gorgée de mon verre. Je n'étais plus vierge depuis dix-sept ans, mais il y avait quelque chose dans le fait de sauter une année qui me donnait l'impression de l'être à nouveau.

—Tu es Doit aimer les livres ? a demandé une voix profonde et suave.

J'ai pris une respiration tremblante et levé les yeux pour rencontrer les siens. Doux Seigneur, cet homme était époustouflant. Des yeux et une peau brun foncé, le crâne rasé, et un t-shirt blanc étiré sur tous ces muscles.

J'en avais l'eau à la bouche, littéralement, devant cet homme. Bon sang, je n'avais jamais vu un homme aussi séduisant que lui.

Il a ri doucement, ce son envoyant une onde de plaisir le long de ma colonne vertébrale jusque entre mes cuisses. — C'est un oui ?

J'ai secoué la tête, et ses sourcils se sont froncés.

—Non ?

—Non. Oui. Je veux dire, oui, je suis Doit aimer les livres. Tu es Pas un local ?

Le coin de sa bouche s'est relevé en un sourire, et il a acquiescé. —C'est moi. Je n'habite pas ici.

—Tu devrais y réfléchir. Tu es magnifique. Je veux dire, c'est magnifique. Ici. L'anse MacKellar. Il faut que j'arrête de parler.

Il a de nouveau ri doucement. —C'est bon. Si je devais juger la ville uniquement sur la beauté de la femme à qui je parle, je dirais qu'elle est magnifique aussi.

Mes joues se sont réchauffées au compliment, et mes cuisses ont frémi devant l'éclat de ses yeux. Il savait à quel point il était séduisant, mais il ne me faisait pas sentir que je lui devais quelque chose pour autant, ni qu'il me faisait une faveur. Il n'y avait aucun doute qu'il pourrait repartir avec n'importe laquelle des femmes, ou des hommes, d'O'Kelley's s'il le voulait, mais c'était à moi qu'il parlait. Finley Jameson, rat de bibliothèque, presque fauchée, distributrice locale de littérature érotique pour mères de famille.

Mais il ne savait rien de tout ça. Il savait seulement que

j'aimais lire et que j'étais assise au bar d'O'Kelley's, portant une robe bleue et l'attendant.

—Salut, mec, a dit Hudson Grant, propriétaire d'O'Kelley's et un de mes amis, à mon aventure impulsive. —Je te sers quelque chose à boire ?

PasUnLocal a fait un signe de tête à Hudson. —Juste une bière.

Hudson m'a regardée, puis s'est retourné vers mon rencard. Il n'a rien ajouté, ce dont je lui étais reconnaissante. Je ne voulais pas que le gars puisse me retrouver après, même si je n'aurais pas été déçue s'il le faisait. Je n'étais pas dans le bon état d'esprit pour une relation. Même avec un homme qui ressemblait à mon futur mari.

Dans mes rêves.

—C'est ton endroit préféré ? m'a demandé PasUnLocal.

J'ai hoché la tête et fait tourner ma paille. Mon verre était presque vide, et je n'en commanderais pas un second. C'était ma règle quand je rencontrais des inconnus. Pas que cela arrivait souvent. —Je passe beaucoup de temps ici. Je travaille tout près.

—Sympa. J'ai grandi dans une petite ville, mais maintenant je vis en ville.

—Je ne pense pas que je pourrais vivre en ville. Pas à plein temps. C'est agréable d'y aller en visite, mais j'aime le fait de pouvoir m'asseoir ici et connaître au moins une partie des gens. Ça me donne un sentiment de sécurité.

—Est-ce que ça veut dire que tu veux rester ici ? a-t-il demandé.

—Non ! Je pris une inspiration et ralentis les battements de mon cœur. Je veux dire, je ne suis pas opposée à l'idée d'aller ailleurs, si tu veux.

Il plongea son regard sombre dans le mien et se pencha plus près. Absolument.

Je ne pus m'empêcher de sourire quand il jeta quelques

billets sur le comptoir et se leva. Nos verres n'étaient pas finis, mais il était définitivement temps de partir.

Nous sortîmes dans la fraîcheur du soir par l'arrière du bar. Le sentier qui serpentait d'un bout à l'autre de la Crique était large et pratiquement désert. Dès que la porte d'O'Kelley's se referma derrière nous, il saisit ma main et m'attira contre lui.

L'odeur de la rivière se mêlait au parfum épicé de son eau de Cologne. Ses yeux étaient grands ouverts et interrogateurs, sa paume à plat contre ma joue. Il me posait une question silencieuse, attendant une réponse. Je respectais profondément cette attitude et hochai la tête.

À notre souffle suivant, ses lèvres étaient sur les miennes. Mon dos heurta le mur de briques et son corps se plaqua contre moi. Sa barbe était plus douce que je ne l'avais imaginé, les poils soigneusement taillés caressant délicatement ma peau. Contrairement à ses dents qui me mordillaient.

Je m'ouvris à lui avec un grognement. Il ricana contre mes lèvres et sourit tout en empoignant mes fesses pour se presser contre moi. Il était dur, épais et lourd contre mon ventre doux. Je gémis inconsciemment, le désirant. Cela faisait trop longtemps que le sexe n'avait pas été un jeu à deux pour moi, et j'étais prête à changer ça.

—Tu habites loin ? demanda-t-il contre mon cou. Sa langue était chaude sur ma peau qui refroidissait.

J'acquiesçai, sans réfléchir à ce que je disais. J'ai les clés de la boutique juste là. On peut y aller.

Il se recula juste assez pour croiser mon regard, puis hocha sèchement la tête et prit ma main. Il m'entraîna vers ma boutique, cherchant sur le mur la porte dont il n'avait jamais eu besoin avant ce soir.

J'hésitai, pas physiquement, mais émotionnellement. Ce

n'était peut-être pas une bonne idée de coucher avec un parfait inconnu, mais j'en avais assez d'attendre que ma vie commence. J'avais passé tant d'années à construire mon entreprise. Je m'étais convaincue que j'aurais le temps pour une relation, des enfants et toutes ces choses que je désirais une fois l'entreprise sécurisée, mais voir mon frère et ma meilleure amie tomber amoureux, se marier et essayer de fonder une famille m'avait fait réaliser que je devais vivre ma vie maintenant si je voulais vraiment en profiter.

C'est exactement pour cette raison que je déverrouillai la porte de ma boutique tandis que ses mains enveloppaient fermement mes seins. Son érection pulsait contre moi par derrière. J'en avais fini d'attendre. C'était juste une nuit avec un homme que je ne reverrais jamais, mais j'allais savourer chaque foutu instant.

—Laisse-moi te voir, gronda-t-il contre mon oreille.

J'ai cherché l'interrupteur au fond. Les clients ne pouvaient pas nous voir derrière toutes ces étagères, et même s'ils apercevaient de la lumière, il était peu probable que quelqu'un vienne frapper. L'écriteau sur la porte d'entrée indiquait que ma boutique était fermée, et la porte arrière, solide, n'était utilisée que par les employés.

Il me fit pivoter dans ses bras et scella ses lèvres sur les miennes dès que je lui fis face à nouveau. Il souleva ma jambe, et l'idée de le marquer comme mon territoire me fit presque rire. Je ne connaissais même pas son nom. Il était aussi loin d'être à moi qu'un homme pouvait l'être. Mais il était exactement ce que je voulais à cet instant. Ce dont j'avais besoin.

Ses doigts s'occupèrent rapidement de ma jupe, la soulevant pour exposer ma culotte en coton. S'il y avait bien une preuve que tout ceci n'était pas prémédité, c'était bien la présence de mes sous-vêtements les moins séduisants. Il passa son doigt le long du bord, demandant silencieusement la permission de faire exactement ce pour quoi nous étions tous les deux là. Apparemment, ma culotte de grand-mère ne l'avait pas rebuté.

J'ai poussé mes hanches vers lui, espérant qu'il comprenne l'allusion et se fraye un chemin à l'intérieur. J'ai gémi quand il l'a fait, sa paume à plat contre mon ventre pas si plat. Quand ses doigts ont effleuré mon clitoris, j'ai gémi à nouveau et j'ai tressailli contre sa main.

Il a glissé un doigt épais en moi et a arraché ses lèvres des miennes pour jurer.—Bon sang, tu es trempée. Et si serrée.

—Ça fait un moment, ai-je admis.

—Je vais m'assurer que tu sois prête, a-t-il dit, sa voix rauque de désir.

Avant que je ne puisse répondre, il a enfoncé un second doigt en moi. J'ai crié sous ce plaisir douloureux et j'ai écarté mes cuisses pour l'accueillir. C'était bon. Tellement bon. Le sexe avec un inconnu n'était pas censé être aussi bon. Ça devrait être maladroit et tâtonnant, mais il était... C'était comme s'il me connaissait. Comme s'il n'avait pas besoin de réfléchir à ce qui me plairait, il le savait simplement.

Je l'ai ramené vers moi pour un baiser, ayant besoin de cette connexion avant de dire quelque chose de stupide. Je n'étais pas toujours connue pour savoir tenir ma langue, mais cet homme me faisait me sentir encore moins en contrôle de mes facultés que d'habitude.

Il mordilla mes lèvres et me taquina avec sa barbe courte. Le doux grattement sur ma joue sensible fit trembler mes cuisses. Si ce n'était pas juste un coup d'un soir, peut-être que je pourrais découvrir à quel point cette barbe serait agréable sur mes cuisses. Peut-être...

Non. Pas la peine de penser à tout ça. Pas la peine de penser du tout quand il appuya la paume de sa main contre mon clitoris, courba ses doigts en moi et m'envoya au septième ciel.

J'ai crié et me suis accrochée à ses épaules. Ma tête est tombée en arrière, brisant notre baiser. Une vague de chaleur a envahi tout mon corps. Je n'avais jamais joui aussi vite de ma vie. Même pas seule. Mais cet homme, cet inconnu, m'avait fait grimper et basculer dans l'extase sans même enlever ma culotte.

—Tu es magnifique, murmura-t-il. Sa voix était respectueuse, feutrée dans le silence du bâtiment. —Encore.

Ce n'était pas une demande. Oh non. Pas venant de lui. C'était un ordre qu'il accompagna en pressant son pouce contre mon clitoris et en le frottant exactement comme j'en avais besoin. Mon intérieur palpitait au rythme qu'il imposait à l'extérieur. Je m'accrochai à lui, incapable de faire autre chose que de chevaucher la vague sur laquelle il m'avait poussée et de prier pour ne pas m'écraser à la descente.

—Oh, mon Dieu, gémis-je. —C'est trop bon.

Mon intimité se resserra autour de ses doigts, les retenant à l'intérieur. Il pompait avec sa main, continuant à appuyer sur tous les bons points, à l'intérieur comme à l'extérieur. C'était le meilleur sexe de ma vie, et nous n'étions même pas encore arrivés à la partie sexe proprement dite.

Il caressa l'intérieur de mes cuisses tandis que mon corps redescendait de son sommet et relâchait l'emprise sur ses doigts. Sa main était enfouie sous ma jupe jusqu'au milieu de son avant-bras, les muscles ondulant alors qu'il continuait à caresser ma peau comme s'il n'en avait pas assez non plus.

—Je suis définitivement prête maintenant, murmurai-je.

Je levai les yeux vers lui, ses pupilles presque noires de désir. Un muscle tressaillit dans sa mâchoire. Son regard effleura mes lèvres, puis revint vers mes yeux.

—J'ai besoin d'une minute, ou ce sera fini avant même qu'on ait vraiment commencé.

Je souris. Ce n'était pas souvent que je pouvais faire perdre le contrôle à un homme. Bon sang, ça faisait un moment que je n'avais pas fait quoi que ce soit à un homme. Mais faire perdre le contrôle à un homme comme lui, un homme qui était non seulement beau mais aussi confiant et généreux de ses mains, c'était plus qu'un peu enivrant.

—Il y a un canapé ou quelque chose par ici ? demanda-t-il.

Je hochai la tête. —Par là. On ne sera pas vus. C'est caché par les étagères.

—Parfait. Il se pencha et m'embrassa, retirant sa main de sous ma jupe. Il plaça ses deux mains sur mes hanches et me guida vers l'endroit que j'avais indiqué. Quand nous arrivâmes au petit coin salon, il s'assit sur le plus grand canapé et m'attira sur lui.

Son érection était épaisse et ferme entre mes cuisses. Je brûlais d'envie de me frotter contre elle, mais c'était définitivement son tour.

Il bougea sous moi et maintint fermement mes hanches, se frottant contre mon centre brûlant. Il grogna et captura mes lèvres, plongeant sa langue à l'intérieur sans finesse mais avec beaucoup de plaisir.

—J'ai besoin de toi, murmura-t-il en me repoussant. —Enlève ta culotte.

Je me suis levée et j'ai passé la main sous ma jupe pour obéir à sa demande, tout en le regardant déboutonner et dézipper son jean. Il l'a baissé sur ses hanches, libérant son sexe. Il a fouillé dans sa poche pour en sortir un préservatif qu'il a déroulé, jetant l'emballage sur le côté. Puis il m'a attirée vers lui.

L'obscurité de la pièce ne me permettait pas de bien voir son sexe, mais dès l'instant où je me suis assise sur ses genoux, j'ai su qu'il n'entrerait pas sans un certain effort. En fait, un effort considérable. Il avait déjà fait des efforts, et il était toujours trop imposant pour moi.

Il tenait mes hanches et me laissait le guider à l'intérieur. Il serrait les dents et se retenait, tous les muscles de son corps tendus. Je me soulevais légèrement, puis écartais les cuisses et redescendais un peu plus à chaque mouvement. Dieu merci, il ne me poussait pas à aller plus vite et ne donnait pas de coups de reins. C'était comme être vierge à nouveau, mais en plus douloureux parce que je le désirais tellement. Je le voulais lui. Je savais exactement ce qui m'attendait, et l'attente était insupportable.

Ses doigts se crispaient sur mes hanches. Mes mains étaient sur ses épaules, m'en servant comme appui. Puis, soudain, il était en moi. Nous avons tous deux gémi bruyamment, nos corps se rejoignant tandis que le mien s'adaptait à sa taille et lui... eh bien, je ne savais pas ce qu'il faisait.

—Putain, ce que c'est bon. Tellement bon.

—Toi aussi, ai-je réussi à articuler. Je ne pensais pas avoir jamais eu quelqu'un aussi profondément en moi. Il étirait mon corps et me remplissait d'une façon dont personne ne l'avait jamais fait. Non pas que j'aie couché avec une tonne de mecs, mais aucun ne lui arrivait à la cheville. Il a bougé légèrement, et j'ai gémi avidement, presque au bord de l'orgasme rien qu'à le sentir.

—On dirait que je ne suis pas le seul au bord du gouffre, dit-il avec un petit rire.

—Certainement pas. J'atteins rarement l'orgasme pendant l'acte, mais d'habitude je ne couche pas avec des mecs qui sont- Je me suis interrompue et j'ai pincé les lèvres.

—Qui sont quoi ? a-t-il demandé. Je pouvais sentir son sourire autant que je pouvais l'entendre. J'aurais voulu le voir, mais l'obscurité qui nous entourait me cachait la majeure partie de son visage.

—Si grands, d'accord ? C'est ce que tu voulais entendre ?

—C'est ce que tu allais dire ?

—Oui, ai-je soufflé. Il a encore bougé en moi.

—C'est exactement ce que je voulais entendre. Sa main glissa le long de mes flancs, ses pouces caressant le dessous de mes seins, puis retourna sur mes hanches. —Accroche-toi, ma belle.

Il bougea sous moi et s'enfonça à nouveau, me volant mon souffle et ma raison pour les remplacer par un désir viscéral que cet homme me possède. Qu'il me revendique. Qu'il fasse de moi la sienne.

Je m'agrippai à ses épaules du mieux que je pouvais et acceptai que je n'étais plus qu'une passagère. Et quelle chevauchée c'était. Bon sang, cet homme savait y faire. Il poussait, se cambrait et me prenait jusqu'à ce que je ne puisse plus retenir l'orgasme que son sexe m'arrachait. Mes orteils s'engourdissaient. Mes mains me faisaient mal. Tout mon corps semblait être en feu. Je m'affaissai sur lui, reconnaissante d'être encore habillée et que toutes mes parties flasques ne ballottent pas au vent.

Et puis je me laissai aller.

Mon corps le serra si fort qu'il laissa échapper une série de jurons. Il me prit plus fort, ses coups de reins presque punitifs alors qu'il me poussait vers l'orgasme.

Quand il jouit, il plaqua mon corps violemment sur son sexe et rugit. Il tressaillit et palpita en moi, déclenchant presque un autre orgasme. Il me serra contre son corps, tous deux haletants et à peine conscients.

Je ne voulais plus jamais bouger. Je voulais rester là et recommencer encore et encore. Le faire encore et encore. Je voulais l'embrasser, le goûter et toucher son corps entier. Bon sang, je voulais voir son corps.

Mais ce n'était pas censé être comme ça. Et ce n'était pas vraiment ce que je voulais, de toute façon. Pas si j'étais vraiment honnête avec moi-même. Il était un moyen de décompresser. Un boulet de canon me ramenant aux rencontres et au sexe après une longue absence. Un gros, magnifique boulet de canon producteur d'orgasmes.

Ses mains glissèrent le long de ma colonne vertébrale puis redescendirent, et je savais qu'il était temps de partir. Je me soulevai délicatement, essayant désespérément de ne pas gémir en le sentant sortir de mon corps pour la dernière fois. Il maintint le préservatif pendant que je me relevais, puis se leva immédiatement.

—Toilettes ?

—Dans le couloir par où nous sommes entrés, lui indiquai-je.

Il hocha la tête, tenant son jean d'une main tout en gardant l'autre sur le préservatif.

J'attrapai ma culotte sous la table basse et la remis. Je lissai ma robe, puis vérifiai s'il y avait des taches humides sur le canapé. Tout était parfait.

La porte de la salle de bain s'ouvrit, et je me dirigeai vers l'arrière du magasin. Il m'attendait, ses yeux me dévorant tandis que je m'approchais de lui.

—Merci, dit-il.

Je souris. —Mes remerciements sont tout aussi sincères.

Il me sourit en retour. —Je sais qu'on a dit qu'on ne se connaissait pas, mais je viens ici de temps en temps. Est-ce que ça te dérangerait si je te contactais à nouveau ?

—Sérieusement ?

Il haussa les épaules. —Ouais. Si tu ne l'as pas remarqué, c'était vraiment bon.

Je souris d'un air narquois. —J'ai remarqué.

—Bien, alors...?

J'ai hoché la tête. —Oui, j'aimerais beaucoup que tu me recontactes.

—Parfait. Il se dirigea vers la porte et attendit que j'éteigne les lumières. Nous sommes sortis ensemble, puis il m'a embrassée fort et rapidement avant de s'éloigner dans la nuit.

Je l'ai regardé jusqu'à ce qu'il tourne au coin de la rue et se dirige vers la place, puis je me suis retournée et suis rentrée chez moi. Avec un souvenir qui me soutiendrait certainement jusqu'au retour de mon inconnu.

2

TRENT

Je n'arrivais pas à effacer le sourire de mon visage en traversant le parc Catherine vers le véhicule que j'avais emprunté. Lui demander si je pouvais la recontacter ne faisait pas partie de mon plan, mais avoir toutes mes convictions sur le sexe avec une inconnue bouleversées non plus. Bon sang, cette femme était un rêve.

Je suis monté dans le véhicule utilitaire sport et j'ai tourné la clé. Il a toussé en démarrant et ce foutu engin a pété. C'était pire que mon vieux berger croisé, Kenny. Le véhicule utilitaire sport ne sentait pas aussi mauvais que Kenny, cependant.

J'ai pris les virages familiers à travers la ville jusqu'à ce que le Domaine apparaisse. J'ai vérifié deux fois que personne ne me suivait et j'ai emprunté l'allée qui serpentait autour du bout de la Crique et s'ouvrait sur la propriété que j'avais appelée chez moi pendant la moitié de ma vie.

Domaine MacKellar. Mon père et mon grand-père aimaient la grandeur. Ils voulaient du clinquant et de la reconnaissance. J'étais certain que c'était pour ça que mon père avait accepté de faire don d'un terrain et de nommer la place de la ville d'après ma mère, mais la vieille histoire disait que c'était elle qui avait insisté. Ça n'avait plus d'importance maintenant. Elle était partie, et bientôt, il le serait aussi.

—Bonsoir, monsieur, a dit Andrew, m'accueillant dans l'allée. Souhaitez-vous que je mette le véhicule au garage ?

J'ai hésité, puis j'ai hoché la tête. —Je vous ai dit de m'appeler Trent, Andrew.

—Très bien, monsieur, a répondu Andrew, comme toujours. Il ne m'appelait jamais Trent. Ni quand j'étais enfant, ni maintenant alors que je décidais de l'avenir du Domaine.

Andrew s'est plié pour entrer dans le véhicule et s'est éloigné lentement. Je détestais être excessivement prudent, mais les vautours descendraient s'ils savaient que j'étais là. C'était toujours comme ça. Ils venaient avec des gestes de bonne volonté et des demandes de toutes sortes. Je détestais ça. C'est pourquoi j'avais quitté L'anse MacKellar dès que j'avais pu. J'étais invisible en dehors de la ville qui portait le nom de ma famille, mais à l'intérieur...

Je suis entré dans la maison par la porte d'entrée et j'ai enlevé mes chaussures du bout des pieds. Je les ai rangées dans le placard dissimulé derrière la porte, hors de vue et hors du chemin. La maison restait un musée. Froide, sans vie et fragile. La seule pièce de la maison où je me sentais à l'aise était ma chambre, un espace que j'avais dû supplier pour l'avoir comme je le voulais. Adolescent, c'était des meubles décontractés et rien de cassable. Adulte, ça n'avait pas changé.

Je suis allé dans la cuisine et j'ai rempli un verre d'eau. Je me suis appuyé contre le comptoir et l'ai bu tout en pensant à la femme que je venais de quitter.

Elle était une impulsion, mais une que je ne pouvais pas regretter. Après Michelle, je n'étais pas sûr d'être prêt à m'impliquer avec quelqu'un pendant un moment. Je ne construirais certainement pas une relation avec une femme qui vivait dans une ville où je ne voulais plus jamais habiter, mais elle était une agréable distraction pendant que j'étais dans les parages.

—Y a-t-il autre chose dont vous avez besoin, monsieur ? demanda Andrew depuis le couloir.

Je posai mon verre dans le lave-vaisselle et me tournai vers lui. —Non, Andrew. Merci d'avoir pensé à la voiture. Je vais monter me coucher.

—Bonne nuit, monsieur.

—Bonne nuit, Andrew.

Andrew se dirigea silencieusement vers l'aile du personnel. Une porte se ferma avec un léger cliquetis, seule indication qu'il avait bougé. Je soupirai profondément, souhaitant être chez moi avec X et McJenna plutôt que dans cet espace caverneux que je détestais.

Je pris mon temps pour me rendre à l'escalier. Vendre la maison n'était pas une décision aussi facile que je l'avais imaginé. Pendant des années, j'avais demandé à mon père pourquoi il s'y accrochait. Maintenant que cette décision me revenait, je luttais comme lui autrefois. Ma mère était toujours présente ici, à travers les souvenirs des fêtes, des réceptions et de ces jours ordinaires qu'elle rendait spéciaux. La perdre avait été l'une des raisons pour lesquelles j'étais impatient de quitter L'anse MacKellar, mais cela faisait presque vingt-cinq ans qu'elle était décédée. Depuis que j'avais parcouru cette maison avec elle à mes côtés.

Toutes les photos qu'elle avait prises de nous étaient encore sur la cheminée. Le portrait de famille du printemps avant sa mort trônait toujours au-dessus du foyer. La maison entière semblait figée dans le temps, comme si rien n'avait changé, alors que tout avait changé.

J'ignorai la douleur dans ma poitrine et montai les escaliers deux par deux jusqu'au premier étage. Je fermai la porte de ma chambre et allumai la télé. J'avais besoin de bruit pour noyer toutes les pensées qui me traversaient l'esprit. McJenna était toujours bruyante, mais elle n'était pas là. Personne n'était là.

UNE SEMAINE s'était écoulée depuis ma nuit avec l'inconnue, et je pensais encore à elle. Je me réveillais après avoir rêvé d'elle et devais me prendre en main pour soulager le besoin pulsant en moi. Je croyais l'apercevoir presque quotidiennement. Je sentais son parfum dans l'air.

J'étais en train de perdre complètement la tête.

X me l'avait fait remarquer plus d'une fois, me surprenant à rêvasser et n'offrant qu'un ricanement en réponse. Je lui répondais toujours par un doigt d'honneur. Principalement parce que je n'avais aucune autre explication pour justifier pourquoi cette femme avait capté mon attention si complètement.

—Je dois y aller, dit X, en entrant dans mon bureau et en fermant la porte derrière lui. Il était rentré pour déjeuner, mais devait retourner au poste d'un moment à l'autre.

—Aller où ?

—Chercher McJenna à l'école. Elle s'est battue. Tu peux croire ça ?

J'ai haussé un sourcil dans sa direction sans dire un mot.

— Ne me regarde pas comme ça. Je fais de mon mieux.

— Je sais, mais tu sais aussi que tu craques en un rien de temps dès qu'elle se met à pleurer.

— Elle n'a pas la vie facile, Trent. Elle est…

— Je sais, je sais. Sa mère l'a abandonnée et tu as fait de ton mieux, mais une adolescente a besoin d'une mère. Je comprends.

X m'a fusillé du regard. — Alors pourquoi ai-je toujours l'impression que tu penses que je n'en fais pas assez ?

J'ai soupiré. Je détestais quand X commençait à s'étendre sur ses propres limites en tant que parent. Tout le monde avait des limites. Aucun d'entre nous n'était parfait. Mais X pensait qu'il devait l'être, et sa version de la perfection consistait à laisser sa fille faire à sa guise. Tout. Le. Temps.

— J'adore J, et je t'adore aussi, mon pote. Mais une adolescente a aussi besoin d'un père. Je sais que tu essaies d'être tout pour elle, mais tu dois être son père. Tu dois établir des règles et t'assurer qu'elle les respecte. Il y a un moment pour être doux, et un moment pour être ferme. Quand elle se bagarre, ce n'est pas le moment de l'emmener manger une glace et de lui dire que tu comprends pourquoi elle l'a fait.

X a grommelé à voix basse, signe certain qu'il savait que j'avais raison. Peut-être parce que c'est exactement ce qu'il avait fait la dernière fois qu'elle s'était battue. Il pensait qu'en étant indulgent avec elle, elle ne recommencerait pas.

— Je dois découvrir ce qui se passe avec elle. J'ai pris le reste de la journée.

— Bien. Je pense que ce sera bénéfique pour vous deux de prendre un peu de temps. Tu as besoin de quelque chose ? ai-je demandé.

— Il y a des chances que tu veuilles gérer l'émission de l'après-midi pour moi ?

J'ai ri et secoué la tête. X et moi nous sommes rencontrés quand j'ai été embauché comme son assistant dans un petit studio local. Il était producteur exécutif des segments d'informations de midi et d'après-midi. Je voulais me prouver que je pouvais contribuer au monde et j'ai gardé ce poste pendant près d'une décennie, mais quand mon père est tombé malade, j'ai dû prendre du recul et assumer un rôle de direction dans l'entreprise familiale.

— Je suis loin de la télé depuis trop longtemps. Tu n'as pas un nouvel assistant qui peut s'occuper des choses pendant ton absence ?

X a secoué la tête. — Pas un en qui j'ai autant confiance qu'en toi.

— Je suis en réunion toute la journée, donc ce n'est pas possible. Donne une chance à quelqu'un. Peut-être qu'il te surprendra. Moi, je l'ai fait. Je lui ai lancé un sourire narquois, me rappelant le jour où je lui avais révélé qui j'étais vraiment. Il n'avait aucune idée que j'étais propriétaire du studio pour lequel nous travaillions. Au début, il était mal à l'aise, mais il a vite compris que je lui avais dit la vérité parce que je lui faisais confiance. Il était le seul.

— Je déteste quand tu as raison, marmonna-t-il.

— Je sais. Il se dirigea vers la porte, et je lui lançai, — Profite bien de ta glace.

Il me fit un doigt d'honneur en s'éloignant.

Peu de temps après, quelqu'un frappa de nouveau à ma porte. Mon assistant exécutif, Jeffrey, entra avec son ordinateur portable et son bloc-notes, prêt pour notre première réunion.

— Tout est prêt ? lui demandai-je.

— Oui, monsieur. L'appel d'aujourd'hui concerne simplement la finalisation des détails des événements et la révision du contrat.

— Parfait. Chaque année, l'hôtel organisait une série d'événements pour le Nouvel An. Le premier appel allait être facile. Le reste de la journée ? Pas vraiment.

MES RÉUNIONS se sont mieux passées que prévu. Tout était réglé et prêt pour le Nouvel An et le début de l'année. Nous commencions les discussions pour reprendre une autre chaîne hôtelière locale, ce qui ne s'est pas aussi bien passé que je l'espérais, mais j'étais confiant que ça finirait par s'arranger aussi. Quand j'ai quitté le travail pour la journée, j'étais épuisé et prêt à prendre un verre. Chez moi, sans personne pour me dévisager.

— Pourquoi as-tu pensé que c'était une bonne idée ? cria X alors que j'entrais dans l'appartement.

Merde. J'avais oublié que McJenna s'était battue. On dirait que X suivait mon conseil, et ça ne se passait pas bien s'ils en parlaient encore.

— C'était une garce, Papa ! Est-ce que j'étais vraiment censée la laisser dire ce qu'elle voulait ? Ça aurait été mieux ?

— Ça aurait été mieux si tu ne t'étais pas battue, J. Le proviseur a dit que c'est ta dernière chance. Si tu fais un seul pas de travers, il te suspend.

— Tant mieux. Je déteste cette école de toute façon.

J'ai soupiré et je me suis lancé au milieu de tout ça. —Ne dis pas ça, J. Haïr quelque chose, c'est donner du pouvoir aux gens qui veulent te l'enlever. Ça ne te fait aucun bien.

—Tu ne comprends pas, a dit J. Sa voix s'est brisée d'une façon qui m'indiquait que la situation était bien plus complexe que ce que je savais. Kenny était allongé sur ses genoux, son corps la couvrant, la protégeant. Elle lui caressait distraitement les oreilles tandis que le gros chien me regardait avec une expression qui disait qu'il la protégerait même contre moi. Je ne pouvais pas lui en vouloir.

—Alors raconte-moi ce qui s'est passé.

Elle a levé les yeux vers son père et s'est mordu la lèvre. — Ils ont été vraiment méchants. Ils ont dit que ce n'était pas étonnant que ma mère soit partie.

Le visage de X s'est décomposé. Il s'est affalé sur le canapé et a enfoui sa tête dans ses mains. —Pourquoi tu ne m'as pas dit ça ?

—Parce qu'ils ont dit qu'elle nous avait quittés tous les deux. Que tu n'étais pas assez bien pour elle non plus.

Il a ouvert ses bras, et elle s'est blottie contre lui. Je suis resté là, à les observer. X et moi nous sommes rencontrés juste avant que la mère de J n'entre en scène. X est tombé fou amoureux de Denise. Quand il ne travaillait pas ou n'était pas avec moi, il était avec Denise. Il disait qu'il l'aimait, et il parlait de passer sa vie avec elle. Puis elle est tombée enceinte.

X était excité à cette idée. Il disait qu'il avait toujours voulu des enfants, et même s'ils n'étaient ensemble que depuis quatre mois, il savait qu'elle était faite pour lui. Il l'a choyée chaque jour de sa grossesse, lui a dit combien il l'aimait. Il a promis qu'ils se marieraient dès qu'elle serait prête, puisqu'elle refusait que des photos documentent à quel point elle était énorme pendant sa grossesse.

Puis McJenna est née. J'étais à l'hôpital ce jour-là, la première personne en dehors d'eux deux à la voir. Elle était parfaite. Petite, toute fripée et d'une perfection absolue. Je ne savais pas que je pouvais aimer une autre personne aussi complètement jusqu'à ce que je regarde dans ses yeux. Elle a conquis mon cœur dès cet instant. Malheureusement, sa mère n'éprouvait pas la même chose.

Denise a obtenu sa sortie avant McJenna et est partie. Elle a disparu de l'hôpital sans jamais se retourner. Elle a renoncé à tous ses droits parentaux en faveur de X et n'a plus jamais eu de contact avec eux.

Quand J avait cinq mois, je les ai fait emménager dans mon appartement. Nous étions ensemble tous les trois depuis. Mais je n'étais pas son père. J'étais son Oncle Trent, son parrain et confident, mais toujours un peu à l'écart. Ils ne cherchaient pas à me faire sentir comme ça, mais dans des moments comme celui-ci, on me rappelait que j'avais presque trente-neuf ans et que j'étais seul.

X a essuyé les larmes de J et a pris son visage entre ses mains. La façon dont sa lèvre tremblait montrait que cela lui faisait autant de mal qu'à elle que quelqu'un ait dit qu'ils ne valaient pas la peine qu'on reste avec eux. Ces petits cons à l'école avaient tort, mais nous n'écoutions pas le bon côté de nos vies. Nous avions tendance à nous concentrer sur le négatif et le blessant et à les laisser s'immiscer dans nos têtes.

—Et si on commandait au service d'étage ce soir ? ai-je demandé, brisant la tension de la seule façon que je connaissais. —Des steaks ? Des macaronis au fromage ? De la glace ?

Ils m'ont regardé avec des sourires identiques. Tous deux savaient que j'essayais d'arranger les choses. Je ne pouvais pas effacer ce qui leur était arrivé, mais je pouvais dépenser une partie de ma fortune pour eux. J ne serait avec nous que pour quelques années encore, puis elle partirait à l'université, travaillerait et ferait tout ce qu'elle déciderait de faire de sa vie. X et moi n'avions pas discuté de ce à quoi cela ressemblerait, mais ça approchait. Nous n'étions pas encore prêts, alors nous enfouissions nos têtes dans le sable en faisant semblant que ça n'arriverait pas dans moins de quatre ans.

J'ai appelé le service d'étage, leur demandant de nous envoyer la moitié du menu. J a trouvé un film qu'elle voulait regarder et tous les deux se sont blottis sur le canapé avec Kenny en m'attendant pour les rejoindre. Je fixais l'écran sans vraiment voir le film. Mon esprit n'y était pas.

Quand le service d'étage est arrivé, j'ai repoussé d'un geste la tentative de X de donner un pourboire au gars et j'ai tendu un billet de cent dollars. Je donnais toujours de généreux pourboires à mes employés parce qu'ils s'assuraient que personne ne me dérangeait. Les seules personnes autorisées à livrer de la nourriture à mon appartement en penthouse étaient des employés qui travaillaient dans mon hôtel depuis plus d'un an. Des personnes dont je savais qu'elles ne prendraient pas de photos de nous pour vendre notre histoire aux tabloïds.

Parce que posséder une chaîne d'hôtels régionale, vivre

avec mon meilleur ami et élever sa fille ensemble constituait définitivement un sujet pour les tabloïds. Je n'avais pas le genre d'argent que la plupart des propriétaires d'hôtels possédaient, mais j'en avais largement assez.

Nous avons dîné et terminé le film, puis McJenna est allée se coucher. X m'a demandé comment s'était passé mon après-midi, mais il était simplement poli. Peu après, il est parti se coucher aussi, me laissant à nouveau seul.

J'ai finalement attrapé la bière que j'attendais avec impatience quelques heures plus tôt, mais elle n'avait plus le même attrait. Je l'ai remise au frigo et j'ai sorti la bouteille de scotch que je gardais dans le placard au-dessus du réfrigérateur. J'en ai versé deux doigts dans un verre et j'ai pris une gorgée. J'ai laissé la brûlure filtrer à travers mon corps et s'imprégner.

J'ai rangé la bouteille et je suis retourné au canapé. J'essayais de ne pas penser à la femme de L'anse MacKellar, mais après cette journée avec J et X, elle occupait mes pensées. J'ai sorti mon téléphone et j'ai repassé en revue les quelques messages que nous avions échangés avant de convenir de nous rencontrer pour un verre.

Elle était drôle et intelligente. Cela faisait longtemps qu'une femme ne m'avait pas fait rire comme elle. Et quand je suis entré chez O'Kelley et que je l'ai vue sur ce tabouret, j'ai eu l'agréable surprise non seulement de ne pas la reconnaître, mais aussi de constater qu'elle était magnifique. Plein de courbes et un sourire facile pour Hudson qui m'a rendu jaloux du gars en un instant.

Mais c'est avec moi qu'elle est partie. C'est moi qu'elle était venue voir. L'homme des cavernes en moi ne pouvait pas nier que ça faisait un bien fou. Presque aussi bon que de la voir jouir pendant que j'étais profondément en elle.

Putain. J'étais à nouveau dur rien qu'en pensant à elle. D'habitude, je ne m'y rendais pas plus d'une fois tous les quelques mois, mais j'ai parcouru mon agenda pour voir si je pouvais m'échapper à nouveau bientôt. Je voulais la revoir, et je ne voulais pas attendre longtemps.

J'étais pris pour les prochaines semaines, mais dans environ un mois, je pourrais faire un autre voyage. Si je planifiais correctement, je pourrais rencontrer un agent immobilier pendant ce même voyage et découvrir quelles étaient mes options. Je n'avais toujours pas décidé si je voulais vendre, mais je devais prendre une décision. Et cela signifiait recueillir plus d'informations. Un agent immobilier saurait à quel prix la maison pourrait se vendre et ce qu'il faudrait pour l'entretenir. Ensuite, je pourrais décider.

3

FINLEY

J'étais assise sur une chaise en plastique dur avec un café infecte et j'essayais de ne pas laisser mes nerfs prendre le dessus. Mes mains me faisaient encore mal après avoir conduit jusqu'à l'hôpital de Syracuse avec les jointures blanchies par la tension. Ma jambe s'agitait nerveusement. J'étais habituée à être debout, pas coincée dans une salle d'attente.

—Tout ira bien, dit Laura, sa voix calme n'étant pas assez apaisante pour freiner mon anxiété.

—Je sais, mais ce sera un long chemin vers une guérison complète.

—Et nous serons là pour elle.

Je l'ai regardée en souriant. Elle avait raison. Karissa était seule sur une table d'opération, mais après sa chirurgie, Laura et moi serions à ses côtés à chaque étape. Tout le monde aussi. Nous aimions tous Mme Georgia, la mère de Karissa, et nous soutenions Karissa dans sa double mastectomie préventive.

—Qui surveille la boutique pendant que tu es ici ? demanda Laura.

—Je l'ai fermée. Je n'ai pas vraiment quelqu'un qui peut la gérer à temps plein. Les quelques employés que j'ai ne viennent que quelques heures par semaine.

—Wow. Tu restes fermée combien de temps ?

—Juste cette semaine. La semaine prochaine, je vais reprendre avec un horaire modifié. Je le fais habituellement après la fête du Travail. C'est trop calme pour rester ouvert à temps plein jusqu'au printemps, quand les touristes commencent à revenir.

—C'est logique. En parlant de touristes... As-tu eu des nouvelles de Pas un local ?

J'ai souri en secouant la tête. J'essayais vraiment de ne pas me faire trop d'espoir à son sujet. Il n'avait pas dit quand il reviendrait. La romantique en moi voulait vraiment que ça devienne quelque chose, mais la réaliste en moi était plus forte, et beaucoup plus cynique. C'est la romantique qui a ouvert sa bouche et parlé de lui à tous mes amis lors de notre dernier club de lecture.

—Dommage. Je me demande pourquoi il vient à L'anse MacKellar. Il n'y a pas beaucoup de voyageurs réguliers.

—Je ne sais pas. Je ne veux pas vraiment découvrir quoi que ce soit sur lui. Le mystère empêche mon cœur de s'emballer avec des espoirs démesurés.

Laura m'a adressé un sourire triste. —On devrait toujours garder espoir.

Je lui ai souri et je l'ai laissée y croire. Certes, j'avais de l'espoir, mais cet espoir ne s'étendait pas jusqu'à une histoire d'amour magique avec un inconnu qui se révélerait parfait pour moi. Ce genre de choses n'arrivait pas dans ma vie.

Nous avons bavardé par intermittence pendant que nous attendions que le chirurgien nous donne des nouvelles de l'opération de Karissa. Plus l'attente se prolongeait, plus mes nerfs me jouaient des tours. Quand le téléphone a sonné et que quelqu'un a appelé le nom de Karissa,

Laura et moi nous sommes précipitées pour parler au médecin.

—L'opération s'est parfaitement déroulée. Elle n'est pas encore sortie de l'anesthésie, mais je voulais vous appeler tout de suite. Elle sera dans la chambre huit cent cinquante-deux. Vous pouvez monter la voir quand vous voulez. Elle y sera probablement dans une heure, donc vous avez le temps de manger quelque chose avant d'y aller.

—Merci, avons-nous soufflé toutes les deux.

J'ai raccroché le téléphone, et Laura et moi avons échangé un sourire avant de nous serrer fort dans les bras. Elle faisait bonne figure, mais elle était aussi nerveuse que moi.

Nous sommes allées à la cafétéria prendre un déjeuner rapide, puis nous sommes montées à la chambre de Karissa. On la faisait justement entrer en fauteuil roulant quand nous sommes arrivées.

—Tout me fait mal, a gémi Karissa.

—Désolée, ma chérie. Je crois que ça va être comme ça pendant un moment, a dit Laura avec gentillesse. Elle avait un incroyable contact avec les patients et la capacité de mettre n'importe qui à l'aise. C'était une infirmière extraor-dinaire.

—J'aurais aimé savoir à quel point j'allais avoir mal.

Laura a ri doucement. —Tu l'aurais fait quand même.

—Oui, mais au moins j'aurais su. Est-ce que je peux avoir de l'eau ? J'ai mal à la gorge.

—Je vais en chercher, a dit Laura. Elle a pris la petite carafe sur le plateau de Karissa et a quitté la chambre.

Je me suis avancée et j'ai pris la main de Rissa. Je détestais la voir si mal en point. Je savais que ce serait encore pire quand elle commencerait la physiothérapie et traverserait son processus de rétablissement.

—J'ai l'air si mal que ça ? a-t-elle demandé.

—Tu as l'air de souffrir. J'aimerais pouvoir prendre ta douleur à ta place.

Elle a hoché la tête. —Je sais. Et je te la donnerais probablement.

J'ai ri avec elle.

Le médecin est arrivé peu après le retour de Laura et nous a donné plus d'informations sur l'opération, notamment la partie la plus importante : aucun signe de cancer du sein n'avait été détecté pendant l'intervention. Karissa avait toutes sortes de tests à passer par la suite, mais il y avait toujours un risque qu'ils trouvent quelque chose. Qu'ils n'aient rien trouvé était la meilleure nouvelle que nous pouvions espérer. Une si bonne nouvelle que Karissa a pleuré, ce qui nous a fait pleurer, Laura et moi.

Le reste de la journée s'est déroulé calmement. Les infirmières allaient et venaient, et toutes les trois, nous nous sommes installées pour regarder des films et nous détendre. Nous avons dîné, puis nous nous sommes installées pour la nuit sur les fauteuils convertibles que les infirmières nous avaient fournis.

Les jours suivants ont été un peu flous. Laura et moi nous sommes relayées pour rester avec Karissa et aller chez Veronica, l'amie de Nico. Veronica et son mari nous avaient proposé d'utiliser leur chambre d'amis chaque fois que nous avions besoin de faire une pause, de prendre quelques heures de sommeil ou une douche, ou pour quoi que ce soit d'autre.

Tout mon corps était endolori et courbaturé. J'étais épuisée, mal à l'aise et stressée par l'état de Karissa et mon manque de connaissances médicales pour l'aider à guérir. Au moment où elle a obtenu son autorisation de sortie de l'hôpital, avec une liste d'instructions de deux pages sur la façon de traiter les plaies et de faire la rééducation, j'étais au bord de la nausée.

Dieu merci, Laura prenait tout cela avec calme. Elle était là avec nous exactement pour cette raison. Elle était l'infirmière et allait gérer la thérapie de Karissa et aider pour tout ce qui devait être fait au cours des prochains mois. J'allais aider aussi, mais je m'en remettrais à l'expertise de Laura autant que possible.

Le trajet de retour à L'anse MacKellar a été long et douloureux pour Karissa. Chaque bosse que nous rencontrions lui faisait retenir son souffle. À chaque virage, elle cherchait une poignée. Chaque minute me rendait de plus en plus tendue. Quand nous sommes finalement arrivées à notre résidence, nous avons toutes poussé un soupir de soulagement.

Laura a aidé Karissa à monter les escaliers jusqu'à notre appartement tandis que je récupérais nos sacs dans le coffre. Je les suivais à quelques pas, laissant Karissa avancer aussi lentement qu'elle le souhaitait. Quand nous sommes arrivées à notre porte, j'ai souri à Laura et lui ai fait un clin d'œil.

Tous nos amis étaient à l'intérieur, attendant de voir Karissa.

Nous avons ouvert la porte et avons été immédiatement accueillies par une odeur qui faisait gargouiller l'estomac. Karissa a reculé. —Qu'est-ce que c'est ?

—C'est le dîner, a crié Melody depuis l'intérieur de l'appartement. —Entrez et mangez quelque chose.

Karissa s'est avancée avec hésitation. Laura la tenait par le bras. Quand elles sont arrivées à la cuisine, Karissa a éclaté en sanglots.

—Oh, merde. On ne devrait pas être là ? a demandé Elise.

Tout le monde s'est rassemblé autour de Karissa pendant qu'elle luttait pour retrouver son sang-froid. Elle a secoué la tête et a souri à travers ses larmes. —Merci à vous tous. Je ne pourrais pas demander de meilleurs amis que vous.

Tout le monde a doucement enlacé Karissa et l'a aidée à s'installer dans le fauteuil que nous avions acheté il y a quelques semaines spécialement pour elle. Laura l'avait prévenue que se relever du canapé pourrait être difficile et avait recommandé un siège plus ferme dont elle pourrait se lever sans avoir besoin d'utiliser ses bras pour se pousser.

— Comment te sens-tu ? demanda Blake.

— Endolorie. Je te jure que tout me fait mal. Je n'avais aucune idée à quel point mes seins étaient connectés à tout le reste, grimaça Karissa en ajustant sa position.

— Je m'occuperai de tes cheveux pendant les prochains mois, proposa Trinity.

— Oh, merci, souffla Karissa. Je commence déjà à en avoir marre.

— Piper et moi allons vous apporter des repas, dit Melody.

— Et moi, je ferai vos courses, ajouta Blake.

— Tout le monde est là pour t'aider, dit Elise.

— Merci à tous. Je détestais mettre tant de pression sur Fin et Laura, dit Karissa.

— Elles peuvent le supporter, lui dit Blake avec un clin d'œil pour nous.

— On peut, mais on savait qu'on ne serait pas seules, dit Laura.

Nous nous sommes tous installés sur le canapé et par terre pour bavarder comme lors d'une réunion ordinaire. Ils ont posé des questions sur l'opération de Karissa et sa convalescence. Nous avons parlé de ce qui s'était passé en ville pendant les cinq jours que nous avions passés à Syracuse. Nous avons dîné ensemble et mis un film que personne n'a regardé, préférant discuter. C'était une belle fin pour cette semaine stressante.

Les yeux de Karissa ont commencé à se fermer, et tout le

monde s'est dirigé vers la porte. Melody et Willow ont nettoyé la cuisine avant de partir. Blake et Elise ont dit qu'ils avaient nettoyé la salle de bain pour nous. Trinity a attaché les cheveux de Karissa dans un bandeau propre et a promis de revenir quand nous aurions besoin d'elle. Laura a été la dernière à partir avec d'autres promesses de revenir le matin.

Karissa m'a regardée. — Je suis tellement crevée.

J'ai ri. — Je sais. Allons te mettre au lit.

— Je suis désolée de te mettre autant de pression.

—Tu ne me demandes pas trop. Je t'aime et je suis là pour toi. Toujours.

—Merci.

Karissa a pris ses médicaments et m'a laissée l'aider à se mettre au lit. Elle dormait déjà avant même que je ne quitte sa chambre.

Je suis allée dans la mienne, laissant les deux portes ouvertes au cas où elle aurait besoin d'aide pendant la nuit. J'ai rapidement et silencieusement défait ma valise. J'ai pris le sac de tampons et de serviettes hygiéniques que j'avais fourré dedans et je me suis arrêtée. Je pensais que j'allais avoir mes règles pendant que Karissa était à l'hôpital. Tout le stress d'y être avait perturbé mon corps, et elles n'étaient jamais venues.

J'ai souri. Je n'allais pas me plaindre de cet effet secondaire.

TROIS JOURS PLUS TARD, je me sentais mal. Je me suis réveillée nauséeuse et instable. J'ai pris ma température mais je n'avais pas de fièvre. Je me suis préparé des toasts et je me suis sentie mieux. J'avais juste faim.

Deux jours après, ça s'est reproduit. J'ai mis quelques minutes à me traîner hors du lit. Je suis allée aux toilettes et me suis lavé les mains, puis je me suis dirigée vers la cuisine pour prendre des toasts. Je ne pouvais pas risquer de rendre Karissa malade. J'ai repris ma température, et elle était normale, mais je commençais à m'inquiéter.

Les toasts m'ont aidée, mais j'ai prévenu Karissa que je ne me sentais pas très bien.

—J'ai un système immunitaire très solide. Ça ira, a dit Karissa.

Chaque jour, elle se sentait mieux. Elle avait encore beaucoup de moments où elle souffrait, mais dans l'ensemble, son état s'améliorait. Je suis allée au travail pour la première fois depuis son opération, la laissant à l'appartement avec Blake pour la journée.

C'était un magnifique samedi. Même si nous étions presque en octobre, le temps était plus que clément. Les gens étaient dehors, se promenant et profitant des dernières semaines de chaleur avant que le froid n'envahisse la région. L'air frais et vif a soulagé mon estomac et, encore une fois, j'ai ignoré cette sensation.

J'étais ouverte depuis environ vingt minutes quand une cliente est entrée. Je la reconnaissais vaguement, mais je n'arrivais pas à me souvenir de son nom. C'était à la fois une bénédiction et une malédiction de la vie dans une petite ville. Tout le monde connaissait tout le monde, mais si on n'arrivait pas à se rappeler d'un nom, on passait pour un imbécile.

La femme m'a souri et s'est promenée dans le magasin. J'ai attendu derrière le comptoir, rattrapant mon retard dans la paperasse et vérifiant quels articles de mon inventaire commençaient à manquer.

—Excusez-moi, pourriez-vous me recommander l'un de ces livres ? a demandé la femme.

— Les deux sont vraiment bons, mais ça dépend de ce que tu cherches. Celui-ci a un alpha très fort qui est un peu bourru, mais c'est une vraie guimauve avec l'héroïne. Celui-là a une merveilleuse famille choisie avec deux amis qui admettent enfin qu'ils sont amoureux.

— Zut. Ça ne m'aide pas du tout parce que les deux ont l'air formidables.

J'ai ri avec elle. — Je sais. Désolée.

— Ce n'est pas grave. Je suppose que c'est un bon problème à avoir. Je me suis promis de n'en acheter qu'un aujourd'hui. J'ai tendance à trop dépenser en livres.

— Moi aussi. Je suis Finley, au fait. Vous me semblez familière, mais j'ai du mal à me souvenir de votre nom. Je déteste dire ça, mais prétendre que je m'en souviens serait nul. Oups. Pardon. Je ne devrais pas jurer devant les clients.

Elle a pouffé. — Ce n'est rien. J'ai un fils adolescent et un préadolescent. Je dis plus que ma part de gros mots. Je suis Anna Charlotte. Je crois que vous êtes venue à l'événement de Oak Hill l'année dernière.

— Oh, oui. Je savais que je vous reconnaissais. Je suis amie avec James. Lui et Trinity parlent de vous et de vos garçons tout le temps.

Anna a souri. — C'est très gentil de leur part de rester en contact avec nous.

— Trinity adore Matty. Elle prend des photos des travaux qu'il fait au programme parascolaire.

— Vraiment ?

J'ai hoché la tête. — Il est très talentueux.

Les joues d'Anna ont rosé. — Merci.

— Écoutez, j'ai un programme d'échange. Vous pouvez rapporter n'importe quels livres que vous avez achetés chez moi, en bon état, et obtenir un crédit pour un nouveau livre. Ce n'est pas quelque chose que je publicise parce que la plupart de mes clients pendant l'été viennent d'ailleurs, mais pour les locaux, je suis heureuse de le faire. J'offre aussi des réductions si quelqu'un est prêt à faire une section recommandée. Vous choisiriez simplement vos livres préférés, et je consacrerai une étagère à vos sélections. Étant une mère célibataire, j'ai le sentiment que beaucoup de gens seraient intéressés par ce que vous aimez.

— Vous faites ça parce que vous savez que je n'ai pas d'argent ?

— Quoi ? ai-je demandé. Habituellement, les gens étaient ravis quand je leur offrais une réduction, mais Anna avait l'air en colère.

—Écoute, je sais que je ne fais pas partie de ton cercle intime et que je ne suis pas un membre actif de la communauté ou je ne sais quoi, mais j'apprécierais de ne pas me sentir comme si j'étais incapable de payer mes propres achats. Je ne suis pas venue ici chercher la charité.

—Et je n'essaie pas de t'en faire une, ai-je dit. J'essayais de rester calme, mais elle était furieuse.

—Vraiment ? C'est pour ça que tu me proposes d'échanger mes livres et d'obtenir une réduction pour recommander des livres ? Parce que je n'ai jamais entendu parler de ça avant.

—Comme je l'ai dit, ce n'est pas quelque chose que je publicise. La section dernière chance ne contient que des livres d'occasion. C'est écrit sur le panneau, mais c'est petit pour éviter que trop de gens essaient d'échanger des livres. La majorité de mon stock est neuve, et je veux que ça reste ainsi pour pouvoir proposer les nouvelles parutions. Et recommander des livres, c'est quelque chose que je fais depuis que j'ai ouvert la boutique.

—Ouais, et l'offrir à la pauvre mère célibataire qui a à peine assez d'argent pour nourrir ses enfants, c'est juste toi qui es sympa entre voisins ou je ne sais quoi.

—Je-

—Je peux payer mes livres. Je prends les deux. Ça devrait couvrir le prix. Et tu peux garder la monnaie.

Anna est partie comme une furie, me laissant la regarder s'éloigner en me demandant ce qui venait de se passer.

Le reste de ma journée a été beaucoup moins mouvementé. D'autres clients sont venus et m'ont demandé comment s'étaient passées mes vacances. Je ne leur ai pas dit pourquoi j'avais vraiment fermé la boutique. Personne n'a semblé trop contrarié, ce qui était toujours ma préoccupation.

J'ai ouvert aussi le jour suivant, mais sans fanfare ni clients mécontents. Karissa passait la journée avec Trinity, alors j'ai pris le dîner chez O'Kelley's pour nous trois avant de rentrer. Hudson m'a demandé comment allait Karissa et m'a dit de le faire savoir si nous avions besoin de quoi que ce soit. J'ai promis que je le ferais et je suis rentrée m'écrouler avec mes amies.

Lundi matin, je me suis réveillée avec un goût amer dans la bouche. J'ai rejeté mes couvertures et j'ai couru à la salle de bain, y arrivant à peine avant de vomir. Je me suis assise sur le sol et j'ai vomi jusqu'à ce qu'il ne reste plus rien. J'avais des haut-le-cœur et j'avais envie de mourir.

Un linge frais est tombé sur ma nuque.

—Karissa, tu dois partir. Tu ne peux pas rester ici. Je ne veux pas te rendre malade.

—Fin, tu as besoin d'aide. Est-ce que ça va ?

—Je me sens comme une merde.

—Je pensais que tu allais mieux ?

—Moi aussi, mais apparemment je me trompais. Mon Dieu, c'est horrible.

—Mieux vaut être malade qu'enceinte, non ?

Je me suis adossée contre le mur et j'ai regardé Karissa, me sentant mal pour une toute autre raison. Non. Ce n'était pas possible.

—Finley ? Tu es enceinte ?

—Je... Non. Je ne peux pas l'être.

—En fait, tu peux très bien l'être. Pas un local ?

—Il a utilisé un préservatif, et je prends la pilule.

—D'accord, mais ça ne garantit pas une protection à cent pour cent. Tu as eu des nausées au réveil presque tous les jours depuis une semaine. Tu n'as pas de fièvre. Je ne suis pas tombée malade. Tu sembles aller bien après quelques heures. Ça ressemble à des nausées matinales, si tu veux mon avis.

—Oh, mon Dieu. Et si j'étais vraiment enceinte ?

—Tu as des tests ?

J'ai fait non de la tête.

—Je crois qu'il y en a un là-dedans. Va voir.

Je me suis déplacée devant le placard. Karissa m'a indiqué où elle avait vu un test. Il en restait un. Et il n'était pas périmé.

—Tu dois le faire. Maintenant. Je vais te préparer des toasts.

—C'est moi qui suis censée prendre soin de toi.

—Fais pipi sur le bâtonnet. On avisera ensuite.

Karissa est sortie en fermant la porte de la salle de bain. J'ai fixé ce maudit test en me mordant l'intérieur de la lèvre. Je ne pouvais pas être enceinte. Je ne connaissais même pas le nom de ce type.

J'ai soupiré et secoué la tête. Quand ce serait négatif, je me sentirais mieux. Et après j'irais chez le médecin pour découvrir ce qui n'allait vraiment pas.

J'ai lu les instructions, deux fois, et j'ai fait le test. Je l'ai posé sur le comptoir pour attendre et j'ai quitté la salle de bain.

— Alors ?

— J'attends. Je ne pouvais pas rester là à le regarder.

— Mange ta tartine.

J'ai acquiescé. Nous avons toutes les deux fixé la porte de la salle de bain pendant que je mangeais ma tartine et que

Karissa buvait une tasse de café. Quand nous avons eu fini, nous nous sommes regardées.

J'ai mâchouillé l'intérieur de ma lèvre et j'ai ouvert la marche. Karissa m'a tenu la main, m'offrant un soutien dont je ne savais pas avoir besoin jusqu'à ce que je baisse les yeux sur le test et voie deux lignes roses.

Putain de merde.

4

Tout devint noir autour du test. Ma vision se rétrécit, se concentrant uniquement sur ces deux lignes. Ma main dériva vers mon ventre. J'étais enceinte. Putain.

— Ça va ? demanda Karissa, d'une voix douce et inquiète.

Je n'avais pas de mots. Je n'avais même pas vraiment de pensées. J'étais un mélange d'émotions, toutes désordonnées. Heureuse et triste. Excitée et effrayée. Et puis la nausée avec laquelle je m'étais réveillée revenait prendre le contrôle.

Je tombai à genoux et vomis à nouveau. Plus de toast, plus d'eau, ma vie entière avait disparu. J'étais une femme célibataire de trente-trois ans enceinte du bébé d'un homme dont je ne connaissais même pas le nom. Un homme qui n'habitait pas dans la même ville que moi. « Foutue » ne commençait même pas à décrire ce que je ressentais.

— Merde, Fin, souffla Karissa. Elle mit une autre serviette fraîche sur ma nuque et me frotta doucement le dos.

— Qu'est-ce que je vais faire ? demandai-je.

— Qu'est-ce que tu veux faire ?

Je tirai la chasse et me redressai. Je m'adossai au mur et

fermai les yeux. J'avais toujours voulu des enfants, mais c'était loin d'être idéal. — Je ne sais pas.

— Vraiment ? Parce que j'ai l'impression que tu sais ce que tu veux faire.

Je levai les yeux vers Karissa. On vivait ensemble depuis des années. Elle était autant ma sœur que Blake, peut-être même plus après avoir vécu ensemble si longtemps. Elle savait des choses sur moi que personne d'autre ne savait.

— Tu as toujours voulu être mère, Fin. Pourquoi ça changerait maintenant que tu vas l'être ?

— Ça n'a pas changé, mais...

— Tu pensais que ce serait avec un mari, ou au moins dans le cadre d'une relation stable.

J'acquiesçai et me mordis la lèvre. Les larmes me montèrent aux yeux et l'émotion suivit. Je venais tout juste de sortir ma boutique du rouge, et j'allais avoir un enfant. Un enfant qui naîtrait quelque part au printemps, juste au moment où je devrais recommencer à travailler à plein temps et où je devrais être ouverte tous les jours pour rester rentable. Un enfant que j'aimais déjà, bien que je n'aie appris son existence que depuis quelques minutes.

— Je serai là pour toi.

— Tu viens juste de te faire opérer, ai-je protesté.

Karissa a ri. — Oui, mais à moins que tu ne sois tombée enceinte il y a huit mois et demi, je serai rétablie au moment où tu auras ce bébé.

J'ai soufflé et acquiescé. Ce n'était pas juste pour Karissa, mais j'avais le temps de trouver une autre solution. Mon erreur ne devrait pas bouleverser sa vie. Juste la mienne.

Merde.

— Pourquoi ne te lèverais-tu pas et on passerait une journée tranquille ? Des films sur le canapé en pyjama.

J'ai hoché la tête et me suis relevée. J'ai lancé un regard noir au test posé sur le comptoir. Karissa l'a emballé et l'a remis dans la boîte. Elle l'a mis de côté, sans le jeter. Je n'ai pas demandé pourquoi, mais j'ai apprécié son geste.

Nous étions à la moitié du deuxième film quand Karissa a posé la question qui tournait en boucle dans ma tête.

— Qu'est-ce que tu vas faire à propos du père ?

J'ai soupiré profondément et secoué la tête. — Je ne sais pas.

— Tu dois le lui dire.

J'ai acquiescé. — Je sais, mais... je ne connais même pas son nom. On n'a pas vraiment parlé. On a bu un verre au O'Kelley's et on est partis, on a couché ensemble, puis il est parti. Il n'habite pas ici. Il ne me semblait pas du tout familier.

— Tu veux que je recherche ses coordonnées ?

— Non ! Rissa, c'est bon. On a toujours notre connexion ouverte. Il a dit qu'il me contacterait la prochaine fois qu'il serait dans le coin.

— Qu'est-ce qu'il fait pour venir ici régulièrement ?

J'ai haussé les épaules.

— C'est vrai. Un verre, du sexe, parti.

J'ai acquiescé d'un signe de tête.

— Tu pourrais le contacter. Lui demander de te rencontrer quelque part. Je viendrai avec toi.

— J'y réfléchirai. Pour aujourd'hui, je veux juste faire semblant que tout est normal.

Karissa a hoché la tête. Elle n'a plus rien dit ce jour-là à propos du bébé, du père ou de ma toute nouvelle grossesse. Nous avons regardé des films et ri, mais pendant tout ce temps, mon esprit s'affolait.

J'étais enceinte. Du bébé d'un inconnu. Qu'allaient dire mes parents ? Qu'allait dire la ville ? Qu'allait dire Blake ?

J'ai vomi tous les matins pendant la semaine suivante. J'apprenais à vivre de biscuits secs et d'eau citronnée, quelque chose que j'avais lu qui pourrait aider contre les nausées. Ça m'aidait un peu, mais j'étais quand même constamment malade.

C'était gérable la plupart du temps. Presque prévisible. Karissa m'a convaincue de prendre rendez-vous avec ma sage-femme. On m'a programmé un test de grossesse et une échographie dans deux semaines. La femme qui a répondu au téléphone a également dit que Julie, ma sage-femme, pourrait me proposer des solutions pour mes nausées matinales. Je devais juste tenir jusque-là.

— Tu perds du poids ?

J'ai secoué la tête. — Je ne sais pas.

— On dirait que oui. Ce n'est pas bon.

— J'arrive à peine à garder quoi que ce soit. Et je suis stressée.

— Je sais, a dit Karissa, d'une voix compatissante et compréhensive. — J'aimerais pouvoir faire plus pour toi.

J'ai secoué la tête. — Je suis censée t'aider. Ça ne fait que trois semaines que tu as eu ton opération.

— Ça va pour moi. Laura a dit que la kinésithérapie se passe bien jusqu'à présent. Je récupère. Mais je pense que tu devrais parler du bébé à Blake et aux autres. Ne serait-ce que parce qu'ils voudront aussi t'aider.

Je secouais déjà la tête avant même qu'elle ne finisse de parler. Elle savait que j'allais refuser.

—Finley.

—Rissa, je ne peux pas. Pas encore. Je sais que je dois leur dire, mais Blake essaie de tomber enceinte. Je me sens coupable d'être tombée enceinte par accident.

—Ce n'est pas quelque chose que tu peux contrôler.

—Je sais, mais je me sens mal. Comme si j'allais lui jeter ça à la figure.

—Si elle tombait enceinte, tu ne penserais pas la même chose d'elle.

—Bien sûr que non, mais elle est aussi mariée.

—Ça ne veut pas dire qu'elle doit procréer.

J'ai soupiré. —Je sais. C'est juste que je...

—Je comprends, mais Blake est ta meilleure amie et ta sœur. Elle voudra savoir. Et le père aussi. Tu l'as déjà contacté ?

—Wow, tu sais vraiment comment rendre une mauvaise journée encore pire.

Karissa a pouffé. —Je ne suis pas là pour te faciliter les choses. Surtout quand tu sais que j'ai raison.

—Je sais. C'est vrai. Ça ne veut pas dire que ça doit me plaire.

Karissa m'a serrée contre elle, aussi près qu'elle le pouvait avec ses seins douloureux. Je me suis dit que j'annoncerais la nouvelle, ou commencerais à le faire, après l'échographie. Une fois que j'aurais entendu un battement de cœur et que je saurais que tout allait bien, alors je pourrais le dire aux autres. Jusque-là, une petite partie de moi craignait que quelque chose ne se passe mal.

Tout ça semblait être une excellente idée jusqu'à ce que je reçoive un message de Pas un local quelques jours plus tard. Il venait en ville et voulait qu'on se voie.

—Oh, merde, j'ai soufflé en lisant son message.

—Ça va ? a demandé Karissa.

J'ai secoué la tête et lui ai montré mon téléphone. Elle l'a lu en silence, puis a levé des yeux surpris pour rencontrer mon regard.

—Il sera là dans deux jours. Tu vas lui dire ?

J'ai acquiescé. —Je dois le faire. J'allais attendre après l'échographie, mais s'il est là, je ne me sentirais pas à l'aise de lui mentir.

—Tu veux que je vienne avec toi ?

—Oui, mais je sais que je dois le faire moi-même. Ça va aller.

Karissa a acquiescé. —Oui, ça ira. Et si ce n'est pas le cas, on gérera ça aussi.

J'ai pris une inspiration et l'ai retenue. Je n'avais aucune idée de comment annoncer à un mec que j'étais enceinte. Surtout à un mec qui pensait qu'on allait se retrouver pour plus de sexe. Je n'avais pas hâte de le revoir.

PAS UN LOCAL voulait qu'on se retrouve chez O'Kelley's. Il a proposé vingt-et-une heures, mais je savais que je ne pourrais pas rester éveillée aussi tard. Avec toutes ces nausées matinales, j'étais épuisée et au lit à vingt heures presque tous les soirs. J'ai demandé si on pouvait se retrouver à dix-huit heures. Le bar serait relativement calme à cette heure-là un vendredi soir. Du moins, je l'espérais.

Je me suis assise au bar et j'ai attendu. Hudson était là, et voir un visage amical m'a donné un peu de courage.

—Du vin ?

J'ai secoué la tête. —Juste un soda. J'ai des problèmes d'estomac en ce moment.

Il a hoché la tête en m'observant attentivement. Il n'a rien demandé d'autre, il a simplement rempli un verre de soda avec un zeste de citron vert et l'a posé devant moi.

—Tu es seule ce soir ? Tu veux manger quelque chose ?

—J'ai rendez-vous avec quelqu'un.

—Vraiment ? Hudson détestait qu'on organise des rencards ou des plans cul dans son bar. Il ne voulait pas que l'endroit soit connu pour ça. Il essayait de créer un environnement sûr et confortable. Et il y arrivait, ce qui était exactement la raison pour laquelle O'Kelley's était l'endroit où nous avions l'habitude de rencontrer des inconnus.

— Pas ce soir, Hud.

Il pencha la tête et me regarda avec ces yeux sombres et omniscients. J'eus soudain l'envie de tout déballer, de lui raconter toute l'histoire. Hudson était gentil et attentionné, mais c'était aussi le genre d'homme que toute femme devrait désirer. Il était incroyablement séduisant et avait un côté protecteur qui disait qu'il ferait tout pour protéger la femme qu'il aimait. Pour moi, il était comme un grand frère, un de plus. J'adorais Hudson, mais je ne l'ai jamais vu autrement que comme un ami sur qui je savais pouvoir compter pour n'importe quoi.

— Je-

— Salut, dit mon rencard. Il se glissa sur le tabouret à côté de moi et fit un signe de tête à Hudson.

Le regard d'Hudson passa de moi à Pas un local et inversement. Il leva un sourcil.

J'haussai les épaules. Je n'avais pas de réponses pour lui. Pas encore.

Hudson se tourna vers Pas un local. — Ravi de te revoir. Je peux te servir quelque chose ?

— Une bière. Quelque chose de local ?

— C'est noté.

Hudson s'éloigna de quelques pas tout en continuant à nous observer. Je n'aimais pas avoir un public, même si savoir que Hudson était là me rassurait définitivement.

Hudson déposa la bière devant Pas un local et me regarda à nouveau. — Je peux vous apporter autre chose ?

— Non, tout va bien. Merci, mec.

Hudson acquiesça et se déplaça à l'autre bout du bar, nous laissant de l'intimité. Il savait que quelque chose se tramait.

— J'aime cette robe, dit Pas un local. Il passa une main le long de mon bras, ce doux contact envoyant des étincelles dans tout mon corps.

La dernière fois que nous étions ensemble, le désir était le sentiment prédominant. Cette fois, l'anxiété prenait le dessus, mais le désir était toujours là, tourbillonnant en moi d'une façon qui m'était étrangère. J'avais envie de lui sauter dessus sur-le-champ. C'était intense et brûlant et cela masquait presque la raison pour laquelle je voulais le rencontrer.

Quelqu'un heurta mon tabouret. Le type s'excusa et passa son chemin, mais cela me rappela à quel point nous étions exposés. — Pouvons-nous nous asseoir à une table ?

—Bien sûr. Il a pris nos deux verres et m'a fait signe de le guider vers une table. J'en ai trouvé une sur le côté, sans beaucoup de monde à proximité. Elle était toujours visible depuis le bar, mais à l'écart du passage.

Nous nous sommes assis et avons siroté nos verres. Il m'a regardée avec ce sourire qui me faisait fondre. Je voulais tout envoyer balader et y aller, mais je ne pouvais pas. Je devais lui dire la vérité.

J'ai éclairci ma gorge et me suis penchée en avant. J'ai ouvert la bouche, et-

—Tu veux qu'on s'en aille d'ici ? a-t-il demandé.

J'ai serré les lèvres. Je voulais hocher la tête. Oublier tout le reste et simplement profiter d'une autre nuit avec lui. Ne pas me soucier de qui il était ou de ce qui arriverait quand j'aurais avoué la vérité.

J'ai failli le faire, mais j'ai alors remarqué Hudson qui nous observait. Il essuyait le comptoir, mais son attention était dirigée vers nous. Il était trop loin pour nous entendre, mais il était clair qu'il nous surveillait. Qu'il veillait sur moi.

J'ai pris une profonde inspiration et rassemblé tout mon courage. —Je suis enceinte.

L'expression sur son visage était presque comique. Presque. Pendant une demi-seconde, son sourire séducteur s'est figé, le temps que les mots s'imprègnent. Puis la colère a jailli dans ses yeux. Il s'est adossé à son siège et m'a fusillée du regard. —Pourquoi tu me dis ça ?

J'ai grogné, mais j'ai maîtrisé ma colère. On ne se connaissait pas. Il ne pouvait pas savoir qu'il était le seul homme avec qui j'avais couché depuis plus d'un an. —C'est le tien.

Il a levé les yeux au ciel et secoué la tête. —J'ai mis une capote. Bien essayé.

—Ouais, et je prends la pilule. Je la prends tous les soirs avant de me coucher. Crois-moi, je suis aussi choquée que toi.

—Oh, je ne suis pas choqué. Ce que je veux savoir, c'est quand tu as décidé de monter ce coup ? C'était quand je suis arrivé la dernière fois ? Ou c'était une impulsion quand je t'ai envoyé le message pour te dire que je revenais en ville ?

—Tu penses que je mens ?

Il a ricané. —Bien sûr que je pense que tu mens. On a couché ensemble une fois, il y a presque six semaines, et tout d'un coup tu es enceinte. Tu crois que tu peux obtenir quelque chose de moi ? Que je vais juste te signer un chèque ?

— Euh, non. En fait, je ne veux rien de toi.

— Ouais, j'en suis sûr. Il secoua la tête et regarda autour du bar. — Wow. Tu me prends vraiment pour un imbécile. Tu crois que je vais te croire.

— Je ne sais pas pourquoi c'est si difficile à croire, mais c'est vrai. J'ai rendez-vous la semaine prochaine pour une échographie.

— Et alors ?

— Écoute, ce n'est pas comme ça que je voulais avoir des enfants, mais on ne peut rien y changer.

— On. Tu dis « on » comme si j'allais simplement sauter dans le train et commencer à m'occuper de toi. Il n'y a pas de « nous ». Il n'y a rien. Nous ne sommes rien l'un pour l'autre, et pour ce que j'en sais, tu as peut-être couché avec la moitié de cette putain de ville minable et tu essaies de me coller ce gosse. Bien essayé. Je ne tomberai pas dans ce piège. Reste loin de moi.

Je me suis adossée, bouche bée, tandis qu'il repoussait violemment sa chaise et s'éloignait d'un pas lourd. Il a disparu dans la foule, s'évanouissant de ma vue.

Wow. Je ne pensais pas qu'il serait heureux, mais je ne m'attendais pas à ce genre de réaction. Il était si attentionné quand nous avons couché ensemble que je m'attendais à un minimum de compassion de sa part. Au lieu de ça, c'est tout comme s'il m'avait traitée de putain.

— Ça va ? demanda Hudson, prenant la place de Pas un local.

J'ai secoué la tête, fixant mon verre d'un regard vide.

— C'était quoi tout ça ?

Je suis restée assise là. Je n'étais pas sûre de pouvoir prononcer les mots à voix haute. Je ne pourrais pas le garder pour moi éternellement, mais le dire à quelqu'un alors que mes émotions étaient si à vif après ce rejet était...

— Tu veux que j'appelle Blake ?

— Non ! J'ai croisé le regard d'Hudson et n'y ai vu que de la gentillesse se refléter. — Blake n'est pas au courant.

— Blake n'est pas au courant de quoi, Finley ?

Hudson savait. Je pouvais le voir dans ses yeux. Il savait, mais il n'allait pas le dire à ma place. Je devais le dire moi-même. —Que je'suis enceinte.

—Merde, souffla Hudson. —C'était le père ?

J'ai fait oui de la tête. —On s'est retrouvés le mois dernier. On s'est bien amusés. On a utilisé des protections, préservatif et je'prends la pilule. Ça n'a pas marché, apparemment. Je ne couche pas à droite à gauche, Hudson. C'est le premier mec avec qui j'ai été depuis longtemps. C'est le sien, mais il a dit...

—Qu'est-ce qu'il a dit, Fin ?

—Il a dit 'pour ce que j'en sais, tu'as couché avec la moitié de cette putain de ville minable et tu essaies de me coller ce gosse.' Je ne connais même pas son nom.

—Tu ne le'connais pas ?

J'ai secoué la tête. —Non. Dans l'appli, il n'y a que des pseudos. Pas de vrais noms. Je ne lui ai jamais dit mon nom, et je n'ai jamais demandé le sien. J'allais le faire aujourd'hui, mais il s'est juste mis en colère et il est parti.

—Tu mérites mieux.

—Mon bébé mérite mieux. Et si c'est ce qu'il pense de moi, on se portera mieux sans lui dans nos vies. Karissa a dit qu'elle'm'aiderait.

—Moi aussi. Tout ce dont tu as besoin, Fin, fais-le moi savoir. Il tendit les bras à travers la table et prit mes mains.

Je lui ai souri. —Merci. Je me sens tellement stupide.

Hudson a secoué la tête et serré mes mains. —Ce qu'il a dit n'a rien à voir avec toi. C'est un connard, et tu dois simplement l'oublier.

J'ai inspiré profondément. —Tu'as raison. Je vous ai, toi et Karissa. Je vais passer une échographie la semaine prochaine, et après ça, je'vais le dire à mes parents, à Blake, à Ian et à tous les autres.

—Karissa est la seule qui soit au courant ?

—Et maintenant toi, ai-je dit avec un sourire.

Il me sourit en retour. —Merci de l'avoir partagé avec moi. Je suis content d'avoir été là. Je suis désolé que ça te soit arrivé.

J'ai haussé les épaules en essayant de ne pas me laisser affecter. Ça faisait mal, mais Pas un local n'était pas quelqu'un à qui je consacrais beaucoup d'énergie. Il restait un étranger, et maintenant je savais qui il était vraiment.

Un connard égoïste qui ne se souciait de personne d'autre que lui-même. Eh bien, qu'il aille se faire voir. Je n'avais pas besoin de lui. Aucun de nous n'en avait besoin.

5

TRENT

Je suis parti en trombe du bar d'O'Kelley, furieux et prêt à frapper quelque chose ou quelqu'un. Quelle putain d'audace elle avait. Je ne savais pas comment elle avait découvert qui j'étais, mais je n'allais être le ticket-repas de personne. J'avais déjà subi ça pendant des années au lycée, des filles qui voulaient sortir avec moi et des gars qui voulaient devenir mes amis, tous pour obtenir quelque chose. C'est pourquoi je ne révélais plus ma fortune à beaucoup de personnes. Cet argent était un boulet, pas un avantage.

Et voilà qu'une femme de plus essayait de me l'arracher sous prétexte d'une grossesse.

Eh bien, qu'elle aille se faire foutre. Je ne tomberais pas dans le panneau.

J'ai fait irruption dans la propriété et j'ai monté les escaliers d'un pas lourd. Andrew n'était pas dans les parages, mais je ne doutais pas qu'il m'avait entendu. Je ne pouvais pas me soucier de ça pour le moment. Pas quand je me sentais aussi stupide.

J'ai enfilé des vêtements de sport et me suis dirigé vers la salle de gym que mon père m'avait construite au lycée. L'équipement était ancien, mais fonctionnel et en bon état. La seule chose qui m'intéressait était le sac de frappe dans le coin.

J'ai enfilé les gants de boxe et les ai tapés l'un contre l'autre pour les ajuster. Ça aurait été mieux si j'avais pu les attacher, mais je n'avais pas envie de demander de l'aide à qui que ce soit. J'avais juste besoin de frapper quelque chose.

Je me suis approché du sac et j'ai frappé. Il a résonné sous l'impact et a bougé de quelques centimètres. Encore et encore, j'ai frappé, le sac absorbant mes coups et revenant pour en recevoir d'autres. J'haletais et je continuais, frappant, frappant et frappant jusqu'à ce que mes bras me fassent mal, que mes poumons brûlent et que mon corps soit trop épuisé pour bouger.

Épuisé et en colère, j'ai jeté les gants au sol et je suis retourné d'un pas furieux dans ma chambre. Je me suis effondré sur le lit et je me suis évanoui, chassant toutes pensées concernant la femme du bar et tous ces bébés qui n'existaient pas.

L'AGENT immobilier est venue le lendemain midi. Je voulais quitter cette ville au plus vite, mais j'avais pris rendez-vous et je savais ce que je devais faire, alors je suis resté.

Elle avait la cinquantaine, des cheveux gris soigneusement coupés aux épaules et un tailleur violet foncé. Elle était un peu ronde au niveau de la taille et une bonne quinzaine de centimètres plus petite que moi. Mais surtout, elle n'avait pas l'air du tout impressionnée par moi ou par la maison.

— Ravie de vous rencontrer, Monsieur MacKellar.

— Vous également, Mme Weston.

— Au téléphone, vous avez dit que vous vouliez des options. Rénovations et construction versus vente en l'état.

J'ai hoché la tête, même si je n'avais plus besoin de ces options. Une partie malsaine de moi ne pouvait s'empêcher de demander.

— Eh bien, comme vous le savez certainement, il n'existe pas vraiment de propriétés comparables à cette maison. C'est la plus grande résidence à des kilomètres à la ronde, à l'exception de certaines maisons insulaires, mais celles-ci offrent un style de vie très différent du vôtre. J'ai bien peur que la vente prenne du temps, que ce soit dans son état actuel ou après d'éventuels travaux.

— De quoi parlons-nous exactement ? Des mois ou des années ?

— Possiblement des années. Ce type de maison a un marché très restreint. Nous ne pourrions pas la faire connaître localement et obtenir beaucoup de visites. L'été sera probablement la meilleure période pour vendre la maison, quand les touristes sont là et cherchent des propriétés d'investissement.

— Quel serait votre conseil ?

Mme Weston a soigneusement examiné le salon, pesant ses mots. — Je suggérerais des mises à jour mineures, rien de trop coûteux. Comme le marché cible est constitué de personnes qui ne sont pas des locaux, ils voudront quelque chose de prêt à emménager.

— Et ce n'est pas le cas actuellement ?

— Si, mais c'est aussi fatigué. L'ameublement aurait besoin d'être rafraîchi, toute la maison est datée, et les murs nécessitent une nouvelle couche de peinture.

— Quels murs ?

— Tous, a-t-elle dit d'un ton pragmatique. — Je vous suggère de prendre les six prochains mois environ, pendant l'hiver quand il n'y a pas beaucoup de circulation supplémentaire ici, et de faire venir des gens pour réaliser ces travaux. Je peux vous recommander quelques entrepreneurs, si cela vous intéresse, ainsi que des installations de stockage et des entreprises de location si vous souhaitez mettre en scène la maison correctement.

— Et si je veux simplement m'en débarrasser ? lui ai-je demandé.

Elle a soufflé bruyamment, me faisant comprendre que c'était une idée désastreuse. Peut-être l'était-ce, mais je ne supportais pas l'idée de revenir. Pas après la femme de l'application de rencontres.

Mme Weston examina à nouveau la pièce, comme si elle la découvrait pour la première fois. Je lui avais fait visiter toute la maison, les sept chambres, les neuf salles de bains, le salon et les salles familiales, les deux cuisines, tous les quartiers du personnel, la salle de jeux et la salle de cinéma et tout le reste. La maison avait tout ce dont une personne pouvait avoir besoin et même plus.

— Je peux la mettre en vente en l'état. C'est toujours une option. Vous n'en tirerez pas autant d'argent.

— L'argent m'importe peu. Je veux simplement me débarrasser de cette maison.

— Que diriez-vous de ceci, M. MacKellar ? Je vais préparer une annonce. Nous pouvons prendre des photos et la mettre sur le marché. Chaque mois, vous réalisez un projet. Une chose qui rendra la maison plus facile à vendre. Nous pouvons maintenir le prix que nous décidons et offrir les extras en bonus à quiconque achète la maison.

— Donc, je ne recevrai aucun argent pour le travail supplémentaire ?

— Vous vendrez la maison.

Son ton ne laissait aucune place à la contestation. Il indiquait clairement que la maison ne se vendrait pas sans faire les travaux qu'elle recommandait. Si je voulais m'en débarrasser, je devais accepter que cela prendrait du temps ou je devais la rendre impossible à résister.

— Très bien. Préparez-moi les documents. Je signerai tout dès que vous les aurez prêts. Je veux passer le moins de temps possible en ville.

— Compris. Je vous aurai tout envoyé d'ici lundi.

— Si long ?

— J'ai besoin de temps pour faire justice à cette annonce. Je resterai encore une heure environ pour prendre des photos de toute la propriété, si cela vous convient.

— Bien sûr. Faites ce que vous avez à faire. Je vais vous laisser tranquille pendant un moment.

— Merci, M. MacKellar. Je vous recontacterai.

J'ai hoché la tête et l'ai laissée travailler. Plus vite elle mettrait la maison en vente, mieux ce serait. Elle ne faisait que me rappeler le passé. Ma mère et sa perte, mon enfance, et maintenant le fait d'avoir été assez idiot pour croire que je pourrais passer inaperçu dans la ville où tout le monde savait qui j'étais.

J'ai pris mes clés et je suis sorti. S'il y avait bien une chose pour laquelle la région était idéale, c'était les longues balades en voiture. J'ai pris la direction du nord en restant proche de l'eau pendant que je montais vers Massena. Je n'avais pas de destination précise en tête, mais une fois arrivé là-bas, je me suis arrêté pour déjeuner rapidement dans un restaurant de hamburgers local, puis j'ai repris la route vers L'anse MacKellar.

Mme Weston était partie quand je suis revenu à la maison. Il était trop tard pour retourner à Niagara Falls, alors j'ai préparé mon dîner et je suis retourné à la salle de sport. Épuisé, je me suis effondré dans mon lit, ignorant toutes les pensées, les souvenirs et les rêves concernant la femme avec qui j'espérais passer le week-end.

JE ME SUIS COMPORTÉ comme un connard pendant le reste du week-end. Ça s'est prolongé durant toute la semaine, et Jeffrey est entré dans mon bureau sans s'annoncer après que j'ai fait pleurer une femme de ménage en lui parlant sèchement.

—Est-ce que tout va bien ?

—Ouais, super, ai-je lâché, me comportant exactement comme un adolescent boudeur.

—Tu en es sûr ? Parce que ce n'est pas ton genre de passer tes frustrations sur le personnel. Tu as reçu de mauvaises nouvelles concernant ton père ?

—Non, il va bien. Pour autant que je sache. Je n'ai pas parlé à Greta depuis une semaine.

—D'accord, alors qu'est-ce qui se passe parce que tu te comportes comme si quelqu'un avait chié dans ton petit-déjeuner. Jeffrey était mon assistant depuis presque six ans. Il était la seule personne, en dehors de X et McJenna, qui me parlait d'égal à égal. J'appréciais cela parce que j'avais besoin de quelqu'un qui me remettrait à ma place de temps en temps.

—Je suis retourné à L'anse MacKellar ce week-end.

—J'en suis conscient, a dit Jeffrey lentement, comme si j'étais un idiot.

—Il y a cette femme.

—Sérieusement ? Tout ça pour une femme ?

—Elle m'a dit qu'elle est enceinte.

—Et c'est le tien ?

J'ai hoché la tête.

—Eh merde.

—Ouais. Mais je ne pense pas qu'elle soit vraiment enceinte. Je veux dire, on n'a couché ensemble qu'une fois et j'ai utilisé un préservatif.

—Et tu es sûr de l'avoir utilisé correctement ? Il n'était pas périmé ou quoi que ce soit ?

—Pourquoi je me baladerais avec des préservatifs périmés ?

—Quand les as-tu achetés ?

—Je ne sais pas. Ça n'a pas d'importance. Elle n'est pas vraiment enceinte.

—Et tu sais ça comment ?

Son haussement de sourcil m'énervait. Tout dans son interrogatoire m'énervait. Je le savais parce que je m'étais déjà fait avoir une fois. Parce que je savais comment les femmes me regardaient. Parce que j'avais été assez stupide pour tomber dans le même piège la dernière fois.

Jeffrey soupira lourdement et secoua la tête. —Écoute, je ne connais pas cette femme. Je me fiche qu'elle soit la personne la plus douce au monde ou le diable incarné. Tout ce qui m'importe, c'est toi. Je pense que tu te dois d'en savoir plus sur elle. Si tu as vraiment un enfant quelque part, tu voudras être impliqué.

Je secouai la tête, mais je savais qu'il avait raison. Mais l'idée qu'une femme quelconque de mon ancienne ville natale tombe accidentellement enceinte la seule fois où on avait été ensemble... C'était un peu tiré par les cheveux.

—Parlons d'autre chose.

—D'accord, mais tu dois me promettre d'arrêter de passer ta mauvaise humeur sur le personnel. On ne peut pas se permettre d'embaucher tout un nouveau staff à l'approche des fêtes.

—Les fêtes sont encore loin, marmonnai-je.

—Pas assez loin pour former une nouvelle équipe. Enferme-toi ici si tu en as besoin, mais laisse-les tranquilles.

Il me fixa jusqu'à ce que je lui fasse un signe de tête.

—Bien. Alors je retourne travailler et essayer d'empêcher Grace de démissionner.

—Tu veux que je lui parle ?

—Non. Je veux que tu restes assis ici et que tu t'éloignes des autres jusqu'à ce que tu sois présentable. Peut-être que d'ici le Nouvel An, tu seras moins con.

J'ai ricané. —Peu probable.

Jeffrey m'a fait un sourire qui disait qu'il ne comprenait que trop bien. —Découvre qui elle est, patron. On verra ensuite. Et appelle ton avocat.

J'ai hoché la tête. Jeffrey m'a laissé seul avec mes pensées. Elles tourbillonnaient, dansaient et s'entortillaient en moi jusqu'à ce que je ne ressente plus que la même rage. Jeffrey avait raison. Je n'étais bon à rien aujourd'hui.

J'ai quitté le bureau et suis monté à l'appartement. Personne n'était à la maison si tôt dans la journée, alors j'avais l'endroit pour moi tout seul pour ruminer. J est rentrée de l'école et a fait ses devoirs, puis nous avons commandé à dîner et attendu l'arrivée de X. J'ai essayé d'être aussi normal que possible avec eux, mais dès que J est allée se coucher, X m'a sauté dessus.

—Qu'est-ce qui ne va pas ? Tu n'es pas toi-même depuis ton retour.

Je savais qu'il allait le découvrir tôt ou tard, mais prononcer ces mots à nouveau était plus difficile que je ne le pensais. Même à mon ami le plus proche.

—C'est cette femme ? Quelque chose s'est passé avec elle ? Elle a choisi quelqu'un d'autre à ta place ?

J'ai ricané face à son ton moqueur. Il pensait être drôle, mais il avait touché trop près du but.

—C'est bien elle. Qu'est-ce qui s'est passé ? Tu devais la retrouver. Elle t'a posé un lapin ?

—Non, je l'ai vue.

—Et alors ? Ce n'était pas aussi bien cette fois ? Tu n'arrêtais pas de parler d'elle pendant des semaines. Je pensais que j'allais devoir éloigner J pendant quelques jours pendant que tu détaillais toutes les choses cochonnes que tu as faites avec Doit aimer les livres.

—Il n'y a pas eu de moments cochons cette fois.

—Pourquoi pas ? Elle est vraiment avec quelqu'un d'autre ?

—Ouais, un enfant.

— Pardon ? Le visage de X devint furieux et je réalisai comment mes mots avaient sonné.

— Pas comme ça. Non. Elle est enceinte. Ou elle prétend l'être.

— Putain de merde, souffla X.

Il était la seule personne qui savait pour Michelle. Le seul à qui j'en avais parlé. Et c'était après une demi-bouteille de whisky. Je n'arrivais pas à admettre que la femme avec qui j'étais sorti pendant presque un an m'avait annoncé qu'elle était enceinte dans l'espoir d'obtenir une bague. Quand elle ne l'a pas eue, elle est sortie et a essayé de tomber réellement enceinte. Je ne l'ai découvert qu'après son premier trimestre quand elle a refusé d'aller chez un médecin. J'ai pris rendez-vous et l'ai forcée à y aller pour nous assurer que le bébé allait bien, uniquement pour découvrir qu'il n'y avait pas de bébé et qu'il n'y en avait jamais eu.

Michelle a essayé de dire qu'elle avait fait une fausse couche, mais la technicienne a refusé de soutenir son mensonge. J'ai quitté Michelle ce jour-là et je n'ai jamais regardé en arrière. Je n'aurais pas dû regarder autour de moi non plus.

— Je n'arrive pas à croire que j'ai été assez stupide pour tomber dans le piège une deuxième fois. Je ne sais même pas qui était cette nana. Elle était sexy et amusante et... Peu importe. Elle savait qui j'étais, d'une façon ou d'une autre.

— Tu ne la connais pas ? Quel âge avait-elle ?

— Je ne sais pas. Je dirais un peu plus jeune que moi. Je n'ai jamais eu à chercher des amis en grandissant. Pas que j'en avais beaucoup, pas des vrais, mais je n'ai jamais été celui qui cherchait les autres.

— As-tu un vieux yearbook quelque part ?

— Je ne vais pas chercher cette femme dans un album de promo.

— D'accord, en ligne alors. Tu as dit qu'elle travaillait dans une librairie ? Comment s'appelait-elle ?

— Je ne sais pas. Ce n'est pas comme si on était entrés par la porte d'entrée.

— Merde, tu ne sers à rien. C'est près de ce bar, c'est ça ?

— Ouais, chez O'Kelley.

— D'accord, Petits ami du Livre Illimité. Il y a un site web. C'est elle ? Cette femme est la propriétaire.

Il retourna son téléphone et me montra l'écran. La femme que je voulais apprécier me fixait avec ses yeux bruns pétillants et ses cheveux bruns effrontés. Un reflet brillait sur le piercing au nez qu'elle arborait. Un trio d'anneaux pendait de son oreille visible.

—C'est elle, dis-je en lui rendant le téléphone.

—D'accord, Finley Jameson a ouvert...

—Finley Jameson ? demandai-je.

—Ouais. X leva les yeux vers moi. —Tu la connais ?

Je secouai la tête. —Pas vraiment. Elle est plus jeune que moi. Quatre ou cinq ans, je pense. Peut-être plus. J'ai obtenu mon diplôme avec son frère.

—Vraiment ?

J'acquiesçai.

—Donc, c'est une locale, et il est très facile de supposer qu'elle savait exactement qui tu étais.

—Oui, très facile.

—Qu'est-ce que tu vas faire à ce sujet ?

Je secouai à nouveau la tête. —Que puis-je faire ? C'est une inconnue pour moi. Une que je ne prévois jamais revoir.

À LA FIN de la semaine, j'ai décidé que je ne pouvais pas laisser passer les mensonges de Finley Jameson. Jeffrey avait raison. Je voulais des réponses sur qui elle était et pourquoi elle avait fait ce qu'elle avait fait. La seule personne que je connaissais qui pouvait obtenir ces réponses était mon avocat.

J'ai pris rendez-vous pour le lundi matin à la première heure. J'ai demandé à avoir un portrait complet de tout ce qui la concernait quand je viendrais. Et il a tenu parole.

—C'est un cas vraiment intéressant. Comment la connaissez-vous ? demanda M. Whiteside après que nous ayons échangé des politesses et qu'il se soit enquis de mon père.

—Un coup d'un soir qui a mal tourné, ai-je avoué. J'ai retenu de nombreuses leçons de mon père, mais la plus importante était de ne jamais mentir à mon avocat. Ça ne finit jamais bien.

Il a sifflé. —Tu sais vraiment comment les choisir. Elle est une personne assez respectée, mais ça n'a pas toujours été le cas. Quand elle a ouvert sa librairie, elle a essuyé beaucoup de critiques. Personne en ville ne voulait qu'elle ouvre. Elle a dû attendre des années avant d'obtenir l'autorisation.

—Que voulez-vous dire ?

—Elle est résiliente. Sa librairie ne vend que des romans d'amour, et les habitants de L'anse MacKellar n'étaient pas d'accord avec ça. Ils ne voulaient pas que ce qu'ils considéraient comme du « porno pour mamans » soit exposé si près du centre-ville. Tout cela figure dans les archives municipales. Pas étonnant que tu aies quitté la ville.

—C'est un peu différent maintenant.

—Je l'espère. Mais que ce soit différent ou non, elle est en difficulté.

—Que voulez-vous dire ? ai-je demandé. Je me suis

penché en avant sur mon siège, appuyant mon avant-bras sur le bord de son bureau.

—Elle est tout juste à l'équilibre. Et elle n'y est arrivée que récemment. Elle était dans le rouge ces deux dernières années.

—Qu'est-ce qui a changé ?

—Il semble qu'elle ait organisé quelques événements cet été qui ont eu du succès. Quelques séances de dédicaces et des événements municipaux dont elle a pu profiter. J'ai l'impression qu'elle n'est pas la meilleure femme d'affaires qui soit.

Je me suis adossé à mon siège et j'ai secoué la tête. Ça ne devrait pas me déranger qu'une femme que je ne connaissais pas essaie de profiter de moi. Ce n'était pas la première fois, et ce ne serait certainement pas la dernière.

J'ai essayé de mettre de côté cette partie de moi qui pensait que nous avions passé un bon moment. Je ne lui devais rien juste parce que nous avions couché ensemble. Peu importait à quel point le sexe était bon, cela n'exigeait pas une vie entière de paiements.

—Elle prétend être enceinte de mon enfant, ai-je avoué.

M. Whiteside m'a regardé pendant un long moment, puis a ri doucement. Il a secoué la tête et a dit : —Bon sang, mon gars.

— Avez-vous trouvé quoi que ce soit qui indique qu'elle est enceinte ?

— Non, mais je ne cherchais rien de ce genre. La seule option serait de voir si je peux la trouver sur un planning. Je ne peux pas accéder aux dossiers médicaux.

— Même si vous le pouviez, il n'y aurait aucune preuve que l'enfant est le mien, si elle est vraiment enceinte.

— Pas sans un test. Elle ne pourra rien obtenir de vous sans un test de paternité. Même si elle vous inscrit sur l'acte de naissance, l'État ne peut pas vous tenir responsable sans preuve. Sa parole n'est pas une preuve.

— Alors, que dois-je faire maintenant ?

M. Whiteside se pencha en arrière dans son fauteuil et se frotta la barbe. Le noir était parsemé de blanc, lui donnant un air distingué. Il était mon avocat depuis mon installation à Niagara Falls, quelqu'un qui m'avait été fortement recommandé. Il s'assurait que toutes mes entreprises commerciales étaient menées d'une manière qui m'était la plus avantageuse, et il avait tout organisé pour mon père quand ce dernier avait pris sa retraite en Californie.

— Je peux rédiger des documents stipulant que vous ne prendrez en charge que l'enfant, sous réserve des résultats d'un test de paternité. Comme elle possède sa propre entreprise, elle n'a peut-être pas une bonne assurance. Je dirais que vous pourriez offrir de payer la moitié des frais médicaux jusqu'à l'accouchement, si vous vous sentez généreux, et si l'enfant est le vôtre.

— Et pour la garde ?

— Voulez-vous la garde ? demanda M. Whiteside.

— Je supposais juste...

— Trent, voici la vérité. Elle aura la garde complète. Il est très peu probable qu'un juge vous l'accorde. Vous avez la meilleure situation financière, de loin, mais elle est la mère. À moins que vous ne puissiez prouver qu'elle est inapte, le mieux que vous puissiez espérer est la garde partagée. Mais, si tout ce que vous voulez, c'est un droit de visite, vous pouvez l'obtenir aussi. La garde partagée signifie que vous allez devoir inscrire l'enfant à l'école. Le droit de visite signifie que vous pouvez être le père sympa qui récupère l'enfant pendant les vacances scolaires.

Ma tête me faisait mal face à la réalité de la situation. Je ne pensais même pas qu'elle était enceinte et nous parlions déjà de vacances scolaires et de garde partagée. N'étaient-ce pas des choses dont on s'inquiétait quand le bébé était là ? Quand cela importait ?

— Nous pourrons régler tout cela une autre fois, mais vous devez commencer à réfléchir à ce que vous voulez. Si elle est vraiment enceinte, je vous suggère de constituer un dossier pour demander la garde complète. Vous perdrez probablement, mais vous pouvez l'utiliser pour prouver que vous voulez être impliqué dans la vie de l'enfant. Si c'est vraiment ce que vous voulez. Si vous vous en fichez, envoyez-lui un chèque tous les mois et ne vous en souciez plus.

Ça me faisait mal d'imaginer mon enfant grandir en croyant que je ne m'en souciais pas. J'avais vécu trop de ces journées-là. Des jours où mon père travaillait et n'était pas présent. Quand il manquait un match de baseball ou de basket ou tant d'autres choses. Des jours où je me demandais ce qu'aurait été la vie si ma mère était encore en vie.

Pouvais-je vraiment faire ça à mon enfant ?

— Vérifions d'abord si elle est enceinte. Ensuite, nous déterminerons si c'est le tien. Tout le reste pourra être réglé après ça.

J'ai hoché la tête. Ça semblait raisonnable. Trouver des preuves.

6

FINLEY

Être au cabinet de ma sage-femme me paraissait surréaliste. J'y étais allée de nombreuses fois au fil des années et j'avais remarqué toutes ces femmes enceintes, mais maintenant que j'en faisais partie, je voyais tout différemment.

Cette femme dans le coin qui tenait la main d'un homme, le regard vide. Je me demandais si elle avait fait une fausse couche ou reçu de mauvaises nouvelles. La femme qui caressait son ventre très rond avec un sourire satisfait était clairement heureuse. La femme seule à l'autre bout de la pièce, elle pouvait être comme moi, au tout début de sa grossesse.

—À quoi penses-tu ? demanda Karissa.

Elle était ma personne de soutien. Elle se remettait encore de son opération et était constamment inconfortable, mais elle avait insisté pour m'accompagner chez la sage-femme.

—J'observe juste les gens.

—Tu es nerveuse ?

J'ai hoché la tête. J'étais terrifiée. Quand j'avais appelé pour prendre rendez-vous, la réceptionniste m'avait dit qu'ils n'acceptaient pas de rendez-vous avant huit semaines de grossesse minimum, pour avoir plus de chances d'entendre un battement de cœur. Je n'avais pas vraiment pensé à perdre le bébé jusqu'à ce qu'elle dise cela, et depuis, c'était tout ce à quoi je pouvais penser.

J'aimais mon bébé. Même si je n'étais qu'à neuf semaines de grossesse et que je ne connaissais pas mon bébé, je l'aimais de tout mon être.

Karissa m'a pris la main et l'a serrée. Je lui ai souri. Traverser cette grossesse seule aurait été difficile, mais elle s'assurait que je n'aie pas à le faire. Nous n'avions pas discuté de ce qui se passerait une fois le bébé arrivé, mais je savais qu'elle serait là pour moi.

—Finley Jameson ? appela quelqu'un depuis la porte ouverte.

Karissa et moi nous sommes levées et avons approché la femme. Elle nous a regardées en haussant les sourcils.

—Je suis Finley. Voici mon amie et ma personne de soutien. J'aimerais qu'elle m'accompagne si c'est possible.

—Bien sûr. Je voulais juste m'assurer de savoir qui était la patiente. Je suis Ally. Je vais prendre vos signes vitaux et vous installer. L'infirmière avait un sourire bienveillant et un visage amical. Elle nous a conduites à l'arrière et m'a demandé de monter sur une balance. Ensuite, elle m'a tendu un gobelet pour un échantillon d'urine. Une fois cela terminé, elle nous a guidées vers une salle.

—Donc, neuf semaines de grossesse, c'est bien ça ?

J'ai hoché la tête.

—Comment te sens-tu ?

—Je me sens bien.

—Elle a des nausées matinales quatre ou cinq matins par semaine, a dit Karissa. Ça dure environ vingt minutes à chaque fois. Elle prend des toasts secs tous les matins au petit-déjeuner. Elle a supprimé toute la caféine de son alimentation et se concentre sur l'eau et le thé si elle en a besoin. Le citron jaune et vert l'aide contre les nausées, mais si elle ne mange pas régulièrement, les nausées reviennent tout au long de la journée.

L'infirmière a souri à Karissa en prenant des notes. Tu as une amie formidable, Finley. Merci pour ces informations.

J'ai tendu la main et serré celle de Karissa. Merci.

—Je savais que tu ne penserais pas à lui dire tout ça. J'ai tout noté.

—Tu es intelligente. Bon, pour la consultation d'aujourd'hui, nous allons confirmer les résultats du test de grossesse. Julie viendra faire un examen général, suivi d'une échographie. Ça te convient ?

J'ai hoché la tête même si mes paumes commençaient à transpirer.

—Elle est nerveuse, a dit Karissa.

—Tout le monde l'est. Nous irons vite et passerons à l'échographie dès que possible.

Elle se déplaçait dans la pièce tout en parlant. Elle a trempé un test de grossesse dans l'échantillon d'urine et l'a laissé reposer sur le comptoir pendant qu'elle prenait ma tension artérielle, enregistrait mon pouls et écoutait mon cœur et mes poumons.

—Y a-t-il eu des changements dans vos antécédents médicaux depuis votre dernière visite ?

—À part toute cette histoire de grossesse, non.

Ally a souri. Je comprends tout à fait. Y a-t-il une raison de faire un test d'IST ?

J'ai regardé Karissa avec des yeux écarquillés.

— Le père est un inconnu. Ils ont utilisé un préservatif, mais visiblement il n'a pas été efficace.

— Nous pouvons ajouter ça si vous voulez.

J'ai hoché la tête. — Je devrais probablement le faire. Mon Dieu, je me sens tellement stupide.

— Il n'y a aucune raison de vous sentir stupide, a dit Ally.

Elle a attaché un élastique autour de mon biceps et m'a donné une balle anti-stress. — Les gens couchent avec des inconnus tout le temps et ce n'est pas grave. Vous êtes juste malheureusement celle qui s'est retrouvée avec une situation délicate. Avez-vous pu localiser cet homme pour lui parler du bébé ?

Karissa a ricané.

— Ouais. Il m'a pratiquement accusée d'être une traînée et a dit qu'il n'y avait aucune chance que le bébé soit de lui puisqu'on avait utilisé un préservatif.

— Mais vous savez que c'est le sien. Ce n'était pas une question.

— C'est la seule personne avec qui j'ai couché depuis un an.

— Preuve assez solide, a dit Ally en enfonçant l'aiguille dans mon bras. — Nous pouvons aussi faire un test de paternité. Il y a de fortes chances que vous en ayez besoin, à un moment donné. Pendant la grossesse, cela comporte des risques. Votre grossesse n'est pas à risque élevé, mais Julie vous recommandera probablement d'attendre la naissance du bébé si c'est une option.

— Je doute que j'aie à m'en inquiéter. Je ne le reverrai jamais.

Nous sommes toutes restées silencieuses pendant que mon sang s'écoulait dans le petit tube qui me dirait si j'avais reçu plus de Pas un local que juste une grossesse. Mon Dieu, j'espérais que non. Je ne pouvais pas supporter plus de surprises.

Ally a retiré l'aiguille et a appliqué une boule de coton et un pansement sur mon bras. Elle a agité le tube, puis y a collé une étiquette. — Julie viendra vous voir bientôt pour faire votre échographie. Cela prendra un peu de temps, généralement quelques jours. Nous vous contacterons avec les résultats. Et le test est positif, donc officiellement, je peux vous dire félicitations.

J'ai souri. — Merci.

Ally est sortie de la pièce, nous laissant Karissa et moi seules. J'avais envie de m'affaler sur la table d'examen et d'oublier tout ça.

—Tout va bien se passer, dit Karissa.

J'ai hoché la tête en priant qu'elle ait raison.

Une minute plus tard, un coup à la porte précéda Julie. — Bonjour, mesdames. Comment allez-vous toutes les deux ?

—Bien, avons-nous répondu en chœur.

—Excellent. Et comment nous sentons-nous par rapport au bébé ? J'ai vu les notes d'Ally.

—Inquiète, ai-je admis.

—Qu'est-ce qui vous inquiète ?

—Je ne sais rien sur le père, et j'ai peur qu'il m'ait transmis quelque chose. Je m'inquiète aussi pour le battement de cœur. Et je suis enceinte et célibataire et je gère ma propre entreprise et—

—C'est beaucoup à gérer, dit Julie calmement. —Je comprends. Prenons une chose à la fois. Je vais commencer par un examen physique rapide, puis nous allons écouter le battement du cœur.

J'ai acquiescé, laissant sa personnalité calme m'envelopper et m'apaiser. Son examen fut rapide, terminé en quelques minutes. Puis elle a roulé l'appareil d'échographie jusqu'au côté de la table.

—À neuf semaines, nous devrions pouvoir entendre un battement de cœur. Je cherche beaucoup plus que cela, alors cela prendra quelques minutes. Êtes-vous prête ?

J'ai hoché la tête.

—Bien, penchez-vous en arrière et soulevez votre chemise. J'aurai aussi besoin que vous baissiez un peu votre pantalon puisque votre utérus est encore bas.

J'ai fait comme elle m'a dit.

Elle a appliqué du gel sur la sonde et l'a positionnée sous mon nombril. Elle a cliqué sur quelques boutons de l'ordinateur et un bruit de battement a rempli la pièce.

—Voilà le battement de cœur. Fort et régulier. Exactement ce que nous voulons entendre. Si vous regardez ici, c'est votre bébé.

J'ai regardé la forme floue qu'elle indiquait sur l'écran. Mes yeux se sont embués. Karissa m'a pris la main et l'a serrée fort.

— Salut, bébé, a chuchoté Karissa. C'est si bon de te rencontrer. Tu es un bébé chanceux parce que tu as la meilleure maman du monde entier.

Les larmes ont coulé sur mes joues à l'écoute de ses mots. Je ne pouvais rien dire à cause de l'énorme boule logée dans ma gorge.

Julie a continué son travail, prenant des mesures de choses que je n'arrivais pas à distinguer. Elle était rapide et efficace, et quand elle a terminé, elle m'a tendu deux photos imprimées et une clé USB. Celle-ci contient toutes les photos que j'ai prises pour que vous puissiez les partager avec votre famille et vos amis, et le père si vous le souhaitez.

— Merci, a dit Karissa à ma place.

— Ally m'a dit qu'elle vous avait parlé d'un test de paternité ?

J'ai acquiescé d'un signe de tête.

— Je recommande toujours d'attendre la naissance du bébé. Je sais que ce n'est pas toujours possible, cependant. Qu'en pensez-vous ?

J'ai haussé les épaules et secoué la tête. Je ne vois pas l'intérêt de se précipiter. Je le lui ai dit, et il est parti, donc je suppose que je ne le reverrai jamais. Vous avez besoin d'un échantillon de lui, n'est-ce pas ?

— En effet. Laissons cela de côté pour l'instant. Nous

pourrons faire le test après la naissance du bébé si c'est toujours nécessaire. Si vous n'arrivez pas à le contacter, ce n'est pas quelque chose que nous pouvons faire. Mais nous réglerons cette question une autre fois.

Tout ce que je pouvais faire, c'était hocher la tête.

Julie m'a tapoté la main. Continuez à prendre vos vitamines prénatales et à faire ce que vous faites déjà. Vos nausées matinales devraient s'améliorer au deuxième trimestre. Si ce n'est pas le cas, ou si elles s'aggravent, nous pourrons discuter d'autres solutions possibles.

— D'accord, ai-je soufflé, luttant encore pour faire autre chose que pleurer. Je fixais la photo de mon bébé.

— Je sais que ce n'est pas facile, Finley, mais vous avez une amie formidable ici. Vous avez de la chance de l'avoir à vos côtés.

J'ai acquiescé. Je sais. J'ai beaucoup de chance.

Julie me tendit une boîte de mouchoirs et essuya le gel sur mon ventre. Elle me dit de planifier mon prochain rendez-vous dans un mois et qu'elle me verrait à ce moment-là.

Quand elle fut partie, je pris une profonde inspiration et tentai de calmer mon cœur qui battait la chamade. J'allais avoir un bébé. Seule.

— Tu te sens mieux ? demanda Karissa.

Je fis oui de la tête. — Oui. C'est toujours terrifiant, mais savoir qu'il va bien rend tout plus facile.

— Tu n'es pas seule dans tout ça.

J'ai ri, me demandant comment elle avait pu lire dans mes pensées. — Merci.

— De rien. Que dirais-tu d'aller déjeuner ? Chez O'Kelley ?

J'ai acquiescé, me sentant affamée et, pour une fois, pas du tout nauséeuse. — Ça me semble parfait.

— QUAND VAS-TU ANNONCER la nouvelle du bébé à tout le monde ? me demanda Karissa pendant le trajet de retour vers L'anse MacKellar.

J'ai soupiré. — Je ne sais pas. Je me sens mal de le cacher à tout le monde, mais je ne suis pas encore prête à en parler.

— Tu en parles bien avec moi.

J'ai ri. — Tu ne m'as pas vraiment laissé le choix. Et de toute façon, je n'aurais jamais pu traverser tout ça sans toi. Je sais que tu ne me juges pas, mais...

— Tu penses que les autres le feront ?

J'ai secoué la tête. — Je ne sais pas. Blake m'a dit à la réception de Sebastian et Zoey qu'elle et Ian essaient d'avoir un bébé. Et s'ils avaient du mal à tomber enceinte ? Et puis il y a moi qui suis tombée enceinte sans même essayer, avec un type que non seulement je ne connais pas, mais qui ne veut rien avoir à faire ni avec moi ni avec le bébé. Je me sens déjà nulle d'être tombée enceinte comme ça, et la culpabilité est vraiment difficile à gérer.

—Tu n'as aucune raison de te sentir coupable. Même si tu étais mariée et que tu tombais enceinte alors qu'elles ne le sont pas, ce ne serait pas pour leur faire de la peine. Je sais que ce n'est pas comme ça que tu voulais fonder une famille, mais ce bébé est aimé. Et il sera encore plus aimé quand il arrivera.

J'ai souri et garé la voiture devant O'Kelley's. —Merci. J'ai posé ma main sur mon ventre. —C'est bizarre, tu sais. Il y a une personne là-dedans. Un vrai petit bébé bien vivant. Il grandit et se développe et un jour il sera dehors à mettre des femmes enceintes et à se comporter comme un crétin comme son père.

Karissa a pouffé. —Ou alors il sera gentil et compatissant et aimera tout ce qui est amour comme sa maman et il changera notre opinion sur les hommes.

J'ai ri doucement. —Je préfère cette version.

—Moi aussi. Allons déjeuner.

J'ai acquiescé et je l'ai suivie dans le O'Kelley's. Karissa n'était pas beaucoup sortie depuis son opération, surtout pas au O'Kelley's où ça pouvait être bondé et où elle risquait de se faire bousculer. Mais l'endroit était calme pour le déjeuner et nous avons pris place au bar sans croiser personne.

—Quelle belle surprise. Qu'est-ce que vous faites par ici toutes les deux ? Comment te sens-tu, Rissa ? a demandé Hudson.

—Je vais bien. On profite juste de la journée. On voulait déjeuner.

—C'est ce qu'on propose. Vous voulez un moment pour réfléchir ou vous savez déjà ce que vous voulez ?

—Un club sandwich au dinde pour moi avec des cheese curds, a dit Karissa. —Et un soda avec du citron vert.

—Et toi Fin ?

—Pareil. Ça a l'air bien.

—Je vous apporte ça tout de suite.

Hudson a rempli nos verres, puis est allé à l'arrière pour passer nos commandes tandis que Karissa et moi le regardions s'éloigner.

—J'aimerais vraiment pouvoir trouver Hudson attirant, a dit Karissa. —C'est un mec tellement bien.

—J'aurais dû me faire engrosser par lui à la place.

Karissa a pouffé. —Il serait un papa gâteau. S'il retombe amoureux un jour, cette femme sera vraiment chanceuse.

J'ai hoché la tête au moment où la porte d'entrée s'est ouverte violemment. Karissa et moi nous sommes retournées pour voir Anna Charlotte traverser le bar d'un pas furieux.

—Avez-vous vu Hudson Grant ? nous a-t-elle aboyé.

—Il est à l'arrière, a répondu Karissa.

—En train de se cacher, probablement, a gémi Anna.

—Que se passe-t-il ? ai-je demandé. Je n'aimais pas l'idée de m'interposer entre Anna et Hudson, mais j'avais déjà affronté sa colère. Si elle allait s'en prendre à Hudson, je voulais essayer de la calmer si possible.

—J'aurais dû me douter que vous étiez amis. Est-ce que tout le monde pense que nous avons besoin d'aumônes ?

—Hé, je n'ai pas essayé de vous faire l'aumône. Et quoi qu'il se passe avec Hudson, je suis sûre que ce n'est pas le cas non plus.

—Ouais, bien sûr.

—Qu'a-t-il fait ? a demandé Karissa.

—Il a embauché mon fils pour travailler ici ! a crié Anna.

J'ouvrais la bouche pour lui demander en quoi c'était un problème quand Hudson est sorti de la cuisine, l'air mécontent. —Que se passe-t-il ici ?

—Toi ! a grogné Anna. —Comment oses-tu !

—Désolé, mais qui êtes-vous et de quoi diable m'accusez-vous ?

—Ça. C'est de ça que je parle. Vous avez embauché mon fils, mon fils adolescent, sans même me parler. Il a quinze ans !

—Attendez, vous parlez de Joey ?

— Oui, je parle de Joey. Mon fils. Celui que vous avez embauché sans consentement parental parce que vous avez pitié de nous ou quelque chose comme ça. Nous n'avons pas besoin de charité. Je travaille. J'ai deux emplois. On s'en sort. Nous n'avons pas besoin de vous, d'aucun d'entre vous, pour nous faire des faveurs.

— D'accord, calmez-vous, je...

— Me calmer ? Vraiment, vous allez me dire de me calmer. Vous m'insultez, et c'est moi qui suis ridicule.

— Écoutez, madame, je ne vous insulte pas. Je n'ai pas donné ce travail à Joey parce que j'ai pitié de vous. J'avais besoin d'un débarrasseur. Quelqu'un qui pourrait être là les après-midis. C'est calme la plupart des après-midis, donc mes employés réguliers ne sont pas vraiment contents de travailler pendant ce créneau. Je cherchais quelqu'un qui pourrait. J'ai demandé autour de moi, et James a dit qu'il contacterait Joey. Je n'avais aucune idée que vous n'étiez pas au courant de ce qui se passait.

— Eh bien, maintenant vous le savez, alors vous pouvez y mettre fin.

— Certainement pas.

— Pardon ? Elle se redressa comme s'il l'avait giflée. Elle laissa tomber son sac surdimensionné au sol et serra les poings. La femme était prête à se battre.

— Je ne sais pas ce que vous pensez que je vais faire, mais je ne vais pas renvoyer Joey. Il était ici à la fin de la semaine dernière pour un entretien. Il est poli et capable de faire le travail. Il ne peut travailler que des heures limitées, ce qui signifie qu'il est parfait pour ce dont j'ai besoin. Il veut travailler, et je voulais l'embaucher. Si vous avez un problème avec ça, alors c'est à vous de lui dire qu'il n'est pas autorisé à travailler ici. Je ne ferai pas votre sale boulot et je ne serai pas le méchant à votre place.

— Vous n'auriez jamais dû l'embaucher sans me parler.

— Peut-être pas, mais quand un adolescent se présente et dit qu'il veut travailler, j'ai supposé que son tuteur savait où il se trouvait.

— Je travaille deux emplois pour subvenir aux besoins de mes enfants. Je ne suis pas à la maison tout le temps. Sa colonne vertébrale se raidit tandis que ses joues devenaient rouges.

— Et Joey veut travailler. Où est le problème ? Êtes-vous en colère parce que vous n'acceptez pas l'aide de votre fils ou parce que vous pensez que tout le monde ici a pitié de vous ? J'ai une nouvelle pour vous, madame. J'ai mes propres problèmes à gérer. Je ne cherche pas à m'immiscer dans votre monde.

Elle inspira brusquement et jeta un coup d'œil autour du bar. À part Karissa et moi, personne ne lui prêtait attention.

—Joey récupère mon fils cadet à la sortie du bus les après-midis. Il n'a que onze ans. Je ne veux pas qu'il reste seul à la maison toute la journée.

—Le bus passe juste devant ici. J'ai un bureau à l'arrière. Ton fils peut l'utiliser pour faire ses devoirs. Quand il aura terminé, si Joey travaille encore, ton autre fils pourra s'asseoir ici.

—Dans le bar ?

Hudson hocha la tête. —Nous ne vérifions pas l'identité à l'entrée, seulement au bar, ce qui signifie que légalement cet endroit est ouvert à tous les âges.

Elle se mordilla la lèvre et secoua la tête. J'avais l'impression d'attendre une décision importante tandis que je la regardais débattre intérieurement. Quand elle soupira, Karissa et moi fîmes de même.

—D'accord. Joey peut travailler ici. Mais c'est limité.

—C'est la loi.

—Je vous paierai pour la garde après l'école de Matty.

—Vous pensez qu'il va être pénible ?

—Non. C'est un bon gamin.

—Alors ce n'est pas nécessaire.

—Mais-

—Accepte juste une petite chose et laisse tomber, gémit Hudson.

Anna ferma la bouche et acquiesça. Elle prit son sac à main et respira profondément. Puis elle se retourna et sortit, nous laissant la regarder partir.

—C'était intéressant, dit Karissa. —Trinity l'aime beaucoup. Je me demande pourquoi elle est si en colère contre toi.

Hudson haussa les épaules.

—Elle était dans ma boutique l'autre jour. J'ai mentionné mon programme d'échange et la possibilité d'installer une étagère pour elle. Elle a réagi de la même façon. Elle a dit qu'elle ne voulait pas de faveurs.

—Tu offres ça à nous tous.

J'ai hoché la tête. —Je sais, mais elle pensait que je le faisais parce que je croyais qu'elle ne pouvait pas payer ou quelque chose comme ça.

—Cette femme a plus de fierté que de bon sens si tu veux mon avis, a grommelé Hudson. Il a jeté un coup d'œil vers la porte, puis s'est dirigé vers la cuisine.

—Ce ne doit pas être facile d'élever deux enfants toute seule. Surtout ici, où tout le monde connaît ses affaires. Je compatis avec elle, a dit Karissa.

—Je vais bientôt être comme elle.

Karissa m'a frotté le bras. —Tu n'es pas seule.

7

TRENT

Je n'étais vraiment pas sûr de ce que je faisais de retour si tôt. Je m'étais dit que je ne retournerais pas à L'anse MacKellar. Même après que Finley Jameson m'ait annoncé qu'elle était enceinte, je savais que non seulement tout cela n'était qu'un mensonge, mais aussi un piège. Un traquenard. Une façon de me soutirer de l'argent.

J'aurais dû laisser tomber, mais je ne l'ai pas fait. Je ne pouvais pas. J'ai continué à chercher même après ce que M. Whiteside avait découvert sur elle. J'ai épié ses réseaux sociaux et lu tout ce que je pouvais trouver sur elle et sa vie. Si elle ne m'avait pas déjà menti, j'aurais dit qu'elle était le genre de personne à qui je pouvais faire confiance. Le genre de personne qui ne me traiterait pas comme Trent MacKellar, le garçon d'or de L'anse MacKellar.

Je me trompais.

Même si je détestais remettre les pieds dans cette ville, j'avais besoin d'en savoir plus sur elle. Une partie tordue de moi voulait comprendre pourquoi elle avait fait ça. Pourquoi elle avait décidé de me mentir et d'essayer de m'utiliser. Je savais que je découvrirais la vérité chez O'Kelley. Hudson Grant était un type bien. Pas vraiment un ami, mais quelqu'un en qui j'avais confiance pour être discret. Quelqu'un qui, je le savais, me dirait la vérité sans faire la morale. Je savais qu'il la connaissait. Son bar était l'endroit où j'avais rencontré Finley la nuit où nous avions couché ensemble. Et où elle m'avait dit qu'elle était enceinte.

Je ne m'attendais pas à ce que ce soit l'endroit où je la reverrais.

Elle était dans un coin, au milieu d'un grand groupe. J'en reconnus quelques-uns, dont Karissa Thomas. Elles étaient assises l'une à côté de l'autre, chuchotant et discutant. Cela me donnait presque envie d'apprécier Finley, mais pas suffisamment pour pardonner ce qu'elle avait fait. Ce qu'elle avait tenté de faire.

— Je peux te servir quelque chose ? demanda Hudson doucement.

— Ce que tu as à la pression, répondis-je en reportant mon attention sur lui. Ils font une sorte de fête ?

Son regard glissa vers le groupe que j'observais, et il hocha la tête. — Fête de fiançailles. Tu veux que je te présente ?

Je ricanai et attrapai la bière qu'il venait de poser devant moi. — Non, ça va. Je vais juste rester assis ici et être invisible.

Hudson acquiesça et passa à autre chose. Il y avait quelque chose dans son regard qui me faisait me demander s'il savait quelque chose. Non pas qu'il y ait quoi que ce soit à savoir. Excepté les mensonges.

J'avais passé ma vie et ma carrière à lire les gens. À apprendre quand ils disaient la vérité et quand ils mentaient. J'avais misé mon avenir sur ma capacité à faire la différence entre les deux, même avec de parfaits inconnus.

C'était un don, m'avait dit mon père, de pouvoir lire les gens. Dans mon métier, c'était plus qu'un don, c'était une exigence. Dans ma vie personnelle, c'était encore plus important. Pendant des années, j'avais réussi à cacher qui j'étais à mes collègues et à faire semblant d'être un type ordinaire au lieu d'un riche héritier de la fortune de mon père. Je pensais même avoir réussi à cacher qui j'étais lors de mes visites à L'anse MacKellar. Je ne pouvais m'empêcher de me demander comment Finley avait découvert qui j'étais, mais peu importait. Elle n'obtiendrait pas un centime de ma part pour son futur enfant inexistant, ou du moins, pas le mien.

Les acclamations du groupe derrière moi me firent me retourner pour les observer à nouveau. Des joues rougies et du champagne coulant à flots entouraient la table. Y compris dans la main de la femme qui prétendait porter mon enfant.

Wow. Elle n'avait même pas pu maintenir son mensonge pendant trois semaines.

Je me suis levé doucement de mon tabouret et j'ai laissé ma bière là où elle était. Je me suis dirigé vers eux, les yeux fixés sur Finley tout du long. Elle ne m'a pas vu approcher, ce qui était bien. J'aimais avoir l'élément de surprise et pouvoir prendre les gens au dépourvu.

—Bonsoir, ai-je dit en arrivant à la table.

Tout le monde s'est tourné pour me regarder, certains yeux s'écarquillant, d'autres m'évaluant avec désinvolture. Les seuls qui m'importaient étaient les siens. Ils sont devenus si grands que j'étais sûr qu'ils allaient tomber. Elle a rentré ses lèvres.

—J'ai entendu dire que vous fêtez des fiançailles ce soir.

—C'est exact, a dit un couple sur le côté. Je reconnaissais vaguement l'homme, mais la femme noire assise sur ses genoux m'était inconnue. —Cette magnifique femme a enfin accepté de devenir ma femme.

—Eh bien, félicitations. Je voulais vous offrir la prochaine tournée, ai-je dit avec aisance, gardant mon attention sur Finley. Elle ne parlait toujours pas.

Karissa l'a poussée du coude et lui a chuchoté quelque chose. Finley a secoué la tête.

—Non ? lui ai-je demandé. —Tu ne veux pas de champagne ?

Karissa a plissé les yeux vers Finley, puis s'est tournée vers moi avec le même regard confus.

—Nous aimerions du champagne, dit le marié à voix haute. —Bon sang, oui. Nous célébrons.

Finley souleva le verre devant elle et l'avait presque porté à ses lèvres lorsque j'ai dit : —Qu'est-ce que tu fais, bordel ?

—Trent, qu'est-ce qui se passe ? me demanda Karissa.

—Trent ? couina Finley. —Tu le connais ?

—Je pense que tout le monde connaît Trent MacKellar, Fin. Pourquoi ?

Le sang se retira comiquement de son visage. Du moins, cela aurait été comique si elle n'avait pas eu l'air sur le point de s'évanouir.

Elle tendit à nouveau la main vers son verre.

—Ne penses-tu pas que tu devrais arrêter de boire si tu es enceinte ? dis-je à voix haute. Assez fort pour que tout le monde à sa table s'arrête et la regarde. Assez fort pour que la salle semble devenir plus silencieuse. Assez fort pour que je sois sûr d'avoir entendu son inspiration qui soulevait les seins dont j'avais rêvé pendant des semaines après notre nuit ensemble.

—Tu es enceinte ? dit un autre type.

—Est-ce qu'il est sérieux ? demanda une femme.

—Comment diable le saurait-il ? dit quelqu'un d'autre.

—Oh, Finley, non, dit Karissa. —Est-ce qu'il est le père ?

La lèvre inférieure de Finley trembla pendant un long moment jusqu'à ce qu'elle hoche la tête et éclate en sanglots.

Elle bouscula Karissa et les autres qui lui bloquaient le passage et se précipita vers l'arrière du bar où se trouvaient les toilettes et la sortie de secours.

J'aurais voulu me sentir triomphant d'avoir exposé son mensonge, mais les mots de Karissa me frappèrent. Je croisai son regard, le soutenant.

—Finley est enceinte ? demanda l'une des autres femmes, attirant l'attention de Karissa.

—Ouais. C'est encore récent, donc elle ne l'a dit à personne pour l'instant. Elle a eu des nausées matinales pendant quelques semaines. Elle a fait une échographie la semaine dernière. C'est la seule autre fois où je suis sortie depuis mon opération, dit Karissa. La seule autre personne à qui elle l'a dit à part moi, c'est le père, mais comme elle ne pouvait pas boire un soda sans que *lui* se mette à faire le malin en pensant qu'elle buvait de l'alcool, maintenant toute la ville est au courant aussi. Elle dépassa le reste du groupe. Désolée de quitter votre fête comme ça, les gars. On se retrouvera plus tard. Je dois aller trouver Fin.

—Je viens avec toi, dit une autre femme.

Karissa lui fit un signe de tête, puis me lança un regard noir et secoua la tête d'une façon que je n'avais plus vue depuis la mort de ma mère.

Elles s'éloignèrent, me laissant face à une table entière d'inconnus. Euh, ouais. Désolé pour ça.

—Tu as mis ma sœur enceinte ? demanda le type qui serrait dans ses bras la femme partie avec Karissa.

Merde. Ian Jameson. Je le reconnaissais maintenant. Pas intentionnellement. Et je ne sais même pas si c'est le mien. Je veux dire, on a couché ensemble une fois. C'est plutôt pratique qu'elle se retrouve enceinte de mon gosse, non ? Et je n'ai aucun moyen de savoir avec combien de mecs elle a couché.

Ian se jeta sur moi, poings serrés. Deux autres gars le retinrent tandis que je reculais. Dégage d'ici. Et ne dis plus jamais des choses pareilles sur ma sœur. Tu ne mérites pas d'être dans sa vie. Ni dans celle de ma nièce ou de mon neveu. Ne t'inquiète pas, garçon d'or, on ne te demandera rien.

Je ricanai. C'est tant mieux parce que je n'ai pas l'intention d'entretenir l'enfant de quelqu'un d'autre. Je secouai la tête et retournai au bar. Hudson était toujours là, ayant assisté à toute la scène. Tu peux croire ça ?

Hudson me fixa d'un regard noir pendant un long moment, puis secoua la tête. En fait, oui. Karissa s'est trompée sur un point. Finley a dit à une personne de plus qu'elle était enceinte. Quand elle est venue ici pour rencontrer le père de son bébé. Quand il l'a plantée là après l'avoir accusée de coucher avec la moitié de la ville. Elle était stressée et effrayée et a tout lâché. Elle possède la librairie d'à côté. Elle y a mis toute son énergie. Tout son temps et ses soins, et elle n'est sortie avec personne depuis plus d'un an. Elle a rencontré un seul mec sur une application de rencontres, un seul. Drôle de coïncidence, j'étais ici ce soir-là aussi. Et je vous ai vus partir ensemble. Tu peux disparaître comme tu le fais toujours. Tu peux faire semblant que cette ville n'a pas d'importance. Tu peux continuer ta vie. Finley et ton enfant seront bien pris en charge par nous tous. Elle n'a besoin de rien venant de toi. Mais je pense qu'il est temps que tu arrêtes de venir ici pour boire parce que je ne sers pas des connards moralisateurs qui essaient d'humilier mes amis.

Hudson tendit le bras par-dessus le bar et m'arracha mon verre. J'essayai de le saisir, mais il fut trop rapide.

— Dégage de mon bar. Et ne reviens jamais, Trent.

— Tu es sérieux ?

Hudson a vidé le reste de mon verre et a croisé les bras. Je l'ai toujours considéré comme un type correct, mais s'il était complice de toute cette histoire, j'étais ravi de partir.

— Très bien. Peu importe. Je n'ai besoin d'aucun d'entre vous.

— Parfait.

J'ai fusillé Hudson du regard, et il m'a rendu la pareille. J'étais seulement entré pour obtenir des informations, et voilà que je me faisais jeter dehors. Pour une femme qui était tombée enceinte de façon bien opportune, alors que j'avais mis un préservatif.

Qu'ils aillent tous se faire foutre.

Je me suis levé, renversant le tabouret sur lequel j'étais assis. Je l'ai regardé, puis j'ai relevé les yeux vers Hudson, et je suis parti.

J'ai quitté le bar en claquant la porte et me suis dirigé vers la place. Mon véhicule d'emprunt était garé de l'autre côté, mais ce n'était pas pour ça que je me dirigeais vers la place.

La ville était calme, la plupart des gens étant soit chez eux, soit chez O'Kelley. La douce lumière des réverbères s'estompait tandis que je montais la colline vers le centre de la place. Il faisait frais dehors, mais l'air pur m'apportait la clarté dont j'avais désespérément besoin.

Je me suis assis sur une chaise Adirondack et j'ai contemplé l'anse. Ma propriété scintillait dans l'obscurité sur la droite. Auberge L'anse MacKellar illuminait le côté gauche. L'anse était sombre, l'eau noire, mais le bruit de l'eau léchant doucement le rivage rocailleux était réconfortant.

Me serais-je trompé au sujet de Finley ? Admettre que j'avais tort était difficile, mais était-ce possible ? Pouvait-elle être enceinte de mon enfant ? Pouvait-elle avoir dit la vérité ?

Si elle avait fait une échographie, il y aurait une trace quelque part. Je ne pouvais pas accéder à son dossier médical, mais M. Whiteside n'avait trouvé aucune preuve qu'elle était allée consulter qui que ce soit.

Cela dit, si elle s'était rendue dans une petite clinique, ils pourraient ne pas avoir fait leur rapport immédiatement.

Je me suis penché en avant et j'ai pris ma tête entre mes mains. Toute cette histoire me mettait en colère. Toute ma vie, j'ai dû faire attention aux personnes que je fréquentais. Des gens qui voulaient se servir de moi pour mon argent et mon pouvoir. J'avais quitté L'anse MacKellar pour pouvoir être quelqu'un d'autre. Pour pouvoir me trouver sans tout ce qui accompagnait le fait d'être l'unique petit-fils de l'homme qui avait fondé la ville.

Mais il y avait toujours quelque chose qui me ramenait. Peut-être était-ce ma mère. Peut-être était-ce un besoin tordu d'approbation de la part des personnes qui me traitaient comme un pion plutôt que comme un roi. Peut-être étais-je fatigué de me cacher. Peu importe ce que c'était, cela comportait des risques. Des risques comme mettre une femme enceinte et la voir me réclamer de l'argent.

Sauf qu'elle n'a pas demandé d'argent murmura une voix dans mon esprit.

Pas encore. Elle le ferait à un moment donné. L'argent, c'est ce que tout le monde voulait de moi. Je n'étais pas réel. J'étais juste un compte bancaire. Et pour une femme qui arrivait à peine à maintenir son entreprise à flot, l'argent était ce dont elle avait besoin.

Je me levai de ma chaise et marchai vers l'eau. Je me tins au bord et pris une profonde respiration, essayant de me vider l'esprit.

J'avais besoin de preuves. M. Whiteside m'avait conseillé de demander un test de paternité. Je voulais aussi voir l'échographie. Si vraiment elle existait.

Karissa Thomas affirmait que oui. Elle savait tout. Elle savait qui j'étais, mais c'était aussi elle qui avait interrogé Finley. Je ne connaissais pas bien Karissa, mais ce que je savais d'elle, je lui faisais confiance. Pourquoi participerait-elle à cette mascarade ?

À moins que Finley ne lui ait rien dit. C'était possible. Karissa était choquée.

Mais Finley aussi l'était.

Je secouai la tête et m'éloignai de l'eau. On ne pouvait pas faire confiance à Finley Jameson. Et j'allais prouver qu'elle mentait.

8

FINLEY

Je n'arrivais pas à respirer. Il fallait que je sorte de là à tout prix. L'expression sur son visage - Trent MacKellar ! Comment ai-je pu ne pas savoir qui il était ?

Pas étonnant qu'il soit en colère. Ce n'est pas qu'il avait le droit de dire ce qu'il a dit, mais je le comprenais en quelque sorte.

Mais la façon dont il m'a regardée. La façon dont ils m'ont tous regardée.

J'ai surgi dans l'air frais de la nuit et j'ai tourné à gauche. Je devais rentrer chez moi. Loin de tout le monde. Je ne pouvais pas leur faire face. Les larmes coulaient sur mes joues tandis que je me dépêchais. S'il y avait bien un moment où j'avais besoin d'un verre, c'était bien quand le père de mon bébé venait d'annoncer ma grossesse à toute la ville. Dommage que ce ne soit pas une option.

J'étais arrivée à la porte de mon immeuble quand j'ai entendu mon nom. Karissa. Je savais qu'elle me suivrait. Je me sentais mal de l'avoir laissée là-bas, mais elle comprendrait.

84

— Salut, Rissa, ai-je dit dans l'obscurité.

— Trent MacKellar est Pas un local ? a-t-elle lâché.

— Apparemment. Je te jure, je n'avais aucune idée de qui il était.

— On te croit.

— On ?

— Je suis là aussi, a dit Blake. Elles s'étaient finalement suffisamment approchées pour ne plus être dans l'obscurité. Les yeux de Blake scrutaient mon visage. Je n'arrivais pas à déchiffrer son expression. C'était inhabituel de ne pas savoir ce qu'elle pensait, mais à ce moment-là, je n'avais même pas la moindre idée.

— Je suis désolée, lui ai-je dit.

— De quoi devrais-tu être désolée ?

— D'être tombée enceinte ? De ne pas te l'avoir dit ? Probablement une centaine d'autres choses.

Blake a pouffé et m'a serrée fort dans ses bras. —Je vais être tante. Comment pourrais-je être contrariée par ça ? Mais oui, tu aurais dû me le dire.

J'ai ri doucement et j'ai hoché la tête.

—Rentrons à l'intérieur, a dit Karissa. —Au cas où il nous suivrait.

—Il ne va pas nous suivre, ai-je dit en poussant la porte et en ouvrant la marche. Nous sommes restées silencieuses toutes les trois en montant les escaliers jusqu'à notre appartement. Je nous ai fait entrer et me suis dirigée droit vers le canapé. Je me suis blottie à l'extrémité avec mes pieds repliés sous moi et j'ai tiré une couverture duveteuse sur moi.

Karissa est venue s'asseoir avec moi tandis que Blake se dirigeait vers la cuisine.

—Ça va ? a demandé Karissa.

J'ai laissé échapper un rire. —Je... Non. Pas vraiment. Tout le monde est au courant. Et ils savent tous que je n'avais aucune idée de qui il était quand on a couché ensemble. Je suis déjà la propriétaire miteuse de librairie. Maintenant, j'ai le bébé pour leur donner raison.

—Qu'ils aillent se faire foutre. Fin, tu es une femme d'affaires. Tu réussis et tu es créative et tu ne leur dois rien. Peu importe si tu étais tombée enceinte dix fois de dix hommes différents, ça ne donne à personne le droit de te juger. Qu'ils aillent tous se faire foutre, surtout ce connard de Trent MacKellar.

J'ai hoché la tête et j'ai essayé de ne pas pouffer. Mais c'était peine perdue. Un reniflement m'a échappé. Karissa m'a regardée, la tête penchée sur le côté. Elle a levé un sourcil interrogateur, et j'ai éclaté de rire.

—Qu'est-ce qui est si drôle ? a-t-elle demandé tandis qu'un sourire se dessinait sur ses lèvres.

—Tu es tellement en colère à propos de tout ça. Je l'apprécie, mais c'est juste drôle. Tu ne jures pas autant d'habitude.

—Eh bien, il l'a vraiment mérité. Ce foutu Trent MacKellar. Je veux dire, de tous les hommes possibles. Je ne savais même pas qu'il était de retour.

—Visiblement, il ne l'est pas.

—Attends, il t'a dit qu'il venait ici de temps en temps. Tu crois qu'il se faufile en ville sans que personne ne sache qu'il est là ?

J'ai secoué la tête. —Je n'en ai aucune idée. Je ne l'ai pas reconnu la nuit où nous nous sommes rencontrés. J'y ai réfléchi. —Mais maintenant que tu le dis, Hudson semblait presque le reconnaître. Je me demande si Hudson savait qu'il était dans les parages.

—Oh, merde. Hudson. Il va devenir comme une mère poule avec toi. Karissa a souri.

—Il l'est déjà. Je lui ai parlé de la grossesse le jour où j'en ai parlé à Trent.

—Quoi ? a demandé Karissa.

—J'ai rencontré Trent chez O'Kelley's les deux fois.

Quand il est parti en trombe, Hudson m'a demandé si j'allais bien. Je lui ai en quelque sorte vomi toute l'histoire.

—Et il ne t'a pas dit qui était Trent ?

J'ai secoué la tête.

—Peut-être qu'Hudson ne savait pas. Ça me surprend un peu. Il connaît tout le monde.

J'ai hoché la tête. —Peut-être qu'il pensait que je me porterais mieux sans que Trent soit impliqué. Je ne sais vraiment rien de lui. Ni maintenant. Ni même quand on grandissait.

—Tu te portes définitivement mieux sans lui, a dit Blake. Elle m'a tendu une tasse fumante de chocolat chaud. —S'il va te traiter comme ça, tu n'as pas besoin qu'il soit impliqué dans ta vie ou celle de ton bébé.

—Je lui dis ça depuis des semaines, a dit Karissa.

—Tu devrais l'écouter, a dit Blake. Elle a aussi tendu une tasse à Karissa, puis est retournée à la cuisine pour en prendre une pour elle-même.

Toutes les trois, nous nous sommes assises et avons bu notre chocolat chaud en silence pendant une minute. La chaleur s'est infiltrée en moi et a rendu tout meilleur.

—Je suis désolée que tu aies eu peur de me le dire, a dit doucement Blake.

Je lui ai souri. Elle avait été ma personne de confiance pendant la majeure partie de ma vie. Elle l'était toujours, mais elle était aussi la personne d'Ian. Ils étaient devenus une unité dont je ne faisais pas partie. Et j'aimais qu'ils soient ensemble, mais cela signifiait que Blake n'était plus aussi disponible. Quand elle sortait avec Willie, elle était encore tout le temps présente. Avec Ian, il a emménagé chez elle peu après qu'ils aient commencé à sortir ensemble. Ils étaient mariés depuis presque un an, et je ne voyais pas souvent Blake sans mon frère. Cela ne voulait pas dire que je l'aimais moins, juste que les choses étaient différentes.

—Je ne voulais pas que tu sois contrariée puisque je n'essayais pas. Je me sentais, me sens, coupable.

—Tu n'as aucune raison de te sentir coupable. Je te promets que je suis heureuse pour toi. Et je suis sûre qu'Ian le sera aussi, une fois qu'il aura surmonté le choc de découvrir que sa petite sœur n'est plus vierge.

J'ai pouffé. —Ouais, j'imagine qu'il a été un peu scandalisé par ça. Tout le monde l'était.

—Tout ira bien, m'a assuré Karissa.

—Je dois m'excuser auprès de Trinity et James. Et je suppose que je dois le dire à mes parents puisque la moitié de la ville est maintenant au courant.

—Ouh, a dit Blake avec une grimace.

—Trinity et James seront heureux pour toi. Et on s'assurera juste qu'ils ne planifient pas leur mariage près de ta date d'accouchement.

J'ai ri. —Bon plan.

—Je dois te demander quelque chose. Puisque j'ai du retard sur tout ça, a dit Blake.

J'ai hoché la tête pour qu'elle continue.

—Je suppose que c'est le type du week-end de la fête du Travail, n'est-ce pas ?

J'ai acquiescé.

—Maintenant que tu sais qui il est, est-ce que ça change quelque chose ?

J'ai secoué la tête. —Non. Quand je lui ai annoncé et qu'il est parti en claquant la porte, je savais qu'on se porterait mieux sans lui. Ce ne sera pas facile, mais c'est préférable que d'être avec quelqu'un qui se comporte ainsi. Il y a une partie de moi qui peut comprendre que les choses sont plus difficiles pour lui et qu'il ne me connaît pas, donc il ne sait pas que je me fiche vraiment de son argent, mais il a quand même été odieux. Avoir de l'argent ne donne pas le droit de traiter quelqu'un comme une moins que rien.

—Tout à fait d'accord, a dit Karissa.

—Je suis fière de toi, Fin, a dit Blake. —Je sais que tu l'appréciais vraiment quand vous vous êtes rencontrés, et je sais que c'est dur d'accepter qu'il n'est pas celui que tu pensais. Même si tu n'espérais pas ou ne pensais pas construire quelque chose ensemble, c'est quand même un coup dur de découvrir qu'il est un tel crétin.

J'ai hoché la tête. —C'est vrai, mais il vaut mieux que je le découvre maintenant plutôt qu'après l'arrivée du bébé. Il ne fera pas partie de nos vies.

Blake et Karissa ont pris mes mains et m'ont souri. —Nous, on sera là. Toujours.

J'ai acquiescé parce qu'elles étaient tout ce dont j'avais besoin. Mes meilleures amies.

Blake a empêché Ian de venir à l'appartement, mais il a dit de me transmettre ses félicitations et une proposition de botter les fesses de Trent MacKellar si je le souhaitais. Ian a ajouté que les autres gars s'étaient portés volontaires pour l'aider.

Ce n'était pas comme ça que je voulais que tout le monde l'apprenne, mais c'était acceptable. Personne ne me traitait de traînée. Et le lendemain matin, quand j'ai ouvert ma boutique, tout se passait comme d'habitude.

Presque.

J'étais ouverte depuis une heure quand il est entré. Trent MacKellar. J'aurais dû le saluer, mais je n'ai pas réussi à le faire. Je l'ai juste fixé, les bras croisés, souhaitant pouvoir cracher du feu ou quelque chose comme ça. Non, le feu brûlerait tous les livres. Des poignards feraient l'affaire. Oui, des poignards.

—J'aurais dû me rendre compte que vous étiez la propriétaire quand vous aviez les clés de cet endroit.

—Il y a beaucoup de choses que nous n'avons pas dites ce soir-là.

Il a ricané comme si je lui avais raconté une blague.

Je n'ai pas daigné lui répondre. S'il avait quelque chose à dire, je n'allais pas m'efforcer de le lui arracher.

— Quand avez-vous découvert qui j'étais ?

— Quand Karissa a prononcé votre nom hier soir.

— C'est une belle histoire. L'avez-vous trouvée dans un de ces livres ?

— Que voulez-vous ?

— Je veux un test de paternité.

— Pardon ? ai-je soufflé. Mes mains sont retombées le long de mon corps. J'étais étourdie. Allait-il me prendre mon bébé ? Il avait de l'argent, de la sécurité et probablement une ville entière quelque part prête à faire tout ce qu'il disait. S'il voulait mon bébé, je ne pourrais rien faire pour l'en empêcher.

— Vous prétendez que l'enfant est de moi. S'il y a bien un enfant, je veux la preuve que j'en suis le père.

— Et ensuite quoi ?

— Ensuite, nous trouverons un accord.

— Vous n'allez pas m'enlever mon bébé.

Il a ricané. — Je n'en ai pas l'intention. Je veux juste prouver que vous mentez. Que vous m'avez vu comme un moyen de vous sortir de votre situation actuelle et que vous en avez profité.

— Quelle situation ? Être enceinte ?

— Non. Perdre votre boutique.

J'ai agrippé le bord du comptoir avant de m'évanouir. J'avais du mal à respirer. — Quel rapport entre ma boutique et tout ça ?

— J'ai vu vos états financiers. Vous êtes à peine à l'équilibre. J'étais une bonne solution. Peut-être êtes-vous tombée enceinte quelques semaines avant notre rencontre et j'étais une cible facile. Mais je ne vais pas vous entretenir, vous ou un enfant que je n'ai pas contribué à créer. Si tant est qu'il y ait vraiment un enfant.

J'ai redressé mon dos et je lui ai fait face. Si j'avais pu arracher les dagues de l'un des livres, je les aurais lancées droit sur ses parties. Comme ça, aucune femme n'aurait jamais à s'inquiéter qu'il les accuse d'être manipulatrices.

—Très bien. J'accepte un test de paternité. Mais ma sage-femme m'a déjà conseillé de ne pas en faire avant la naissance du bébé. Quand il arrivera, je ferai faire le test.

—J'aimerais que ce soit fait plus tôt.

—Et moi, j'aimerais un autre homme comme père biologique de mon enfant. On est tous les deux mal lotis. Mais j'ai une condition pour cet accord.

Il a arqué un sourcil vers moi, et j'ai détesté ça. Je l'ai détesté à ce moment-là. Mon Dieu, il était si bon la nuit où nous avons été ensemble. J'ai rêvé de lui après ça. Je le voulais. J'espérais le revoir, non pas parce que je voulais une relation, mais parce que je voulais me sentir aussi bien à nouveau. Il me faisait tout oublier. Il me faisait ressentir. Il me faisait croire qu'il restait du bon dans ce monde.

Et puis il m'a tout volé. J'étais vide à l'intérieur à cause de lui. J'étais debout dans ma boutique, le seul endroit que j'avais jamais pu appeler le mien, entourée de livres que j'aimais, et je ne ressentais rien. Je n'étais plus moi-même. À cause de lui.

—Quelle est votre condition ? a-t-il demandé après un moment.

J'ai rassemblé chaque parcelle de courage qu'il me restait et j'ai refusé de lui laisser voir autre chose que ma détermination. —Je veux que vous renonciez à tous vos droits en tant que père.

—Quoi ? a-t-il lâché. Ses sourcils se sont froncés. L'arrogance dans sa posture a disparu. Il pensait que j'allais lui demander de l'argent. Quelque chose. Il pensait que je voulais qu'il me soutienne. Eh bien, il avait tort.

Je voulais qu'il sorte de ma vie, de la vie de mon enfant. Mon bébé était à peine assez grand pour exister, et son père agissait déjà comme si mon bébé n'était rien. Eh bien, c'était exactement ce que je voulais qu'il soit pour mon enfant à jamais.

—Je ferai faire un test de paternité. Je vous donnerai la preuve que vous voulez. Mais je veux que vous renonciez à tous les droits légaux et financiers sur cet enfant. Je ne veux pas que vous vous approchiez de nous. Vous avez parfaitement fait comprendre que c'est ce que vous voulez aussi, donc je suppose que ce ne sera pas un problème pour vous.

—Et si c'est mon enfant ?

J'ai haussé les épaules. —Vous avez déjà décidé que ce n'était pas le cas. En quoi cela vous préoccupe-t-il ?

—Si c'est mon enfant, je devrais être impliqué.

—Non, en fait, vous ne devriez pas. Vous devriez continuer à vivre votre vie où bon vous semble et oublier que nous existons. J'ai de la famille ici, et des amis, et je fournirai un foyer à mon enfant. Un foyer qui ne vous inclut pas.

Son visage se durcit. Il me fusilla du regard. Il pensait pouvoir m'intimider, mais il ne savait pas à qui il avait affaire.

Il m'avait volé mes sentiments. Il avait volé ma dignité. Et il avait volé ma capacité à faire confiance à quelqu'un d'autre. Mais il n'allait pas me voler mon enfant. S'il pensait pouvoir le faire, il se mettait le doigt dans l'œil.

—Très bien, dit-il après une minute. Je vais demander à mon avocat de préparer les documents.

—Parfait. Je les ferai examiner par mon avocat. En fait, peut-être devraient-ils s'occuper de tout pour que nous n'ayons plus à nous revoir.

—Ça me va. De toute façon, je pars en voyage.

—Parfait.

—Bien.

Nous nous sommes fixés du regard pendant une longue minute, puis il a tourné les talons et est parti.

Je me suis effondrée derrière le comptoir. Mes mains tremblaient tandis que je sortais mon téléphone. J'ai appelé Karissa, mais elle n'a pas répondu. Elle dormait encore quand j'ai quitté la maison pour aller travailler. Blake n'a pas répondu non plus. Je devais une explication au reste de mes amis sur ce qui se passait avant de pouvoir les appeler pour qu'ils viennent me tenir la main. Sauf Hudson.

—Salut, Fin, quoi de neuf ? a-t-il répondu dès la première sonnerie.

—Tu es à côté ?

—Ouais. Pourquoi ?

—Tu peux venir ici ? S'il te plaît ?

—J'arrive tout de suite. Il avait à peine raccroché qu'il déboulait dans ma boutique en criant mon nom.

—Je suis là, ai-je crié. Je n'arrivais pas à me lever. Chaque partie de mon corps tremblait. Je ne savais pas si j'allais vomir ou m'évanouir, mais je savais que rester seule n'était pas une bonne idée.

— Putain, Fin, qu'est-ce qui s'est passé ?

— Trent est venu me voir.

— Est-ce qu'il t'a fait mal ? Je vais le tuer, ce connard. Hudson s'agenouilla près de moi et parcourut mon corps de ses mains.

— Il ne m'a pas touchée. Il veut que je fasse un test de paternité.

— Quel enfoiré.

J'haussai les épaules. — Le test ne me dérange pas, mais je ne peux pas le laisser prendre mon bébé, Hudson. Les larmes commencèrent à couler tandis que j'exprimais ma peur.

— Merde, Fin. On ne laissera pas ça arriver. Je ne laisserai pas ça arriver. J'étais là quand tu lui as dit, et quand tu es partie avec lui. Je dirai à un juge ou au tribunal ou à qui que ce soit qu'il est inapte.

Je reniflai. — On sait tous les deux que ce n'est pas vrai. Il est riche. Il a du personnel pour son personnel. Il peut se permettre les meilleures écoles du pays et des tuteurs privés et tout ce qu'un enfant pourrait jamais vouloir ou dont il pourrait avoir besoin. Moi, je possède une librairie de littérature érotique pour mamans et j'arrive à peine à joindre les deux bouts.

— L'argent n'est pas tout ce qui compte, Fin. Tu seras une mère incroyable. Et Trent ne te mérite pas. Ni le bébé.

— Merci, Hud.

— Tu veux essayer de te lever ?

— Je suppose que je devrais, mais je ne pense pas pouvoir rester ici aujourd'hui.

— Je vais fermer et tu pourras venir avec moi au O'Kelley's. On va te trouver quelque chose à manger et j'appellerai quelqu'un pour me remplacer, puis je te ramènerai chez toi. Il me guida autour du comptoir tout en parlant.

— Je ne peux pas te demander de faire tout ça.

— Aux dernières nouvelles, tu ne l'as pas fait. C'est ce qu'on fait pour les gens qu'on aime. Je suis là pour toi, Fin. Toujours.

— Pourquoi n'aurais-tu pas pu être celui qui m'a mise enceinte ?

Hudson rejeta la tête en arrière et éclata de rire. — Au moins, tu aurais su qui j'étais.

J'ai pouffé. — C'est vrai. Comment ai-je pu ne pas le reconnaître ?

Hudson haussa les épaules. — Ça fait un moment que tu ne l'as pas vu. Et tu ne le connaissais probablement pas vraiment au lycée.

— Tu savais qui il était quand je l'ai rencontré ?

Hudson s'arrêta au milieu du magasin. Il enleva sa casquette et se passa la main sur la tête, puis remit sa casquette, à l'envers comme toujours. — Ouais, je le savais. Je ne pensais vraiment pas que ce serait un problème. Je savais que vous ne vous reconnaissiez pas.

— Et quand je t'ai dit qu'il était le père ?

— Je ne sais pas, Fin. J'aurais probablement dû te le dire, mais je me disais que ça ne changerait rien. Il a toujours été un peu prétentieux. Il avait de l'argent, alors il se comportait comme s'il était meilleur que la plupart d'entre nous. Tu étais blessée, et je savais que tu n'en voulais pas à son argent. Je pensais qu'il disparaîtrait.

— J'aurais aimé qu'il le fasse.

Hudson hocha la tête. — Moi aussi. J'aurais aimé que tu n'aies pas à traverser tout ça. Mais tu n'es pas seule. Je suis content que tu m'aies appelé. Je suis toujours juste à côté. N'hésite jamais à m'appeler.

— Merci.

— Quand tu veux. Maintenant, fermons et sortons d'ici avant que quelqu'un d'autre n'entre pour chercher du porno pour mamans.

J'ai pouffé. Il a esquivé mon coup de poing et a ri avec moi. Je me sentais mieux, mais je méritais bien un jour de congé après tout ce qui s'était passé avec Trent. Le passer avec Hudson était exactement ce dont j'avais besoin.

9

Quelques jours après ma confrontation avec Trent, j'ai appelé mes parents pour leur demander si je pouvais venir dîner. Ian et Blake étaient libres et ont accepté de m'accompagner pour leur annoncer la nouvelle du bébé. La sécurité réside dans le nombre, n'est-ce pas ?

J'étais la première arrivée. Je suis entrée dans la maison où j'ai grandi et j'ai suivi l'odeur jusqu'à la cuisine, où ma mère se tenait devant la cuisinière.

—Salut, ma chérie, a-t-elle dit quand je suis entrée. Sans faute, elle savait toujours quand nous étions là. À l'adolescence, cela signifiait pas de sorties en douce. En tant qu'adulte, c'était simplement rassurant.

—Salut, maman. Qu'est-ce que tu prépares ?

—Du chili. Ton père a dit que c'était un bon jour pour du chili. En fait, je l'ai préparé hier puisque c'est meilleur le lendemain, donc je ne fais que le réchauffer.

—Tu as aussi fait des macaronis au fromage ?

—Bien sûr. Elle a posé sa cuillère et s'est tournée vers moi. —Comment vas-tu ?

—Bien, ai-je répondu automatiquement. C'était ma réponse standard. Ça l'avait été pendant des années. Je n'aimais jamais étaler mes problèmes pour que tout le monde les voie. « Bien » était préférable à « ça va » et ne soulevait pas autant de sourcils que « super ».

—C'est bon à entendre. Ça fait quelques semaines qu'on ne s'est pas tous réunis. Comment va Karissa ? Elle guérit bien ?

J'ai hoché la tête. C'était la première fois que je laissais Karissa seule depuis son opération, à part quand j'étais au travail. Elle m'a assuré qu'elle irait bien, et j'ai vérifié que Trinity était à la maison au cas où Karissa aurait besoin de quelque chose. —Elle se remet bien. Elle a encore beaucoup de douleurs parfois, mais elle recommence à travailler un peu. Elle a eu un appel client il y a quelques semaines et y travaille autant qu'elle peut.

—Elle est si forte. Je sais que Georgia serait très fière d'elle.

J'ai hoché la tête, pinçant mes lèvres. La pensée de Georgia me faisait monter les larmes aux yeux. Elle me manquait. Elle nous manquait à tous. Elle était comme une seconde mère pour moi, une mère qui me manquerait autant que ma propre mère me manquerait un jour.

—Tu aurais pu inviter Karissa à venir ce soir.

J'ai secoué la tête. —Je l'ai fait, mais elle avait besoin d'une soirée pour se reposer. Je pense que les escaliers lui sont difficiles, donc elle ne sort pas encore beaucoup.

—J'imagine que tout lui est difficile.

—Salut ! lança Ian depuis la porte d'entrée. Celle-ci se referma tandis que ma mère lui répondait.

—Nous sommes dans la cuisine.

Ian et Blake entrèrent dans la cuisine, rendant l'espace douillet et un peu étroit.

—Salut, M'man. Où est Papa ? demanda Ian. Il embrassa

notre mère sur la joue, puis s'écarta pour que Blake puisse la serrer dans ses bras.

—Papa est dans le garage. Il voulait terminer quelque chose avant votre arrivée. Pourquoi n'irais-tu pas voir comment il va ?

Ian acquiesça. Il serra la main de Blake et me fit un rapide câlin, puis traversa la porte de l'autre côté de la cuisine pour rejoindre le garage.

Je n'avais pas eu de vraie conversation avec mon frère depuis qu'il avait appris pour le bébé. Blake m'appelait presque quotidiennement pour voir comment j'allais, mais pas Ian. Je n'étais pas sûre si cela signifiait qu'il était en colère contre moi, déçu de moi, ou simplement indifférent. Quels que soient ses sentiments, cela me mettait mal à l'aise.

—Qu'est-ce qui se passe avec vous les filles ? Comment vont tous vos amis ? demanda Maman.

—Tout le monde va bien. Trinity et James sont fiancés, dit Blake. Ses yeux s'écarquillèrent en prononçant ces mots, mais ma mère ne réagit pas.

—C'est une excellente nouvelle. Félicite-les de ma part. Finley me racontait justement que Karissa se remet. Il y a encore du chemin, mais ça va mieux.

Blake hocha la tête. —Oui. Je suis vraiment impressionnée par elle. Je l'ai toujours été, mais ça me montre à quel point elle est forte. J'aurais été morte de peur à sa place.

—C'est vrai, mais voir sa mère passer par les traitements et savoir qu'elle risquait fort de vivre la même chose un jour était une bonne motivation.

—C'est certain. Je me suis fait tester aussi.

—Tu ne me l'as jamais dit, dis-je.

Elle haussa les épaules. —C'était à peu près au moment où Mme Georgia est décédée. Je sais que c'est génétique, et ma mère n'a pas eu de cancer du sein, mais ça ne voulait pas dire qu'elle n'était pas porteuse. Je n'ai pas le gène, mais je voulais savoir.

—Wow. Bien joué.

Ma mère hocha la tête. —Avoir une vision complète de ton historique médical est très important.

—...fonctionne tellement mieux maintenant, dit mon père en entrant dans la cuisine avec Ian.

—Ouais, c'est un outil bien pratique. Je devrais peut-être envisager d'en acheter un.

—Vous deux et vos outils. On va bientôt devoir commencer à stocker des choses dans ton atelier, taquina maman en s'adressant à Ian.

Ian haussa les épaules. —Seulement si je peux les utiliser gratuitement.

Papa ricana. —Seulement si tu les rends dans le même état que tu les as trouvés.

—N'est-ce pas toujours le cas ? demanda Ian.

Ma mère s'interposa entre eux avant qu'ils ne commencent leur éternelle dispute. —Je pense qu'on est prêts à manger. Pourquoi ne sortirais-tu pas des bols du placard, Johnnie.

—Oui, ma chérie, dit papa. Il me fit un clin d'œil et me serra rapidement dans ses bras avant de faire ce que maman avait demandé. Il posa les bols à côté de la cuisinière. J'ai attrapé des cuillères pour tout le monde. Blake et Ian s'occupaient des boissons et des accompagnements pour le chili. Nous avions fait cela tant de fois que nous n'avions même pas besoin de réfléchir avant de nous déplacer dans la cuisine ensemble.

Tout le monde remplit son bol et s'assit ensemble. Nous sommes restés silencieux pendant quelques minutes en commençant à manger. Le chili avait juste assez de piquant pour me faire attraper mon verre d'eau, mais les macaronis au fromage, la crème fraîche et le cheddar que j'avais ajoutés tempéraient cette épice.

—C'est vraiment bon, M'man, dit Ian la bouche pleine de chili.

—D'accord. Le meilleur à ce jour, dit papa.

—Eh bien, merci. J'ai essayé quelque chose d'un peu différent avec les épices cette fois-ci, dit maman.

—Excellent choix, lui dit papa.

—Merci. J'ai pris des notes au cas où ça tournerait bien.

—Et si ça n'avait pas été le cas ? demanda Ian avec un sourire.

Maman haussa les épaules. —Alors vous l'auriez tous supporté et vous m'auriez dit que ce n'était pas un succès.

Nous avons ri avec elle. Souvent, maman faisait exactement ça. Elle n'a jamais hésité à essayer de nouvelles recettes ou à changer les choses. Elle aimait cuisiner.

Nous avons parlé de comment les choses se passaient avec les emplois et les amis en finissant le dîner. Chaque occasion de leur dire ce qui se passait est passée sans un mot de ma part. Je savais que je devais leur dire avant qu'ils ne l'apprennent de quelqu'un d'autre, mais j'avais peur. Je n'avais aucune idée de comment ils allaient réagir. Je n'étais pas sûre de pouvoir le supporter s'ils étaient déçus de moi.

Le dîner était terminé et la table débarrassée. Papa et Ian commençaient à faire un mouvement pour retourner au garage, mais j'ai finalement rassemblé mon courage et dit que je devais parler à tout le monde.

Papa s'est retourné vers moi, haussant les sourcils avec expectative. Maman avait un sourire bienveillant sur le visage. Blake et Ian étaient silencieux, me laissant dire ce que j'avais besoin de dire.

—Bon, eh bien, il n'y a pas de façon facile de dire cela, alors je vais simplement le dire directement. Je suis enceinte.

La pièce est restée silencieuse pendant un long moment.

J'attendais une réponse ou une réaction de mes parents, mais aucun d'eux n'a bougé ou n'a dit quoi que ce soit.

Je n'ai jamais été à l'aise avec les longs silences. Je les détestais. J'aurais été une criminelle nulle parce que tout ce que quelqu'un aurait eu à faire, c'est d'attendre et j'aurais tout avoué. Ce qui est exactement ce que j'ai fait à ce moment-là.

—J'ai rencontré ce type sur l'application de Karissa et on a couché ensemble. Juste une fois. On a utilisé une protection, mais ce n'était visiblement pas suffisant. J'ai découvert il y a quelques semaines que je suis enceinte. Le père... Eh bien, il n'est pas important. Il est au courant pour le bébé, mais il ne veut pas être impliqué. Karissa va m'aider, ainsi que Blake et Ian et tous mes autres amis. Je sais que c'est décevant et que vous avez honte de moi, mais—

—Honte de toi ? Pourquoi au monde aurions-nous honte de toi ? a demandé maman.

—Parce que je suis tombée enceinte d'un homme que je ne connais pas. Et je possède une librairie contre laquelle toute la ville s'est battue. Et je ne suis pas mariée et je suis seule et je ne suis pas la fille que vous méritez. J'étais en pleine fête d'apitoiement à ce moment-là. Je voulais juste me terrer dans un trou et ne plus jamais en sortir. Je ne pouvais pas supporter de voir les expressions sur leurs visages, alors je les évitais.

—Finley, ma chérie, nous n'avons pas honte de toi. Ni déçus de toi. Ni maintenant, ni jamais. Nous sommes fiers de toi. Ta librairie est un succès. C'est une célébration des femmes qui revendiquent leur indépendance sexuelle et en sont fières. C'est une belle chose. Et que tu sois enceinte... Eh bien, comment penses-tu avoir été conçue ? Un bébé n'est jamais une mauvaise chose. Ce bébé est une bénédiction, et le père est un idiot s'il ne veut pas être impliqué. Ma mère s'est avancée et m'a serrée fort dans ses bras.

Je ne pouvais pas retenir mes larmes et j'ai pleuré sur son épaule. —Je suis désolée.

Elle a secoué la tête et m'a fait chut. —Plus d'excuses, ma chérie. Tu n'as rien dont tu doives t'excuser.

—Qui est le père ? demanda Papa, sa voix dure et implacable.

—Ça n'a pas d'importance.

—Pour moi, ça en a. Je vais aller lui botter le cul. Personne ne fait sentir à ma petite fille qu'elle n'est pas assez bien.

J'ai secoué la tête.

—Tu le sais, toi ? demanda Papa à Ian.

Ian m'a regardée, ses yeux m'indiquant qu'il ne garderait pas ce secret pour moi. —Trent MacKellar.

—Trent ? a demandé Maman. —Je ne savais pas qu'il était revenu récemment.

—Il revient de temps en temps, apparemment. Aucun de nous ne le savait vraiment. Fin ne savait pas qui il était. Elle n'a pas essayé de le piéger ni rien, a plaidé Ian pour me défendre.

—Bien sûr que non. Pourquoi quelqu'un penserait-il ça ? a dit Maman.

—C'est ce que Trent pense, a dit Blake. —C'est pour ça qu'il n'est pas dans le tableau.

—Alors, il mérite de se faire botter le cul deux fois, a dit Papa. —Une fois pour t'avoir fait sentir mal et une fois pour être un con.

—Papa, il a la moitié de ton âge, ai-je dit.

—Et alors ?

Mon père était un homme fort, mais il n'allait pas battre Trent dans un combat.

—Laisse tomber, Papa. Il n'en vaut pas la peine. Il veut un test de paternité pour prouver qu'il n'est pas le père, selon ses mots, et je lui ai dit que je le ferais s'il renonçait à tous ses droits.

—Quoi ? Comment ? a demandé Ian.

—Je ne veux pas qu'il soit impliqué. On est mieux sans lui. Et je ne veux pas qu'il fasse un test de paternité puis essaie de m'enlever mon bébé. Ma voix tremblait en prononçant ces mots.

Maman m'a serrée dans ses bras à nouveau. —Nous ne laisserons pas cela arriver.

—Je sais. J'ai déjà parlé à Ramsey. Il m'a recommandé un bon avocat spécialisé en droit de la famille à Syracuse. L'avocat de Trent est en train de préparer quelque chose et la femme que Ramsey m'a conseillée va l'examiner. Je ne prends aucun risque avec Trent parce qu'il a l'argent pour m'écraser s'il le veut.

—Arrêtons de parler des aspects négatifs de tout ça et célébrons. Les avocats s'en occuperont, et ton père et moi ferons tout ce qu'il faut pour t'aider. Pour ce soir, il n'y a rien que nous puissions faire si ce n'est être heureux. J'ai fait ton gâteau préféré, a dit Maman.

—C'est vrai ? ai-je demandé.

—Bien sûr. Ce n'est pas tous les jours que ta fille rentre à la maison enceinte.

—Tu le savais ?

Maman a haussé les épaules et détourné le regard d'un air malicieux.

—Oh, elle le savait certainement, a dit Blake.

—J'ai peut-être entendu quelque chose en ville, mais je n'étais pas sûre que c'était vrai jusqu'à ce que tu appelles pour dire que tu voulais venir dîner.

—Tout le monde est au courant, ai-je gémi.

—Eh bien, tout le monde ne sait pas que l'homme qui t'a démasquée chez O'Kelley était Trent. Et tout le monde est très solidaire. Plus d'une personne m'a dit à quel point ils sont heureux et quelle mère extraordinaire tu vas être. Tu es très aimée dans cette ville, Finley. Et tout le monde est derrière toi.

J'ai essayé de respirer profondément mais ma gorge s'est serrée d'émotion. Peut-être que Trent ne m'avait pas tout pris, finalement.

LES SEMAINES suivantes ont passé comme un éclair. Mes nausées matinales allaient et venaient, mais restaient majoritairement présentes. Quand je suis allée à mon rendez-vous de treize semaines avec Julie, elle m'a dit que j'avais perdu un kilo et demi et que je devais faire attention. Je l'ai assurée que ce n'était pas intentionnel. Jamais de ma vie je n'avais réussi à perdre du poids par accident.

Quand j'y suis retournée à dix-sept semaines, je n'avais pas perdu plus de poids et je me sentais presque redevenue normale. J'étais enfin entrée dans mon deuxième trimestre, et c'était une vraie bénédiction. Julie a programmé l'échographie de détermination du sexe pour mon prochain rendez-vous mi-janvier et m'a laissée partir.

Et comme ça, Noël était arrivé. Je pouvais sentir les changements dans mon corps et j'étais passée aux pantalons extensibles ou aux robes. J'évitais encore les vêtements de maternité. Il y avait quelque chose dans l'achat de vêtements avec une bande élastique qui rendait le bébé qui papillonnait dans mon ventre beaucoup plus réel.

Ouais, je sais, ça n'avait aucun sens pour moi non plus.

Hudson, Karissa et Eddie ont rejoint ma famille pour Noël. Ma mère les avait tous invités dans le passé, mais l'année où Mme Georgia est décédée, Karissa et Eddie ont passé du temps ensemble. L'année dernière et celle d'avant, ils n'étaient pas d'humeur très joyeuse. Karissa semblait avoir retrouvé sa joie de vivre avec l'arrivée du bébé et son opération derrière elle.

Hudson restait presque toujours seul pendant les fêtes. L'année dernière, il avait dîné avec Piper à l'auberge, mais il avait été mon roc ces derniers mois et a accepté quand je l'ai invité à se joindre à nous.

J'ai sorti une robe rouge élastique du fond de mon placard et l'ai enfilée. Le tissu était ample et fluide, mais il s'accrochait à mon ventre et accentuait mon petit ventre qui grossissait. J'ai froncé les sourcils devant mon miroir.

—Elle est magnifique, a dit Karissa en entrant dans ma chambre vêtue d'une robe-pull argentée qu'elle avait agrémentée d'un collier rouge et de boucles d'oreilles en forme de flocons de neige argentés.

—Je me sens comme un hippopotame.

—Je pense que toutes les femmes enceintes se sentent comme ça. Attends de voir en mai.

—Je ne te parle plus.

Karissa a ri. —J'essaie juste de te donner une perspective.

—J'ai besoin d'une perspective qui ne me donne pas l'air d'être déjà enceinte de douze mois.

—Cette robe est magnifique. Et tu n'as aucune raison de cacher ce ventre sexy de future maman. Tu devrais emporter cette robe pour notre voyage la semaine prochaine.

Je me suis tournée devant le miroir, hésitante. Karissa et moi avions parlé il y a des mois de nous éloigner de L'anse MacKellar pour quelques jours. Avec son opération, elle n'était pas sûre de comment elle se sentirait, et puis avec ma grossesse, je n'étais pas sûre de comment je me sentirais. Nous étions toutes les deux dans une bonne période et avons sauté sur l'occasion de quitter la ville.

Notre plan initial était de séjourner dans un B&B dans les Finger Lakes, mais comme aucune de nous ne buvait en ce moment, nous avons décidé d'aller aux chutes du Niagara pour le Nouvel An. J'avais hâte d'y être.

—Je ne sais pas. Je ne me sens tout simplement pas moi-même en ce moment. Rien ne me va correctement et je n'ai envie de porter que mes joggings. Est-ce qu'on ne pourrait pas simplement rester à la maison en pyjama ?

Karissa a ri et a secoué la tête. —Non. Ta mère nous attend. On doit y aller. Cette robe te va super bien. Ajoute ces boucles d'oreilles en bois que Trinity t'a faites et allons-y.

Je lui ai lancé un regard noir, mais elle n'a pas été découragée le moins du monde. Cinq minutes plus tard, nous étions dehors.

Tout le monde était déjà là quand nous sommes arrivés chez mes parents. Blake et ma mère se sont extasiées sur ma robe et à quel point elle m'allait bien, tellement que je me suis demandé si Karissa leur avait envoyé un message avant. Ils ont tous affirmé que non, et j'ai pu profiter des compliments.

Maman avait presque terminé le dîner quand nous sommes arrivés, alors Blake et moi avons aidé ma mère à tout porter à table pendant que Karissa rassemblait Ian, Eddie, Hudson et mon père. Hudson est venu vers moi et m'a prise dans ses bras, puis a pris place à côté de moi.

Quand nous nous sommes tous assis, mon père a levé son verre.—Merci à tous d'être ici aujourd'hui. Nous sommes si reconnaissants d'avoir une maison pleine de famille, et oui, Hudson, Karissa et Eddie, vous êtes de la famille pour nous. Nous avons été bénis cette année avec une nouvelle addition, et nous sommes très reconnaissants pour ce bébé. Nous sommes également reconnaissants que l'opération de Karissa soit terminée et que le processus de guérison soit presque derrière elle. Et nous espérons qu'Ian et Blake augmenteront bientôt le nombre de petits-enfants. Nous vous aimons tous.

—Je t'aime, papa, ai-je dit.

—Je t'aime, ma chérie. Santé. Il a levé son verre, puis s'est arrêté.—Oh, c'est du jus de raisin pétillant pour tout le monde, pour que chacun puisse en profiter. Nous avons du vin, mais il est dans la cuisine. Quelqu'un veut-il du vin ?

Tout le monde a fait non de la tête, et Papa a pris place. Nous nous sommes passé les plats et avons rempli nos estomacs. Hudson s'est assuré que je me sentais bien et que j'avais tout ce dont j'avais besoin. J'ai senti la chaleur de ma famille autour de moi, un calme apaisant après les derniers mois de stress.

Il me restait un peu plus de cinq mois avant l'arrivée du bébé, et pour la première fois, je n'étais pas anxieuse à ce sujet. Beaucoup de choses avaient changé dans ma vie depuis que j'avais découvert ma grossesse, mais beaucoup étaient restées les mêmes. J'avais une famille et des amis sur qui je pouvais compter. Des personnes qui m'aimaient et que j'aimais. Mon bébé n'avait pas besoin d'un père. Il aurait des tantes et des oncles, des grands-parents, des amis et plus d'amour qu'il ne pourrait imaginer. Nous n'étions pas seuls. Et nous ne le serions jamais.

près avoir mangé, nous nous sommes tous assis dans le salon pour discuter. Papa et Ian ont allumé un feu et le crépitement chaleureux ainsi que la compagnie ont rendu l'ambiance parfaite. Exactement comme il fallait.

— Comment vous sentez-vous, Finley ? a demandé Eddie.

J'ai haussé les épaules. — Beaucoup mieux ces dernières semaines. Les nausées matinales ont disparu et j'ai plus d'énergie.

— C'est une bonne nouvelle. Quand revoyez-vous la sage-femme ?

— Mi-janvier. C'est une autre échographie. Je n'en ai pas eu depuis que j'ai découvert que j'étais enceinte.

— Est-ce qu'ils ont ce truc en quatre dimensions ? Où ils font une vidéo ?

— Oui. Plus de formes floues ou d'images brouillées. J'ai souri. Ma mère avait mentionné plusieurs fois à quel point la qualité des échographies était mauvaise quand elle était enceinte d'Ian et de moi.

— Ce sera bien. Il faudra m'apporter cette vidéo et me la

montrer un jour, a dit Eddie. Il a souri en haussant les sourcils, l'air sérieux et décidé à me faire tenir parole.

— Nous le ferons. Karissa prévoit de m'accompagner.

— Tu veux que je vous conduise ? a demandé Hudson.
— Je serais content de venir aussi.

J'ai regardé Karissa, et elle a haussé les épaules. — Je ne veux pas te déranger. Tu as déjà fait tellement pour moi.

Hudson a secoué la tête. — Tu n'es pas seule, Fin. Je te l'ai dit il y a des mois. Julie est à près d'une heure de route. Et avec la météo en janvier, je ne veux pas qu'il vous arrive quoi que ce soit à vous deux.

— Merci. Moi, je ne compte pas, a dit Karissa d'un ton sarcastique.

— Je parlais de toi et Fin, pas de Fin et du bébé. Ils ne font qu'un jusqu'à ce que le bébé puisse survivre seul, a dit Hudson.

Karissa lui a envoyé un baiser. — Alors merci. Tu es si gentil.

Hudson a levé les yeux au ciel et lui a souri.

—Ce serait super. Merci. Hudson hocha la tête et poursuivit sa conversation avec mon père. Il avait été présent pour moi autant que Karissa ces derniers mois. Depuis que je l'avais appelé le jour où Trent était apparu à Petits ami du Livre Illimité, Hudson prenait régulièrement de mes nouvelles et passait plus de temps avec nous. Il apportait le dîner à Karissa et moi au moins une fois par semaine, et la plupart du temps, soit il m'apportait le déjeuner, soit j'allais chez O'Kelley's pour manger avec lui là-bas.

Je n'arrêtais pas de souhaiter qu'il soit le père du bébé, mais il n'y avait aucune étincelle entre nous. Hudson m'avait dit qu'Ian et certains des autres gars l'avaient questionné sur notre relation. Il leur avait répondu, et à moi aussi, qu'il se sentait coupable de ne pas m'avoir empêchée de coucher avec Trent au départ. S'il était présent maintenant, c'était en partie pour essayer de se rattraper, ce dont je lui avais dit qu'il n'avait pas besoin, et en partie parce qu'il ne voulait pas que je traverse tout ça toute seule.

Mes autres amis avaient été formidables et m'avaient soutenue, mais Hudson et Karissa étaient les deux personnes qui étaient là pour moi jour après jour, sans faille. Je ne pourrais jamais les rembourser pour tout ce qu'ils avaient fait.

—Avant que les gens commencent à partir, parce que je sais que vous allez tous le faire bientôt, Johnnie et moi avons préparé quelques petites choses pour vous tous, dit maman.

—Je croyais que tu avais dit pas de cadeaux, dit Karissa en me regardant.

—C'est ce qu'elle m'a dit, répliquai-je. —Maman !

—Oh, ça va. C'est Noël, et j'ai pris beaucoup de plaisir à trouver quelque chose de spécial pour chacun d'entre vous. Rien de très gros. Maman se leva et prit un panier de cadeaux caché derrière le sapin. Elle fit le tour de la pièce, distribuant un cadeau à chaque personne présente.

—Nous n'avons encore rien pris pour le bébé, mais quand tu auras créé une liste de naissance, ton père et moi voulons t'acheter le berceau, dit maman.

Les larmes me montèrent aux yeux. J'avais tellement angoissé à propos de comment j'allais payer tout ce dont j'aurais besoin pour le bébé. Karissa insistait pour organiser une baby shower quand je serais plus proche de mon terme, mais les gros articles étaient toujours difficiles à obtenir.

—Je vais t'offrir le siège auto. Et je vais avoir une de ces bases dans mon véhicule utilitaire sport pour pouvoir te dépanner si tu as besoin de moi, dit Hudson.

—Nous voulons t'offrir un de ces fauteuils balancelles. J'ai lu qu'ils sont vraiment bons pour les bébés et très apaisants, dit Blake.

—Et moi, je vais t'acheter une poussette, dit Eddie. —Une qui soit compatible avec le siège auto pour que tu puisses transférer le bébé de la voiture à la poussette sans avoir à le sortir.

J'éclatai en sanglots, incapable de contenir ce qu'ils représentaient tous pour moi. C'étaient les articles dont je savais que j'avais le plus besoin mais pour lesquels je n'étais pas sûre. Et ils allaient tous être pris en charge par ma famille. — Je ne sais pas quoi dire, réussis-je finalement à articuler entre deux sanglots.

—Alors ne dis rien, ma chérie. Nous t'aimons. Nous t'aimons tous. Et nous sommes si heureux pour toi. Nous voulons tous faire partie de la vie de ce bébé,

J'ai acquiescé et j'ai serré ma mère dans mes bras, puis j'ai fait le tour de la pièce pour serrer les autres dans mes bras, les remerciant pour leurs cadeaux. Tout ce qui concernait le bébé me pesait. Trent n'avait toujours pas renoncé à ses droits, disant que si le test de paternité prouvait que le bébé était le sien, il voulait la garde. Mon avocat faisait pression sur le sien, mais jusqu'à présent, aucun de nous ne cédait.

Savoir que ma famille me soutenait et se battrait avec moi pour que mon bébé ait la meilleure vie possible rendait toute cette laideur avec Trent un peu plus facile à gérer. Et savoir que je n'aurais pas à m'inquiéter des achats importants me soulageait l'esprit plus qu'ils ne le pensaient.

—Maintenant que tout cela est réglé, allez-y et ouvrez vos cadeaux,

—Tous en même temps ou un par un ?

—Un par un,

—Eddie, commencez,

Nous nous sommes tous installés pendant qu'Eddie ouvrait une petite boîte. Ses yeux se sont embués de larmes quand il a vu ce que c'était. —Un de ces cadres photo numériques. J'avais dit que je voulais en avoir un pour pouvoir exposer plus de photos de Georgia et moi.

Maman a hoché la tête. —Je m'en souviens. J'en ai

préchargé quelques-unes, certaines que j'avais obtenues de Finley de votre mariage, mais aussi quelques autres. Vous pouvez ajouter cinquante photos, donc il y a plein de place pour en mettre d'autres.

—Merci, Kim, Johnnie. C'est magnifique,

Maman a souri et lui a serré la main. —Qui est le suivant ?

—Moi,

—Qu'est-ce que c'est ?

—C'est l'outil multifonction que je cherchais. C'est super. Ça veut dire que je n'aurai pas à transporter dix tournevis et clés différents avec moi. Merci,

Papa a acquiescé. —Celui-là, je vais m'en attribuer le mérite. Je savais que c'était quelque chose que tu n'achèterais pas pour toi-même.

—Tu as raison,

Blake passa ensuite et ouvrit un ensemble de pinceaux qu'elle désirait depuis longtemps mais n'avait pas encore achetés. Karissa reçut un dossier massant pour sa chaise puisqu'elle restait assise toute la journée, tous les jours.

Hudson reçut une batte de baseball évidée transformée en chope à bière. Il rit quand il vit qu'elle portait le logo des Yankees sur le côté. —J'ai pensé à m'en procurer une depuis un an et je l'oublie toujours. Comment avez-vous deviné ?

Maman haussa les épaules. —On a un peu tenté notre chance. Nous savons que le baseball a toujours été important pour toi, et tu possèdes un bar.

Il ricana. —C'est vrai. C'est génial. Merci.

—Merci d'être venu aujourd'hui. Et d'être si présent pour Finley. Chaque fois que nous lui parlons, elle te mentionne.

—Ne te fais pas d'idées, maman, dis-je.

Papa rit. —Tu as déjà donné des idées à ta mère.

—Fin et moi sommes juste amis, dit Hudson. —Je l'aime comme une sœur.

—Et il est comme un autre grand frère pour moi, dis-je.

—Je ne sais pas si je serai un jour ouvert à l'amour à nouveau, admit Hudson doucement. —Hillary était mon monde, et passer à autre chose est encore... Je ne suis simplement pas prêt.

—Je suis désolée de t'avoir mis mal à l'aise, dit maman. —J'aimais beaucoup Hillary, moi aussi.

Hudson sourit. —Tout le monde l'aimait. Elle était formidable.

—Quand tu seras prêt, tu trouveras quelqu'un. Et si tu n'es jamais prêt, nous aurons toujours une place pour toi ici avec nous, dit papa.

—Merci, dit Hudson d'une voix rauque.

Je tapotai son genou et souris. Nous parlions beaucoup d'Hillary dernièrement. De comment ils essayaient d'avoir un bébé quand elle est décédée. Une partie de moi se demandait si c'était pour cela qu'il passait tant de temps avec moi, mais si cela nous rendait tous les deux un peu moins seuls, ça ne me dérangeait pas.

—Finley, tu es la seule qui reste. Ouvre ton cadeau.

J'examinai le paquet sur mes genoux. Il n'était pas particulièrement lourd. D'après sa forme et son poids, je devinais qu'il s'agissait d'un livre, mais ça aurait pu être n'importe quoi s'il était dans une boîte. Je déchirai le papier et je n'en crus pas mes yeux quand je découvris ce qui se cachait dessous.

—Une couverture avec un paon ? haletai-je. —Comment est-ce possible ?

—Nous le cherchons depuis toujours. Ton père l'a trouvé sur une vente aux enchères en ligne il y a quelques mois, dit maman.

—Oh mon Dieu. C'est incroyable. Orgueil et Préjugés était mon livre préféré depuis que je l'avais lu au lycée. C'était le livre qui m'avait inspirée à ouvrir une librairie, et celui qui m'avait fait tomber amoureuse de la lecture et des romances.

J'avais plus d'exemplaires de ce livre que je ne pouvais les compter, mais je n'avais jamais trouvé celui avec la couverture rouge en cuir et le paon doré. Il était rare, et il était magnifique.

—Nous savons que tu en as beaucoup d'exemplaires, mais tu en cherches toujours plus.

Je hochai la tête, passant ma main sur la queue du paon. —C'est vrai. Surtout celui-ci. Je ne l'avais jamais vu qu'en ligne.

Il n'y avait pas beaucoup de librairies d'occasion, voire aucune, dans les environs, et j'avais perdu plus d'enchères que je ne pouvais compter en essayant d'en obtenir un comme celui-ci.

—Il te plaît ?

J'acquiesçai. —Je l'adore. Merci. Wow. Je ne pouvais pas détacher mes yeux du livre.

—Parfait. Maintenant que tout le monde a ouvert ses cadeaux, passons au dessert. Nous avons du gâteau, de la tarte et des biscuits. Qui veut quoi ?

Ils se dirigèrent tous vers l'autre pièce pendant que j'ouvrais le livre et lisais la première page. Je l'adorais. J'ai toujours aimé les exemplaires d'Orgueil et Préjugés, mais celui-ci était spécial.

—Bon bouquin ? demanda Hudson.

Je levai les yeux vers lui et souris. —Mon préféré. Tu l'as déjà lu ?

Il secoua la tête. —Moi et les livres, on ne s'entend pas très bien.

—Il existe en film, lui dis-je.

Il sourit. —Ça, c'est plus dans mes cordes.

J'ai ri et je l'ai laissé m'aider à me relever. —Il faudra qu'on le regarde ensemble un de ces jours.

—Ça me semble être un bon plan.

—Désolée que ma mère se soit mêlée de tes affaires.

Il a haussé les épaules. —J'en ai l'habitude. La plupart des gens pensent que je devrais avoir fait mon deuil d'Hillary maintenant. Peut-être qu'ils ont raison, mais l'idée d'aller de l'avant me fait peur.

—On peut rester célibataires ensemble. Avec un bébé qui arrive, je ne me vois pas sortir avec quelqu'un pour les deux prochaines décennies.

Il a ri. —Trent est un idiot, mais je suis plus qu'heureux d'en récolter les bénéfices.

Je me suis approchée pour serrer Hudson dans mes bras. C'était le meilleur lot de consolation qui soit.

QUATRE JOURS APRÈS NOËL, Karissa et moi avons chargé mon véhicule utilitaire sport et sommes parties pour les chutes du Niagara. Elle a trouvé un hôtel qui vantait des vues incroyables sur les chutes et qui était au centre de toutes les activités. Nous avons emporté des vêtements chauds et nous nous sommes assurées d'avoir suffisamment d'espace à l'arrière pour nos achats.

L'hôtel proposait des services de spa, alors nous avons programmé des manucures, pédicures et soins du visage pour notre deuxième jour sur place. Le premier jour était entièrement consacré à la détente et à un bon dîner dans une ville où aucune de nous n'avait jamais mis les pieds.

—Qu'est-ce qui te ferait plaisir ce soir ? a demandé Karissa alors que nous passions Rochester. Il nous restait encore plus d'une heure de route. Nous nous étions arrêtées pour déjeuner en chemin et prenions tranquillement notre temps.

—Je ne sais pas. Tu as vu des options à l'hôtel ? On peut commander au service d'étage si on préfère rester à l'intérieur. Surtout s'il neige aussi fort aux chutes du Niagara.

Karissa a froncé le nez. —On devrait sortir ce soir. Danser. Ça va être bondé pour le Nouvel An, et aucune de nous n'aura envie de se frotter à la foule. Si on sort ce soir, on pourra s'en donner à cœur joie.

—Est-ce que tu en as déjà assez de danser, toi ? l'ai-je taquinée.

Karissa a ri. —Bien vu. Mais on pourra danser dans notre chambre pour le Nouvel An.

—Ou on peut voir ce qui se passe sur place et décider à ce moment-là. Je me sens bien ces temps-ci et j'ai envie de profiter de ce voyage. C'est peut-être le dernier que je ferai avant les dix-huit prochaines années.

—On devra simplement faire des voyages adaptés aux enfants.

—Ouais.

Karissa resta silencieuse pendant un moment. Je conduisais, sans y prêter attention, jusqu'à ce qu'elle demande, —Tu as des regrets ?

—À propos du bébé ?

Elle haussa les épaules. —Le bébé. Trent. Tout ça ?

—Pourquoi tu me demandes ça ?

Elle triturait l'un de ses ongles. —J'ai l'impression que c'est de ma faute si tu es tombée enceinte. Comme si mon application ne faisait pas vraiment ce que j'avais prévu. J'ai pensé à la supprimer.

—Oh, Rissa, non. Ce n'est pas ta faute. Et je ne regrette pas le bébé. Trent ? Peut-être un peu. Mais c'est uniquement parce qu'il s'est avéré être un tel connard.

—J'aurais aimé que ce ne soit pas le cas pour toi. Je savais qu'il était assez imbu de lui-même au lycée, mais je pensais que la plupart d'entre nous avions un peu mûri depuis.

—C'est bon. J'aurais probablement dû savoir qui il était, mais je ne peux rien changer maintenant.

—Si tu pouvais revenir en arrière et ne jamais coucher avec lui, le ferais-tu ?

J'ai inspiré profondément et expiré lentement, secouant la tête. —C'est probablement stupide de ma part, mais non. Cette nuit avec lui, c'était le meilleur sexe que j'aie jamais eu. Il était incroyable. Tu sais. J'en ai parlé pendant des semaines. Je ne savais pas que le sexe pouvait être aussi bon. Il était attentif et tellement doué.

Karissa a ri.

—Le seul point négatif, c'est le bébé, mais je ne peux pas le considérer comme négatif. Je l'aime, et même si ce n'est pas comme je l'aurais voulu, ou comme j'aurais pensé fonder une famille, je ne vais pas souhaiter que ça ne soit jamais arrivé.

Karissa a inspiré et acquiescé.

—Je ne pense pas que tu devrais retirer l'application, Rissa. Vraiment pas. Certes, elle ne m'a pas apporté l'amour, mais elle a réuni tant d'autres personnes. Il y aura toujours des gens qui l'utiliseront pour un plan d'un soir, mais elle améliore la vie de beaucoup d'autres personnes. C'est une bonne chose.

Elle tendit la main et me serra le bras. —Merci.

J'ai hoché la tête. En nous rapprochant des chutes du Niagara, nous avons commencé à admirer les décorations lumineuses qui ornaient les villes que nous traversions. L'esprit des fêtes était toujours bien présent, et c'était contagieux.

La circulation a ralenti jusqu'à devenir un véritable escargot dans la ville de Niagara Falls. Ça ne nous dérangeait pas, nous prenions le temps de tout observer. Nous avons parlé de passer devant les chutes pour essayer de les voir, mais nous avons préféré nous rendre d'abord à l'hôtel.

J'ai garé la voiture dans le parking en face de l'hôtel. Nous avons pris nos sacs et remonté nos fermetures éclair pour traverser la rue sous les légers flocons de neige. Il faisait froid avec le vent qui s'engouffrait dans les rues, mais il faisait encore jour et le soleil nous aidait à nous réchauffer.

Karissa a ouvert la voie jusqu'au comptoir pour l'enregistrement. L'hôtel était somptueux et impressionnant avec son sol en marbre et son entrée imposante. Des canapés formaient des cercles autour de petites tables, surplombées de lustres. Une cheminée au fond réchauffait l'atmosphère autrement fraîche de l'endroit, lui donnant une ambiance légèrement plus détendue et chaleureuse.

—Bon après-midi, nous dit la femme derrière le comptoir avec un sourire radieux. —Vous venez pour l'enregistrement ?

—En effet, lui répondit Karissa. —Karissa Thomas.

La femme, Emily d'après son badge, tapa sur son clavier et acquiesça. —Parfait. Vous restez quatre nuits avec trois soins spa demain pour chacune de vous. Est-ce correct ?

—Oui, c'est ça.

—Très bien. Ces prestations pourront être facturées à votre chambre. Nous pouvons également diviser votre facture ou répartir les frais comme vous le souhaitez si vous préférez utiliser deux cartes séparées.

—Oh, ce serait parfait, ai-je dit. —Merci. Dois-je vous donner la mienne maintenant ?

—Nous pouvons le faire maintenant, ou vous pourrez l'organiser à tout moment pendant votre séjour.

Karissa et moi avons échangé un regard. —Autant le faire maintenant.

—Je peux m'en occuper. Emily a ajouté ma carte au dossier et me l'a rendue. —Je ne vois aucune de vous deux dans notre système. Avez-vous déjà séjourné chez nous auparavant ?

Nous nous sommes regardées et avons secoué la tête.

—Nous vous souhaitons la bienvenue. Nous sommes ravis que vous ayez décidé de nous rejoindre. Quelques informations utiles. Nous avons trois restaurants sur place et deux bars. L'un des bars est plutôt un salon et l'autre est une boîte de nuit. Nous servons le petit-déjeuner, le déjeuner et le dîner dans les trois restaurants, et le service d'étage est disponible vingt-quatre heures sur vingt-quatre. Tout ce qui est consommé dans l'hôtel peut être facturé sur votre chambre, et nous avons un concierge disponible de neuf heures à vingt et une heures si vous avez besoin de ses services.

—C'est exactement ce que nous cherchions, dit Karissa.

—Excellent. Y a-t-il autre chose que je puisse faire pour vous ?

—Je suis en bas maintenant. Je serai là dans quelques minutes. Est-ce que ça peut attendre jusque-là ? demanda une autre voix.

Non. Mon Dieu, non, je t'en prie. Ce n'était pas possible.

Je me suis retournée et nos regards se sont croisés. Il a reculé.

—Je dois y aller, marmonna-t-il dans son téléphone en l'éloignant de son oreille sans me quitter des yeux. —Finley ?

—Oh, merde, souffla Karissa.

11

— *B*onsoir, Monsieur MacKellar, dit Emily. — Ces dames séjournent chez nous pour quelques jours.

— Karissa, murmurai-je.

Elle se tourna vers moi. — Je n'en avais aucune idée, je te le promets. Je n'aurais jamais fait de réservation ici si j'avais su.

— Tu séjournes ici ? demanda Trent. Son regard passa de mon visage à mon ventre arrondi. Je montrais définitivement des signes, mais quelqu'un qui ne me connaissait pas aurait pu penser que j'étais simplement en surpoids. Trent avait clairement compris la vérité.

— Nous allons prendre ces clés rapidement. Merci pour votre aide, Emily, dit Karissa. Elle me poussa par derrière, me sortant de ma torpeur.

Je regardai Trent à nouveau. Il nous observait partir et n'avait pas l'air content du tout.

— Tu savais qu'il habitait ici ? Ou qu'il possédait l'hôtel ? Ou je ne sais quoi ? Pourquoi est-il ici ? Qu'est-ce qui se passe, bordel ? sifflai-je.

Karissa ne me répondit pas. Elle appuya sur le bouton pour appeler l'ascenseur. Une porte s'ouvrit devant nous, et nous y entrâmes en traînant nos valises.

Quand les portes se refermèrent, Karissa se tourna vers moi. — Je ne savais pas que c'était son hôtel. Je ne savais pas qu'il le possédait ou qu'il y vivait ou le visitait ou quoi que ce soit. Je ne l'ai pas revu depuis le lycée, sauf à OKelleys. Tu ne savais pas qu'il habitait ici ?

Je secouai la tête.

— Où est son avocat ?

— Je n'en sais rien ! Mon avocate s'occupe de toutes ces choses. Je lui parle de ce que je suis prête à accepter, mais sinon, c'est elle qui gère.

— Putain de merde, souffla Karissa. — Bon, allons d'abord à notre chambre et nous aviserons ensuite. On peut chercher un autre hôtel dans le coin et changer demain soir. Et on va faire une recherche approfondie sur le père de ton bébé pour éviter de le croiser à nouveau.

J'ai acquiescé mécaniquement. Maudit Trent et ses yeux sexy. Je n'avais pas eu de relations sexuelles depuis la nuit où il m'avait mise enceinte, et je n'y avais pas vraiment pensé depuis, mais un seul regard de lui et j'étais mouillée, prête, et je le voulais à nouveau contre moi.

Dommage que je ne le laisserai plus jamais me toucher.

Karissa et moi avons enfilé nos pyjamas et nous sommes blotties sur mon lit avec son ordinateur. Elle a recherché tout ce qu'elle pouvait sur Trent MacKellar, ce qui était beaucoup. Il y avait article après article sur sa générosité envers les œuvres de charité locales, particulièrement celles qui aidaient les enfants. Il avait créé une fondation au nom de sa mère qui soutenait les entreprises dirigées par des femmes.

Et puis il y avait les hôtels. Son nom était partout. Il possédait cinquante propriétés dans le nord-est. Elles allaient des hôtels luxueux comme celui où nous étions jusqu'à de petites auberges à l'ambiance plus chaleureuse.

Dans tous les articles que nous avons lus sur Trent, aucun ne montrait de photos de lui.

—Tu ne trouves pas bizarre que son visage n'apparaisse nulle part ? a demandé Karissa.

—Ouais. Je me sens un peu moins bête de ne pas l'avoir reconnu, cela dit.

—Tu n'es pas bête. Mais c'est étrange. Je me demande pourquoi il ne veut pas que les gens sachent à quoi il ressemble. Si je ne l'avais pas vu et si je ne savais pas à quel point il est canon, j'aurais pensé qu'il était moche et qu'il se cachait.

J'ai pouffé. —Ça rendrait les choses tellement plus faciles.

—Il t'a fait de l'effet ?

J'ai hoché la tête. —Comment pourrait-il en être autrement ? Je l'avais chassé de mes pensées, mais il était là, magnifique dans ce pull ajusté. Ses yeux semblaient en feu.

—C'est parce qu'il te regardait, a dit Karissa doucement d'un ton moqueur.

—Ouais, en voulant me réduire en cendres. J'ai soupiré lourdement. —Commandons au service d'étage et trouvons un autre hôtel.

—D'accord.

—Je sais que tu voulais aller danser ce soir, mais-

—Non. C'était émotionnel. On n'a pas besoin de le recroiser. Restons ici. On trouvera un club qui n'appartient pas au père de ton bébé et on s'éclatera demain soir.

—Merci.

Karissa me donna un coup d'épaule. —Qu'est-ce que Maman Bébé veut pour dîner ?

—Un hamburger, dis-je sans hésitation. —J'en ai eu envie toute la journée.

—Un hamburger, ou de la viande rouge ? Parce qu'ils ont un steak sur le menu qui a l'air incroyable.

—Un steak du service d'étage ? Tu n'as pas peur qu'il soit sec et insipide ?

Elle secoua la tête. —Il est écrit qu'il est garanti chaud et juteux à la livraison. Qu'en penses-tu ?

—Allons-y. Si on n'a qu'une nuit dans ce luxe, autant en profiter.

—Je suis d'accord.

Karissa appela pour commander nos dîners pendant que je commençais à chercher un nouvel hôtel. L'un après l'autre, je ne trouvais que complet partout.

—Tu as de la chance ? demanda-t-elle en raccrochant le téléphone.

—Non. Je ne vois rien à proximité.

—C'est ce que je craignais. On rentrera à la maison demain.

Mon regard se tourna brusquement vers le sien. —Non ! Nous ne rentrons pas à la maison. Nous ne nous cachons pas de lui. Nous sommes ici en vacances. Nous n'avons rien fait de mal. S'il ne peut pas le supporter, alors qu'il aille se faire voir. En fait, qu'il aille se faire voir de toute façon. Il est peut-être propriétaire de cet hôtel, mais il n'est pas notre propriétaire. Nous allons faire tout ce que nous avions prévu. Il ne nous fera pas fuir.

—Tu es sûre ?

J'ai hoché la tête. —Je vais devoir me battre contre cet homme pendant longtemps. Quand le test de paternité reviendra, mon avocate pense qu'il va demander la garde complète. Son avocat a laissé entendre que c'est pour cette raison qu'il n'a pas renoncé à ses droits. Il essaie de négocier un arrangement et d'attendre les résultats, mais je ne veux rien de lui. Je ne vais pas commencer à reculer face à lui maintenant.

—Bien joué.

C'était ce que je devais faire, mais cela ne signifiait pas que j'aimais ça. Trent MacKellar était l'homme le plus puissant que je connaissais. Comme il l'avait dit quand il était venu à Petits ami du Livre Illimité, je tenais à peine le coup. Il pouvait m'ensevelir sous les frais juridiques et me prendre mon enfant sans sourciller.

J'ai posé une main protectrice sur mon ventre. Tant que le bébé était à l'intérieur, il était à l'abri de Trent. Il était avec moi. Si je pouvais rester enceinte pour toujours, je le ferais juste pour garder mon bébé.

Karissa et moi nous sommes réinstallées sur le lit et avons attendu que notre service d'étage arrive. Quand un serveur a frappé à la porte, Karissa a ouvert et l'a laissé entrer. Nous avons donné un pourboire au gars et avons verrouillé la chambre pour la nuit.

Nous nous sommes gavées de comédies romantiques et nous nous sommes détendues. Ce n'était pas très différent d'une soirée à la maison, à l'exception de mon anxiété sachant que Trent était là, sous le même toit.

Le matin, nous avons commandé le petit-déjeuner en chambre et nous avons flâné jusqu'à nos rendez-vous au spa. Quand il a été temps d'y aller, Karissa m'a fait un discours d'encouragement dont j'avais bien besoin.

—Trent n'est rien pour toi. C'était juste un donneur de sperme. Il n'a aucun pouvoir sur toi et aucun contrôle sur ce que nous faisons. Tu es une femme indépendante, et je suis là pour m'assurer que tu ne lui cèdes rien.

J'ai hoché la tête, me sentant mieux de savoir qu'elle me soutenait.

Le spa se trouvait au quatrième étage de l'hôtel. Dès que nous sommes sorties de l'ascenseur, je me suis sentie plus calme. L'espace était décoré comme si nous étions à la plage avec des tons doux de gris, de vert et de bleu. La porte du spa isolait du bruit de l'ascenseur, et une musique douce contribuait à l'ambiance générale du lieu. Mon stress s'évaporait déjà.

—Bonjour, dit la femme derrière le comptoir. Comment pouvons-nous vous servir aujourd'hui ?

Karissa et moi nous sommes regardées. —Nous avons des rendez-vous. Karissa Thomas et Finley Jameson.

La femme a consulté l'ordinateur et a souri. —Parfait. Maria va vous accompagner pour vous changer. Si vous avez des informations particulières à communiquer à vos consultantes, vous pourrez le faire directement avec elles.

—Des informations comme quoi ? a demandé Karissa.

—Des informations médicales principalement. Pour votre manucure et pédicure, ce n'est pas un problème, mais vos soins du visage peuvent être légèrement adaptés selon les besoins de votre corps ou ce que vous souhaitez éviter. Tous nos produits sont sûrs, mais nos clients ayant la peau sensible ou des problèmes médicaux de long terme choisissent parfois des options plus douces pour le corps.

—C'est probablement une bonne idée pour nous deux, a dit Karissa.

La femme a hoché la tête. —J'en informerai vos esthéticiennes pour qu'elles en discutent avec vous.

—Merci, a dit Karissa.

Nous avons suivi Maria jusqu'à un vestiaire. Elle nous a donné des peignoirs et nous a dit de laisser nos vêtements dans un casier. Comme nous n'allions pas recevoir de massage, nous pouvions garder nos sous-vêtements. Dieu merci.

Notre manucure venait en premier. Maria nous a fait visiter le spa, nous expliquant toutes les autres options disponibles pendant notre séjour. Il y avait une piscine thérapeutique chauffée ouverte à tous les clients, ce qui semblait merveilleux mais pas vraiment sûr pour moi. Les fauteuils de massage fonctionnaient pendant dix minutes à la fois et étaient gratuits. Karissa et moi avons convenu d'y revenir.

Nous avons été installées côte à côte à des tables individuelles. Maria s'est assise en face de Karissa, et une femme nommée Tiffany s'est assise en face de moi.

—Bonjour, mesdames, a dit Tiffany. Bienvenue. Nous sommes ravies de vous accueillir aujourd'hui. Célébrez-vous quelque chose de particulier ou est-ce simplement des vacances ?

Karissa et moi nous sommes regardées. —Juste des vacances, avons-nous dit en même temps.

—Très bien. Nous faisons de notre mieux pour vous fournir tout ce dont vous pourriez avoir besoin sous un même toit. Avez-vous visité une grande partie de l'hôtel ?

—Le hall était suffisant, ai-je marmonné.

Tiffany a hésité dans son sourire pendant un instant. Elle a incliné la tête.

—Elle veut dire que nous sommes arrivées hier soir et que nous étions fatiguées du voyage, alors nous avons commandé au service d'étage. Ce matin, nous ne voulions pas manquer nos rendez-vous, donc nous avons à nouveau utilisé le service d'étage. Nous explorerons davantage.

Tiffany a retrouvé son sourire. —Je comprends tout à fait. Voyager est amusant, mais certainement épuisant. Nous avons d'excellents restaurants ici, et nos bars sont incroyables.

—Nous pensions aller danser, a dit Karissa. —Pouvez-vous nous recommander un bon endroit ?

—Un de nos bars est une boîte de nuit. Il s'appelle Pulse. C'est au premier étage. C'est mon préféré. Il y en a d'autres à distance de marche de l'hôtel, mais ils ne sont pas aussi amusants.

—Bon à savoir, a dit Karissa diplomatiquement. Il n'y avait aucune chance que nous allions dans une boîte de nuit de l'hôtel de Trent.

Pour célébrer la Saint-Sylvestre, Karissa et moi avons toutes les deux choisi un vernis à paillettes pour nos manucures. Après que nos mains eurent été massées, exfoliées et peintes, nous sommes passées à nos pédicures. L'eau chaude était magique, et le massage apaisant était un vrai bonheur pour mes pieds et mes mollets.

—Peut-on rester ici pour la journée ? ai-je demandé à Karissa.

—Ouais. Meilleure idée du monde.

Nous avons gloussé et fermé nos yeux. Ni l'une ni l'autre ne prenions le temps de nous faire chouchouter dans notre quotidien, mais c'était merveilleux. Définitivement quelque chose pour lequel je devais trouver du temps à l'avenir.

Ha ! Du temps. Mon temps allait être drastiquement réduit dans le futur. J'aurais de la chance si je trouvais le temps de me doucher. Mais on peut toujours rêver.

Karissa a choisi une couleur violet profond pour ses orteils, et j'ai opté pour un rose vif. Je ne voulais pas me lever de cette chaise, mais nos soins du visage étaient les suivants et j'avais hâte d'y être.

Pour la première fois, Karissa et moi étions séparées. Ils n'avaient pas de salle pour un soin du visage à deux, alors je suis entrée dans ma cabine avec Hannah et j'ai fait un signe de la main à Karissa tandis qu'elle disparaissait dans la sienne.

—Il est indiqué ici que vous pourriez préférer une option plus douce pour votre soin du visage, dit Hannah en m'installant.

J'ai acquiescé. —Je suis enceinte. Je ne suis pas vraiment sûre si cela pose un problème, mais je voulais m'assurer que vous le sachiez.

—Cela n'a jamais été un problème, mais notre peau réagit effectivement différemment durant ces périodes. Vous avez une peau magnifique. Seriez-vous intéressée par un massage du visage, du cou et du cuir chevelu ?

—Cela me semble merveilleux.

—Parfait. Je commence généralement par cela, mais puisque nous allons être douces avec votre peau, je vais prolonger cette partie. Vous aurez tout de même un soin du visage complet.

—Je suis partante pour tout, lui ai-je dit.

Hannah m'a souri et a touché mon épaule. —Parfait.

Hannah a commencé par mon cuir chevelu, parlant doucement pendant qu'elle massait ma tête. Je n'avais jamais expérimenté cela auparavant, et c'était étrangement apaisant. Mes yeux se sont fermés, et Hannah a cessé de parler.

Elle est passée à mon cou, ajoutant une sorte de lotion sur ses mains tandis qu'elle travaillait la tension qui tourmentait mon cou et mes épaules. J'ai gémi à un moment donné, puis je me suis excusée.

—Vous n'avez pas à vous excuser. Je suis heureuse que cela vous aide à vous détendre.

—Merci, ai-je dit. C'était tellement bon.

Quand Hannah est passée à mon visage, ses mains expertes ont soulagé encore plus de tension. —Saviez-vous que vous portez votre stress entre vos yeux ?

J'ai secoué la tête.

—Vous froncez les sourcils quand vous réfléchissez ou que vous vous inquiétez. Je peux le sentir. Parfois, être conscient de ce genre de choses nous aide à nous détendre et à les surmonter. Retenir le stress est la façon dont notre corps nous empêche de faire face à notre inconfort.

—J'en ai beaucoup ces derniers temps.

Hannah rit doucement. —Ma première grossesse a été difficile. La deuxième a été beaucoup plus facile.

—Eh bien, celle-ci est probablement ma seule et unique, alors...

—Je comprends cela. Je n'étais pas sûre non plus de vouloir plus d'un enfant.

—Ce n'est pas seulement ça, ai-je admis. —Ce n'était pas prévu. Je vais être une mère célibataire.

—Ce n'est pas un travail facile. Ma mère était une mère célibataire. La personne la plus forte que j'aie jamais rencontrée de ma vie. Il y a une place spéciale au paradis pour toutes les mères, mais surtout pour les mères célibataires.

J'ai souri. —Honnêtement, je ne sais pas si je peux le faire seule. J'ai de la famille et des amis qui ont dit qu'ils m'aideraient, mais je possède ma propre entreprise. Ça a été mon bébé pendant des années. Je ne suis pas sûre de pouvoir la gérer et être une mère correcte.

Hannah a pressé ses pouces entre mes sourcils et les a remontés jusqu'à mon front. Instantanément, j'ai ressenti la tension qui s'y accumulait.

—Ce n'est pas facile. Je n'ai jamais vécu ni l'un ni l'autre. Mais j'ai la foi et je crois que les personnes qui veulent nous aider seront toujours là. Parfois, nous devons demander, cependant. C'est la partie la plus difficile.

J'ai hoché la tête. —C'est vrai. Tellement difficile.

Hannah a ri doucement avec moi et a continué mon soin du visage. Elle a nettoyé mes pores et ma peau se sentait tendue, fraîche et si bonne. Avant de partir, je l'ai serrée dans mes bras et l'ai remerciée. Elle m'a rendu mon geste et m'a souhaité bonne chance.

Karissa est sortie de sa cabine en même temps que moi. Nous sommes retournées au vestiaire et avons remis nos vêtements.

—Et maintenant ? a-t-elle demandé.

—Sortons explorer un peu.

Elle hocha la tête, un sourire relevant le coin de ses lèvres. —Ça me semble parfait.

Nous sommes retournés à notre chambre et nous nous sommes bien couverts. Nous avons quitté l'hôtel et sommes allés d'abord aux Chutes, prenant des photos et admirant la vue. C'était impressionnant, mais il faisait vraiment un froid de canard.

Nous avons déjeuné dans un petit café, puis avons flâné dans les rues et fait quelques achats. Avant de retourner à l'hôtel, nous avons dîné dans un restaurant local qui se vantait d'avoir la meilleure pizza de la ville. Nous sommes partis sans vouloir contester. Elle était vraiment excellente.

L'hôtel était animé quand nous sommes entrés. Des gens allaient dîner, d'autres s'enregistraient ou se promenaient en discutant. Nous avons porté nos sacs jusqu'à l'ascenseur et appuyé sur le bouton. En nous retournant, Karissa s'est figée.

—Ça va ? lui ai-je demandé.

L'ascenseur a sonné derrière nous, mais elle n'a fait aucun mouvement pour y entrer.

—Karissa ?

—Ouais ? Hein ? Quoi ?

—Ça va ?

Elle a hoché la tête et regardé de nouveau dans la foule. —J'ai cru voir quelqu'un que je connaissais avant.

—Qui ?

—Xavier.

—Ton ex de la fac ?

Elle a de nouveau hoché la tête. —C'était juste un profil. Je suis sûre que ce n'était pas lui.

—Tu sais où il habite ?

Elle secoua la tête. —Non, mais je suis sûre que je me trompais. Ça fait longtemps que je ne l'ai pas vu. Allons à la chambre et changeons-nous. On va danser ce soir.

J'ai hoché la tête et affiché un sourire forcé. Xavier avait brisé le cœur de Karissa. Je me suis souvent demandé si elle l'aimait encore ou s'il n'était que celui qui lui avait échappé. En voyant son expression hantée, je n'en étais toujours pas certaine.

Nous avons attendu l'ascenseur de nouveau et sommes montées. Nous sommes entrées dans notre chambre et avons jeté tous nos achats sur les lits. Karissa a examiné les choses qu'elle avait achetées et a choisi sa nouvelle robe pour la soirée.

—Qu'est-ce que tu vas porter ? m'a-t-elle demandé.

Je refusais toujours d'acheter des vêtements de maternité, donc il me restait quelques robes qui étaient amples et confortables. Peut-être pas idéales pour aller danser, mais confortables et douces. Exactement ce dont j'avais besoin.

—Je pense que je vais porter ma robe rouge, lui ai-je dit.

—J'adore celle-là. Tu veux prendre une douche avant qu'on y aille ? On a le temps.

—Bonne idée. Film, douche, et on se fait belles.

Karissa a ri. —Ça me va.

Quand nous avons quitté la chambre, il était plus de dix heures. Je ne me souvenais pas de la dernière fois où j'étais sortie si tard, mais c'était bien. Jusqu'à ce qu'on descende et qu'on voie la neige qui tombait en gros flocons.

—Eh merde, a dit Karissa. Elle m'a regardée, les yeux écarquillés.

—On ne sort pas par ce temps.

—Je sais.

—Remontons pour déposer nos manteaux et allons au Pulse.

—Tu es sûre ?

J'ai acquiescé d'un signe de tête. —J'ai dit que je ne le laissais pas dicter quoi que ce soit, et c'est vrai. Nous y allons.

Manteaux et sacs rangés pour la nuit, Karissa et moi avons suivi le battement pulsant de la musique dès notre sortie de l'ascenseur. Le club était sombre et bruyant, mais époustouflant. Des lumières douces suspendues au plafond donnaient à l'endroit une ambiance éthérée. Les serveurs et barmans étaient vêtus de blanc, ce qui les faisait resplendir sous l'éclairage tamisé. Le bar était bondé sur trois rangs et la piste de danse n'était qu'une masse de corps en mouvement.

C'était exactement ce dont nous avions besoin pour la soirée.

12

TRENT

Aller au Pulse n'était pas prévu. Je ne pourrais même pas expliquer ce qui m'a poussé à y aller. Et puis elle est entrée.

Je l'ai vue immédiatement. J'observais la porte, envisageant de partir, mais soudain elle était là. La robe rouge épousait chacune de ces courbes auxquelles je n'arrêtais pas de penser. Cela faisait des mois, et je n'avais pas réussi à la sortir de mon esprit.

C'était encore pire quand je l'ai vue s'enregistrer dans mon hôtel. Son expression montrait clairement qu'elle n'avait aucune idée que c'était mon hôtel. Pour une raison quelconque, cela m'a dérangé. Je voulais qu'elle désire être près de moi. Au lieu de cela, elle était horrifiée quand elle l'a découvert. Comme si j'étais une maladie qu'elle essayait désespérément d'éviter.

Elle était tout le contraire. Elle était tout ce que je désirais. Je la convoitais d'une manière dont je n'avais jamais voulu une femme auparavant. Et voir son ventre rond, sachant qu'elle était vraiment enceinte et qu'elle portait probablement mon enfant... Putain de merde, je la voulais encore.

J'avais déjà commencé à planifier un autre voyage à L'anse MacKellar. C'était imprudent et fou, mais je ne pouvais pas lui résister. Je voulais la revoir. Et puis elle est apparue à mon hôtel.

Elle a regardé autour du club, disant quelque chose à Karissa. Elles se sont tenu la main et sont allées directement sur la piste de danse. Je ne pouvais pas détacher mes yeux d'elle. Elle balançait ses hanches et chantait avec la musique. Elle tournait, se tordait et riait. Elle ne savait pas que je l'observais.

Je suis resté dans l'ombre, hors de vue. Ma queue a durci en observant chacun de ses mouvements. Mes yeux la dévoraient, de la même façon que mon corps l'avait fait il y a quelques mois. La preuve de cela pressait contre la robe rouge qui l'enveloppait.

Je ne sais pas quand j'ai changé d'avis et décidé qu'elle n'avait pas menti, mais quand je l'ai vue dans le hall, j'ai su qu'elle disait la vérité et que le bébé était le mien. Pas seulement le bébé, mais la femme aussi. L'idée qu'un autre homme puisse jamais la toucher me donnait la chair de poule et me faisait serrer les poings.

Karissa a pointé vers le bar et a fait signe pour commander un verre. Finley a acquiescé et a indiqué l'autre direction, vers les toilettes. Je n'ai pas pu empêcher mes pieds de me diriger dans la même direction qu'elle.

Le couloir qui abritait les toilettes était petit et sombre avec des lumières le long du sol. Deux portes menaient aux toilettes pour hommes et femmes, avec une troisième au bout qui conduisait à la zone du personnel. Il était vide quand je suis arrivé, ce qui signifiait que Finley était déjà dans les toilettes.

J'ai attendu, adossé contre le mur, qu'elle sorte. Quand elle l'a fait, j'ai prononcé son nom.

Elle a sursauté et s'est tournée vers moi, sa main posée sur sa poitrine haletante. Quand elle a vu que c'était moi, ses yeux bruns se sont enflammés. —Qu'est-ce que tu veux de moi ?

J'ai laissé mon regard glisser le long de son corps. Quand je l'ai relevé vers le sien, je n'ai pas caché à quel point je la désirais.

Elle a eu le souffle coupé et a fait un pas en arrière.

—Pourquoi es-tu ici ?

Le désir qui commençait à se refléter dans ses yeux a disparu, laissant place à la fureur. —Va te faire foutre, Trent.

Je me suis détaché du mur et me suis avancé vers elle. Elle aurait pu s'enfuir si elle l'avait voulu, mais elle ne l'a pas fait. Elle est restée là, se pressant contre le mur tandis que je l'envahissais. J'ai posé mes mains de chaque côté de sa tête, appréciant la façon dont sa poitrine montait et descendait entre nous. Sa robe était serrée sur sa poitrine, m'offrant des aperçus plus profonds de son décolleté à chaque inspiration.

—Es-tu venue ici pour me torturer ? ai-je demandé.

—Je ne savais pas que tu serais là, a-t-elle soufflé.

—Dans mon propre hôtel ?

—Je ne savais pas qu'il était à toi. Et tout le reste est complet. Je—

—Ce type t'embête ? a demandé un homme en sortant des toilettes.

Finley et moi nous sommes tournés vers lui. J'ai aperçu l'éclair de gratitude sur son visage avant qu'elle ne lui sourie.

—Ça va. Merci.

—Tu es sûre ? Tu n'as pas à faire quoi que ce soit qu'il te demande.

Finley hocha la tête et posa sa main sur ma poitrine. À

contrecœur, je m'écartai, la laissant se faufiler devant moi et disparaître dans la foule.

Le type me lança un regard noir. —Non, c'est non, mec.

Je lui rendis son regard, incapable de parler. Ce type ne savait pas qui j'étais, ni quelle était notre relation, mais il avait plus d'égards pour elle que moi. J'acquiesçai avant de me retourner et de m'éloigner à grands pas. Je passai par la porte du personnel et contournai la cuisine pour sortir du bar sans traverser la piste de danse ni revoir Finley.

Ma suite était calme quand je remontai. La lumière de l'entrée était allumée, mais celles des chambres de X et J étaient éteintes. Je résistai à l'envie de traverser la suite en tapant des pieds et de claquer ma porte, choisissant plutôt de ne pas les réveiller. J'appelai Kenny pour qu'il me suive dans ma chambre et fermai doucement la porte derrière nous.

J'étais toujours énervé et dur comme la pierre, alors j'allumai ma douche et laissai mon esprit visualiser Finley. En me prenant en main, je fermai les yeux et l'imaginai là avec moi. À genoux avec ses lèvres autour de moi, penchée sur un canapé avec son cul en l'air, sur le dos avec moi la pilonnant. Peu m'importait comment je la prenais, tant que je la possédais à nouveau.

Je jouis violemment, tombant à genoux et grognant son nom tandis que d'épais jets de sperme jaillissaient de moi. Je posai ma main contre le mur et repris mon souffle.

— Putain, murmurai-je. Juste penser à elle suffisait à me mettre à genoux. Je n'osais pas imaginer ce que ce serait si je la possédais à nouveau.

Je terminai ma douche et allai dans ma chambre. Je m'effondrai nu sur le lit et sombrai dans le sommeil, rêvant, comme toujours, de Finley Jameson.

LE MATIN ARRIVA BEAUCOUP TROP TÔT. J'avais une journée chargée, et elle allait être longue avec le peu de sommeil que j'avais eu. En plus, c'était le réveillon du Nouvel An.

Ma première mission était de trouver Finley et de terminer la conversation que nous avions commencée la veille.

Je n'avais jamais utilisé ma position de propriétaire pour manipuler un client. Le faire maintenant signifierait laisser mes employés savoir que Finley n'était pas une cliente ordinaire. Je n'étais pas encore prêt à leur révéler qui elle était.

Avec un peu de chance, je la trouverais quelque part dans l'hôtel. J'ai vérifié au spa, mais elle n'était pas sur le planning. Je suis allé aux boutiques et ne l'y ai pas vue non plus. Je l'ai cherchée dans les restaurants, mais là aussi, sans succès.

À l'heure du déjeuner, je commençais à me sentir désespéré. J'étais si proche d'elle hier soir que je pouvais sentir la chaleur de son corps, et depuis, je me sentais comme un fou. Je devais la trouver.

C'est alors que je l'ai aperçue. Elle était seule, traversant le hall d'entrée. Elle portait un petit sac de la boutique de souvenirs. Et elle se dirigeait vers l'ascenseur.

Je me suis dépêché pour arriver juste après elle. Elle a appuyé sur le bouton et a reculé, sans me remarquer alors que je me tenais derrière elle. Quand l'ascenseur s'est ouvert, j'ai remercié Dieu que personne d'autre ne soit aux alentours.

Elle a eu un sursaut, ses yeux s'écarquillant quand elle m'a vu entrer dans l'ascenseur avec elle. Elle s'est plaquée contre la paroi et m'a fixé du regard.

—Finley, ai-je dit simplement. J'ai appuyé sur le bouton de son étage et j'ai attendu que l'ascenseur commence à bouger. Puis j'ai appuyé sur le bouton d'arrêt.

—Qu'est-ce que tu fais ? a-t-elle sifflé.

Je me suis tourné vers elle et me suis adossé contre la paroi. J'ai croisé les bras sur ma poitrine et l'ai observée. Sans même un mot, je me suis durci. Les caméras dans l'ascenseur allaient capturer toute notre interaction, mais j'étais quand même tenté de la faire mienne ici et maintenant.

—Laisse-moi partir, Trent, a-t-elle dit doucement.

Son ton résigné a attiré mon attention. La femme que je connaissais était pleine de fougue et d'audace. Elle n'était pas du genre à abandonner. Mais c'est ainsi qu'elle semblait.

—Je voulais te parler, ai-je dit simplement, même si je savais que ce n'était pas entièrement vrai.

—Ce sont nos avocats qui s'occupent de tout, Trent.

—Je ne veux pas que ça se passe comme ça, ai-je avoué.

—Je n'ai pas le choix, a-t-elle dit doucement.

—Pourquoi ?

—Parce que je ne suis pas milliardaire ! Je n'ai pas des fonds illimités. Quand tu t'en prends à mon enfant, je vais perdre. Alors je dois tout faire dans les règles. Je ne renoncerai pas à mon bébé. Sa main couvrait son ventre de façon protectrice. Des larmes coulaient sur ses joues. Elle se recroquevillait dans le coin.

—Finley, murmurai-je. Comment lui expliquer que je n'avais aucune intention de lui prendre le bébé ? Que je n'étais pas celui qu'elle croyait ? Les discussions sur la garde étaient stratégiques, destinées à prouver un jour devant un tribunal que je ne fuyais pas mes responsabilités comme son avocat utiliserait probablement comme preuve que je ne devrais pas avoir de droit de visite ou de garde.

—Je n'ai rien demandé de tout ça. Je sais que tu penses que je l'ai fait exprès, mais je ne voulais pas d'un enfant comme ça. Mais maintenant que c'est en train d'arriver, je ne te laisserai pas prendre mon bébé. Je sais ce que tu penses de moi, et je sais que tu ne me crois pas. Je veux juste... Oh, mon Dieu. Elle serra son ventre et se figea.

—Finley ? Qu'est-ce qu'il y a ? Que s'est-il passé ?

—Il a donné un coup de pied, souffla-t-elle.

—Quoi ? demandai-je en m'approchant d'elle sans réfléchir.

—J'ai déjà senti des petits mouvements avant, mais jamais un coup aussi fort. Elle déplaça sa main et ses lèvres s'étirèrent en un sourire.

Je posai ma main sur son ventre, désirant sentir le bébé, notre bébé. Elle prit ma main dans la sienne et la déplaça. Nous attendîmes, tous deux immobiles, jusqu'à ce que le bébé donne un nouveau coup de pied. Le léger coup contre ma paume fut comme un coup en plein cœur. Mes yeux croisèrent les siens, et nous échangeâmes un sourire.

—C'est le bébé ? chuchotai-je.

Elle hocha la tête. —Il devient de plus en plus actif. Ma sage-femme m'a dit que je devrais lui parler, mais je me sens bizarre de le faire.

Je m'accroupis, puis levai les yeux vers elle. Elle hocha la tête, me regardant fixement. —Salut, bébé. C'est sympa de te rencontrer. Je suis ton papa.

Dès que j'eus prononcé ces mots, elle s'éloigna de moi. Elle protégea à nouveau son ventre, son regard devenant froid et dur.

—Finley.

Elle secoua la tête. —Non, Trent, je ne peux pas. Tu as été très clair sur le fait que tu ne me crois pas. Je ne peux pas supporter ces allers-retours. Je ne peux simplement pas. S'il te plaît, laisse-moi partir.

La douleur dans sa voix et dans ses yeux me fit reculer jusqu'à l'autre côté de l'ascenseur. J'ai appuyé sur le bouton pour le remettre en marche, sans dire un mot jusqu'à ce qu'on atteigne son étage. Dès que les portes se sont ouvertes, elle a fait un mouvement pour sortir en courant, mais je l'ai retenue par le bras.

Elle s'est retournée pour me regarder.

—Je suis désolé, ai-je dit, les mots se coinçant dans ma gorge et sortant comme un murmure.

Elle a soutenu mon regard pendant un long moment, puis a hoché la tête une fois.

Ça me faisait mal de la lâcher, mais je l'ai fait. Et elle n'a pas regardé en arrière en s'éloignant.

SON VISAGE m'a hanté durant tout le reste de l'après-midi. Je fixais mon ordinateur, lisant les mêmes documents encore et encore sans assimiler les mots sur la page.

Frustré, j'ai fermé brutalement mon ordinateur portable et j'ai fait les cent pas dans mon bureau. Je devais faire quelque chose. M'excuser auprès d'elle. M'assurer qu'elle sache que je n'étais pas l'homme qu'elle pensait que j'étais. Je ne lui avais jamais donné de raison de penser que j'étais quelqu'un d'autre, mais cela allait changer. Maintenant.

Avant de pouvoir remettre en question ma décision, j'ai appelé Jeffrey. Je lui ai expliqué ce dont j'avais besoin. Il a écouté patiemment et n'a pas posé de questions avant d'accepter ce que je demandais.

J'ai raccroché avec un sourire satisfait. Elle comprendrait. Elle verrait qui j'étais vraiment. Elle verrait que j'essayais d'être un homme bien. Que je la croyais maintenant au sujet du bébé. Elle n'était pas comme Michelle, qui m'avait dit qu'elle était enceinte alors qu'elle ne l'était pas. Et Finley ne me courait pas après en me demandant de l'argent. Elle avait refusé chaque centime que mon avocat lui avait proposé. La seule chose qu'elle voulait, c'était que je sorte de sa vie.

Cela n'allait pas arriver.

Jeffrey devait me rappeler quand tout serait terminé, alors je me suis assis et j'ai attendu son appel, un sourire satisfait sur le visage.

Plus d'une heure s'est écoulée avant que mon téléphone ne sonne. Je l'ai saisi rapidement. —Est-ce que c'est fait ?

—Oui, mais Mlle Jameson souhaiterait vous parler. Elle a demandé à savoir où vous êtes.

—Amenez-la à mon bureau, Jeffrey. Je serai ravi de lui parler.

—Nous serons là dans un instant.

J'ai raccroché et souri. Je me suis levé, ajustant ma cravate et lissant mon costume. Si elle voulait me remercier en personne, j'étais heureux de l'accueillir.

Un coup à la porte m'a alerté de leur arrivée. J'ai invité Jeffrey et Finley à entrer. Jeffrey a ouvert la porte, son visage à la fois désolé et curieux. Cela n'avait aucun sens. Jusqu'à ce que je voie le visage de Finley.

Du feu jaillissait de ses yeux. Sa bouche se tordait en une grimace.

Oh, merde.

—Monsieur MacKellar ? a dit Jeffrey, avec prudence et appréhension dans la voix.

—Ce sera tout, Jeffrey. Merci.

J'ai gardé mon regard fixé sur Finley pendant que Jeffrey quittait rapidement la pièce. Je me demandais ce qu'elle lui avait dit pour qu'il ait peur d'elle. Je ne doutais pas qu'il aurait autant de réponses que de questions plus tard.

Dès que la porte s'est fermée, j'ai eu une idée.

—Pour qui tu te prends ? Je n'ai pas demandé ça. Je n'ai rien demandé de tout ça.

—Une surclassement gratuit en suite pour vous deux, votre facture réglée, et tout ce dont vous avez besoin pour le reste de votre séjour ?

—Je ne veux rien de toi, a-t-elle craché.

—J'essaie de m'excuser auprès de toi.

—Je ne veux pas de tes excuses. Ni de quoi que ce soit d'autre. Je veux que tu me fiches la paix.

—Tu sais que je ne peux pas faire ça.

Elle me fusilla du regard. Sa poitrine se soulevait et s'abaissait à chaque respiration profonde qu'elle inspirait et expirait. Ses yeux bruns étaient brillants et sauvages. Ses cheveux ondulaient autour de ses épaules à chaque mouvement saccadé. Tout son corps était tendu comme un arc.

Et tout ce à quoi je pouvais penser, c'était à quel point je la désirais.

—Redonne-nous simplement notre chambre et fais comme si nous n'étions pas là. Je resterai hors de ton chemin. On peut revenir à ce qu'on était avant de se voir. De parfaits inconnus.

Elle se tourna et marcha vers la porte comme si elle avait décidé de ce qui allait se passer et que j'allais simplement suivre. Elle n'avait aucune idée à qui elle s'adressait.

—Non.

Elle s'arrêta net au ton dur de ma voix. Sa main était sur la porte. Après un instant, elle la lâcha et se retourna pour me faire face. —Pardon ?

Je secouai la tête et contournai mon bureau. Lentement, je la traquai, gardant mon regard fixé sur le sien tandis que pas à pas je me rapprochais d'elle. Sa respiration se saccadait à chacun de mes pas jusqu'à ce que je me tienne juste devant elle.

Elle pencha la tête en arrière pour me regarder. Son souffle effleurait mon visage. Son ventre frôlait le mien à chaque inspiration.

—J'ai dit non, répétai-je. —Nous ne redeviendrons pas des étrangers, Finley.

Elle ferma les yeux et prit une lente inspiration. Je profitai de ce moment pour étudier son visage. La chute sombre de ses cils sur ses joues. La raie légèrement inégale de ses cheveux. Le petit retroussement de son nez au bout. Le parfait petit arc de ses lèvres pulpeuses. La rangée de petites boucles dans chacune de ses oreilles.

—Je ne peux pas avoir de dette envers toi, Trent. Tu sais que je ne peux pas te rembourser.

—Je ne te demande pas de le faire.

—Non, tu demandes bien plus. Elle ouvrit les yeux et m'anéantit par le regard qu'elle me lança. Peur, douleur et désarroi. Tout cela enveloppé dans un joli petit paquet de désir.

C'était exactement ce que j'avais besoin de voir.

Sans réfléchir, je me suis penché pour capturer ses lèvres. Elle s'est figée pendant une demi-seconde, puis a gémi profondément. Ce son est allé droit à ma queue. Je l'ai fait reculer jusqu'à ce qu'elle heurte la porte par laquelle elle essayait de sortir quelques instants auparavant.

Elle m'a mordu la lèvre, mais je n'ai pas reculé. J'ai grogné contre elle et j'ai plongé, forçant ses lèvres à s'ouvrir avec ma langue. Elle m'a résisté, ma femme fougueuse de retour en pleine force.

J'ai saisi ses hanches et j'ai serré mes mains, enfonçant mes doigts dans sa chair douce. Tout chez elle était doux. Si douce et parfaite et mienne.

—Je te déteste, a-t-elle murmuré en poursuivant mes lèvres avec les siennes.

—Je ne peux pas te résister, ai-je avoué, les mots coulant de moi sans réfléchir. C'était la vérité, et j'en avais assez de la combattre.

13

Finley arrachait ma veste de costume, la tirant de mes épaules. Je m'en suis débarrassé rapidement, cherchant l'ourlet de sa robe. Ma main a rencontré sa peau nue et douce, et j'ai gémi. J'ai continué jusqu'à trouver le coton doux de sa culotte. Humide et chaude.

J'ai glissé mes doigts sous le bord, écartant doucement ses cuisses pour y placer ma main. Elle a grondé mais a quand même ajusté sa position et a gémi quand j'ai enfoncé un doigt en elle.

—Canapé, ai-je grogné, la guidant vers l'endroit désiré tout en continuant de taquiner son corps.

—Je te déteste, a-t-elle répété.

—Compris, lui ai-je dit. —Déshabille-toi pour moi.

—Pourquoi ?

—Parce que je veux te voir. J'ai retiré ma main d'entre ses jambes et soulevé sa robe. Elle a grogné mais ne s'est pas débattue quand je la lui ai enlevée et jetée de côté. —Putain. Tu es magnifique.

—Tais-toi, a-t-elle dit, une rougeur se répandant sur son corps.

—Non. Tu es sublime. Je n'ai pas pu te voir la dernière fois. J'ai rêvé de toi.

—Je vais partir si tu continues à parler.

Je l'ai regardée sévèrement et j'ai secoué la tête. Puis j'ai couvert son corps du mien, évitant de peser sur son ventre, et je l'ai embrassée passionnément.

Elle haletait et se tortillait sous moi. Je l'embrassais intensément, ne lui laissant aucune chance de me résister. Elle me poursuivait, essayant de suivre mon rythme mais incapable de prévoir mes mouvements. Et à chaque surprise, elle gémissait de nouveau.

Je me suis aventuré entre ses jambes, enfonçant deux doigts en elle sans prévenir. Elle a crié et s'est pressée contre moi. J'adorais ça. J'ai courbé mes doigts et caressé son point G.

Son corps s'est raidi juste avant qu'elle ne gémisse. —Oh, mon Dieu. S'il te plaît.

Son intimité serrait mes doigts. Elle était proche, déjà prête pour moi, mais je n'avais pas fini avec elle. J'ai pressé mon pouce contre son clitoris et j'ai gémi quand elle s'est envolée.

— Oh, mon Dieu. Oui ! Oui !

— Oui, je l'ai encouragée. —Encore.

— Oui, a-t-elle crié, gémissant alors que son corps commençait à grimper à nouveau.

J'ai retiré mes doigts, la faisant gémir de frustration, puis je les ai replongés en elle avec un troisième doigt. Elle s'est immédiatement resserrée, gémissant et pleurant et s'agrippant à moi. Ses yeux étaient fermés, mais l'expression sur son visage était de celles qui ne me quitteraient jamais. Elle était magnifique, au bord de l'extase et emplie de plaisir. Un plaisir que je lui donnais.

J'ai courbé mes doigts, jouant d'elle une fois de plus et la rendant folle. Elle gémissait par saccades, son corps prenant le dessus sur son esprit. Comment avais-je pu rester loin d'elle si longtemps ?

Elle pulsait autour de moi, son corps travaillant mes doigts tandis que je travaillais son corps. Sa bouche s'est ouverte, son visage me révélant à quel point elle était proche. Ses gémissements s'accéléraient au rythme où je caressais son clitoris jusqu'à ce qu'elle ne puisse plus gémir assez vite et qu'elle s'abandonne.

Elle a poussé un gémissement long et fort, tremblant et pleurnichant tandis qu'elle s'envolait. C'était la chose la plus belle que j'aie jamais vue. J'avais besoin de plus d'elle. Pas seulement maintenant, mais plus tard. Encore. Toujours.

— Trent, en moi. S'il te plaît. S'il te plaît.

J'ai repoussé ses cheveux de son visage et je l'ai embrassée. Elle s'est accrochée à moi, désespérée dans ses baisers. Je ressentais la même chose. Désespéré. Fou.

— Trent, a-t-elle gémi.

J'ai lentement retiré mes doigts d'elle, appréciant la façon dont elle frissonnait à cette perte. Je les ai léchés lentement, soutenant son regard pendant que je le faisais.

Ses yeux se sont écarquillés. Elle a doucement haleté.

Je me suis levé et j'ai enlevé mes vêtements, savourant la façon dont ses yeux parcouraient mon corps à chaque article que je jetais de côté. —Enlève ton soutien-gorge et ta culotte.

Elle s'est levée et a fait ce que je lui ai dit. Quand nous étions tous les deux nus, j'ai déroulé un préservatif et me suis assis sur le canapé. Je l'ai guidée pour qu'elle se mette sur moi, glissant en elle facilement.

—Oh, putain, Finley, gémis-je. Je restai immobile au plus profond d'elle, sachant que je ne tiendrais pas longtemps si je ne prenais pas une minute.

—Baise-moi, Trent, chuchota-t-elle. Ce ton commençait à refaire surface. Celui qui disait qu'elle n'était pas sûre de moi. Qu'elle avait peur de moi.

Je ne pouvais pas laisser ce côté revenir. Je devais la maintenir dans un brouillard de plaisir. Je soulevai légèrement ses hanches, me retirant au même moment. Puis je projetai nos corps l'un contre l'autre, envoyant des étincelles jusqu'à mes orteils et le désir de la posséder dans chaque centimètre de mon être.

La mienne. Elle était à moi. Finley.

Elle suivait mon rythme, se soulevant et retombant à chaque coup. Nos corps s'entrechoquaient dans un rythme humide et bruyant. Ses seins rebondissaient devant mon visage, me tentant. J'en capturai un, mordant son téton. Elle haleta et rebondit plus vite.

Je remontai mes mains pour tenir ses deux seins. Je taquinai un téton tout en mordillant l'autre. Et elle me baisait de plus en plus fort, se perdant en nous.

J'étais en admiration devant elle. J'étais si perdu en elle que je ne réalisai pas que mon propre orgasme s'approchait. Quand elle jouit, serrant fortement ma queue, je rugis et me déversai en elle, maintenant son corps fermement contre le mien.

Nous haletions ensemble, nos cœurs battant en synchronisation avec les pulsations des répliques à travers nos corps. Elle s'affaissa contre moi, détendue, rassasiée et langoureuse dans mes bras. Je la serrai fort, détestant à quel point j'aimais la sensation de son corps contre le mien.

Un coup à la porte la fit sursauter. Elle bondit, sa nudité pleinement exposée devant moi. Je durcis à nouveau en la regardant se précipiter dans le bureau pour ramasser ses vêtements éparpillés. Elle les serra contre sa poitrine et me lança un regard noir.

—Pourquoi tu ne t'habilles pas ?

—Je vais le faire, dis-je avec un soupir. Je n'étais pas prêt à ce que la vie de l'autre côté de cette porte revienne. Je voulais plus de temps avec elle. Pour découvrir des choses sur elle que je ne pouvais pas lire en ligne. Pour apprendre ce qui la faisait rire et quel était son plat préféré et à quoi elle ressemblait quand elle dormait. Je voulais savoir quelle odeur avaient ses cheveux au sortir de la douche et avec quel livre elle se blottissait au lit et si elle avait déjà été amoureuse. Je voulais tout savoir d'elle.

—Il y a quelqu'un à la porte, siffla-t-elle. Elle enfila sa culotte et l'ajusta d'un coup sec. Elle attacha son soutien-gorge. Puis elle tira sa robe par-dessus sa tête et la lissa sur ses courbes. —Qu'est-ce que tu fais ?

Je me suis levé du canapé et me suis dirigé vers ma salle de bain attenante. J'ai jeté le préservatif et me suis lavé les mains, puis je suis retourné dans le bureau et me suis habillé sans me presser.

Finley tapait du pied et soupirait d'impatience tout ce temps. Je me demandais si elle serait aussi pressée de s'éloigner de moi si quelqu'un n'attendait pas de l'autre côté de ma porte pour me parler.

J'ai remis ma cravate et l'ai ajustée, et Finley a fait un mouvement vers la porte.

—Arrête, ai-je lancé.

Elle m'a écouté et s'est tournée vers moi.

—La prochaine fois, je veux t'emmener à un vrai rendez-vous.

—La prochaine fois ?

—Ça ne me suffit pas, Finley. Ça te va ?

Elle s'est mordu la lèvre. —C'est juste du sexe. On ne sort pas ensemble.

—Je veux te connaître, Finley.

—Ce n'est pas une bonne idée. Les avocats sont censés s'occuper de tout.

—J'en ai fini avec les avocats.

—Pourquoi ? Qu'est-ce qui a changé, Trent ? Parce que je

suis toujours enceinte et tu penses toujours que ce n'est pas le tien.

—Tout a changé, ai-je admis. C'était vrai. Son refus d'accepter de l'argent m'a fait penser qu'elle disait peut-être la vérité sur sa grossesse. M. Whiteside recevait des mises à jour de sa sage-femme, avec son autorisation, concernant ses rendez-vous. Tout correspondait au fait qu'elle était tombée enceinte le week-end où nous étions ensemble.

Même cela n'aurait pas suffi à me convaincre, mais elle n'a jamais rien demandé. Elle ne me laissait pas payer la moitié de ses frais médicaux. Elle refusait de parler de pension alimentaire. Elle ne voulait même pas que je paie son séjour dans mon propre hôtel.

Peut-être était-elle experte en tromperie, mais chaque rencontre que j'avais eue avec elle me prouvait le contraire. Et avoir senti le bébé bouger plus tôt... Ce coup de pied m'avait touché en plein cœur. C'était mon bébé. Et j'allais faire tout mon possible pour en prendre soin, ainsi que de sa mère.

—Dis-le, Finley. Dis-moi que tu me laisseras te revoir.

—D'accord, souffla-t-elle.

—Bien. Et garde la suite. Elle a une vue magnifique. Tu pourras voir les feux d'artifice de là-bas ce soir si tu ne veux pas sortir dans le froid.

—D'accord.

—Et Finley ?

—Oui.

—Si tu as besoin de quoi que ce soit d'autre, je veux que tu me le dises.

Elle hocha la tête par à-coups, comme si elle mentait mais savait qu'il valait mieux ne pas l'admettre.

Je laissai tomber, sachant que si je la poussais trop loin, elle riposterait. Bien que pousser trop loin était exactement ce qui l'avait amenée dans mon bureau et nue à nouveau, alors peut-être que c'était ce que je devrais continuer à faire avec elle.

—Finley ? dis-je, l'arrêtant à nouveau avant qu'elle ne quitte mon bureau.

Elle se retourna vers moi sans dire un mot.

Je traversai la pièce en quatre grandes enjambées et m'emparai de ses lèvres sans préambule. Elle pencha la tête en arrière et se fondit contre moi, me donnant instantanément accès à sa bouche. Je gémis et me pressai contre elle, me demandant comment j'avais pu m'éloigner d'elle auparavant.

Puis on frappa à nouveau, et elle s'écarta brusquement de moi.

—Je devrais y aller, dit-elle doucement.

J'acquiesçai et la laissai partir. Elle ouvrit la porte et sourit timidement, puis disparut.

X s'est retourné pour la regarder partir, et j'ai grogné contre mon meilleur ami au monde.

— Qui était-ce ?

— La mère de mon enfant. Pas touche, bordel. Je me suis retourné pour rejoindre mon bureau. — Et pas de regard non plus, connard.

X a sifflé, puis est entré dans mon bureau et a fermé la porte derrière lui. — Elle a fait le test ?

J'ai secoué la tête. — Non, mais...

X a fait la grimace. — Trent.

Je connaissais ce ton. C'était celui qui disait qu'il me trouvait stupide. Celui qui remettait en question non seulement ma santé mentale mais aussi ma capacité à prendre de bonnes décisions.

— Non.

— Tu ne la connais pas. Pendant des mois, tu n'as fait que râler contre elle en disant qu'elle essayait de te piéger. Qu'est-ce qui s'est passé ? Elle se pointe ici et tu crois qu'elle dit la vérité ?

— Elle ne veut rien de moi, ai-je admis.

— Et alors ? Peut-être qu'elle a son propre argent.

J'ai secoué la tête. — Elle n'en a pas. Tu le sais. Elle devrait vouloir de l'argent. Elle devrait essayer de me saigner à blanc.

— Si elle ne veut rien de toi, pourquoi est-elle ici ?

J'ai soupiré. — C'est son amie qui a fait la réservation. Elles ne savaient pas que j'étais propriétaire de l'endroit, ni que j'y vivais.

— Et tu crois ça ?

Je me suis laissé tomber sur ma chaise et j'ai passé une main sur ma tête. J'en avais assez de ne faire confiance à personne. De sentir que personne ne s'intéressait à moi en tant qu'homme. Je voulais quelqu'un dans ma vie qui s'inquiétait plus pour moi que pour mon argent. Quelqu'un qui voyait l'homme derrière les milliards.

—J'aimerais que tu aies raison, a dit X doucement. Je sais que ce n'est pas facile pour toi. Il y a quelques semaines, tu étais si sûr d'elle. Je ne veux pas que tu te retrouves dans une autre situation comme avec Michelle.

—Finley est réellement enceinte, ai-je argumenté.

—Je sais. J'ai vu.

—Elle veut que je renonce à mes droits. Elle pense que je vais essayer de lui prendre le bébé si c'est le mien.

—Tu viens de dire que c'est le tien. Maintenant c'est 'si c'est le mien'. Alors, c'est quoi ?

—Je ne sais pas ! Merde, X, je déteste cette situation.

—Je sais. Je veux te voir heureux. Je veux que tu trouves quelqu'un qui se fiche de ton argent. Mais la vérité, c'est que l'argent rend les gens fous.

—Je sais, ai-je soupiré lourdement. Je sais. J'ai envie de la croire.

X a hoché la tête. Il comprenait à quel point je voulais une famille. Combien c'était important pour moi de trouver quelqu'un avec qui partager ma vie. Nous avions tous les deux ce rêve, mais aucun de nous ne pensait vraiment trouver cette personne unique. —Alors, apprends à la connaître. Passe du temps avec elle. Vois si elle pourrait être quelqu'un à qui tu pourrais faire confiance ou tenir. Si tu découvres qu'elle ment quand le bébé arrivera, tu ne lui devras rien. Mais si elle dit la vérité, tu seras lié à elle pour le reste de ta vie.

La grimace sur le visage de X était due à son ex, la mère de McJenna. Même si elle les avait quittés, il devait encore gérer les conséquences de son départ. Les questions que J posait et la douleur que sa fille traversait régulièrement parce que sa mère l'avait abandonnée à la première occasion.

—Pour ce que ça vaut, j'espère que tu as raison à son sujet. J'ai hoché la tête. —Moi aussi.

Le Réveillon du Nouvel An'était généralement assez ennuyeux pour nous. J commençait à atteindre l'âge où elle voulait passer tout son temps avec ses amis plutôt qu'avec son père et moi, mais X résistait toujours à l'idée de la laisser sortir lors d'une soirée connue pour l'alcool et l'abandon des inhibitions. Il était bien placé pour le savoir puisqu'il avait rencontré sa mère le soir du Réveillon.

Une soirée tranquille à la maison me semblait exactement ce dont j'avais besoin après le tourbillon avec Finley. Dommage que J soit d'humeur à se disputer avec son père.

—Je ne comprends pas pourquoi tu me traites comme une gamine. Je ne suis pas stupide, a-t-elle crié alors que j'entrais dans la suite.

—Je n'ai jamais dit ça. Ce sont les autres personnes en qui je n'ai pas confiance.

—Alors laisse-moi organiser une fête ici, a argumenté J.

C'était un sujet de discussion depuis des années. Elle voulait utiliser l'une des salles de l'hôtel pour une fête, que ce soit une fête d'anniversaire pour pouvoir dormir sur place et utiliser la piscine, ou une fête du Nouvel An, ou autre chose. Elle voulait inviter des amis et profiter de l'hôtel. J'avais dit à X que ça ne me posait pas de problème. Lui si.

—Inviter tes amis à séjourner ici est une énorme intrusion pour Tonton Trent, J. On lui prend déjà beaucoup en vivant ici. Si nous avions notre propre logement, louer une salle ici ne semblerait pas aussi problématique.

Mon cœur s'est arrêté à ces mots. Je n'avais jamais voulu qu'ils se sentent comme un fardeau. Et je ne voulais jamais qu'ils déménagent. Rien que cette idée me serrait la poitrine et me mettait mal à l'aise.

—Tonton T a dit que ce qui est à lui est à nous, Papa. Pourquoi je ne peux pas lui demander ? Juste une fois.

—Il est trop tard ce soir, a dit X.

J a soupiré profondément. —Ouais, ouais. Tu dis toujours ça. Tu discutes avec moi jusqu'à ce qu'il soit trop tard pour faire quoi que ce soit.

C'était encore pire. Ce n'était pas la première fois qu'ils avaient la même conversation. Loin de là, apparemment.

—Écoute, J, je sais que c'est ta normalité et ta vie, et je suis éternellement reconnaissant envers Trent de nous avoir accueillis ici et de m'avoir aidé quand tu étais bébé et de nous laisser rester ici, mais un jour il pourrait avoir sa propre famille. J'essaie de me préparer au jour où il aura un enfant, peut-être une femme, et où nous devrons déménager. Trent ne nous doit pas un endroit où vivre.

— Tu penses qu'il ferait ça ?

— Pour sa propre famille ? Pourquoi pas ?

Je ne pouvais pas rester silencieux et prétendre que je n'étais pas là une minute de plus. J'ai dépassé l'entrée pour aller dans le salon, répondant à la question de X.

— Vous deux êtes ma famille. Vous avez toujours été ma

famille, et vous le serez toujours. Vous aurez toujours un foyer ici.

— Trent, tu sais bien que tu ne peux pas dire ça, a argumenté X. Son regard fixe me disait qu'il projetait déjà ce qui se passerait quand le bébé serait né et que le test révélerait ce dont j'étais convaincu. J'aurais mon propre bébé. Et dans un appartement de trois chambres, où resterait-il ?

— Rien de tout ça n'a d'importance. Vous deux êtes ma famille.

— Tu as été meilleur avec nous que n'importe qui d'autre. Mais je ne peux pas accepter ta charité pour toujours, a dit X.

— Ce n'est pas de la charité, lui ai-je dit. Il n'avait aucune idée pourquoi je le faisais. Pas la moindre idée. Toutes ces années et il pensait toujours que je les avais laissés emménager parce que j'avais pitié d'eux.

J'ai secoué la tête.

— X, tu es comme un frère pour moi. Tu as toujours été la seule et unique personne qui n'a jamais rien voulu au-delà d'une amitié. Quand j'ai commencé à travailler pour toi, tu ne m'as pas traité comme de la merde parce que j'étais ton employé. Tu t'es comporté comme si j'étais une personne décente qui comptait. J'ai pris ce job parce que je voulais être traité normalement. Je voulais être comme tout le monde. J'ai vite réalisé à quel point ça craignait d'être comme tout le monde, mais tu m'as fait sentir que j'étais un élément important de la salle de rédaction.

Je me suis déplacé vers l'endroit où ils étaient assis sur le canapé et je les ai rejoints.

— Quand je t'ai dit la vérité sur qui j'étais, tu n'as jamais changé ta façon de me traiter. Pas une seule fois tu ne m'as demandé combien je gagnais ou quelle était ma fortune ou quoi que ce soit. Je suis fils unique, et j'étais le seul héritier et gosse de riche dans ma ville natale. J'ai toujours été différent, mais tu m'as fait sentir que c'était juste une chose parmi d'autres à mon sujet, pas tout ce qu'on avait besoin de savoir. Tu es vraiment un frère pour moi. Ma famille. Et peu importe combien d'enfants j'aurai ou si je me marierai un jour, je voudrai toujours vous avoir tous les deux ici avec moi.

— Trent, a dit X. L'émotion dans sa voix me disait qu'il avait craint que j'allais les mettre dehors.

— Non. N'y pense jamais. T'avoir ici signifie que je ne suis pas seul. J'ai été seul toute ma vie, jusqu'à ce que vous deux entriez dans celle-ci.

X s'est penché et m'a serré dans ses bras, me donnant de grandes tapes dans le dos. J a bondi et a contourné la table basse en courant, se jetant sur nous deux. Nous avons tous ri et reniflé, faisant semblant de ne pas pleurer.

Un aboiement sonore suivi d'un gémissement a résonné à travers la pièce. J'ai regardé mon pitoyable chien délaissé et gâté en secouant la tête. — Allez, viens, petit sauvage.

Kenny a bondi de son panier et a traversé la pièce d'un bond. Il a sauté sur le canapé et nous a léchés chacun à notre tour, puis s'est installé sur nos genoux.

— Je suppose que ça veut dire que Kenny ressent la même chose, a dit J.

J'ai hoché la tête et embrassé le côté de sa tête. — Absolument. Vous deux, vous n'allez nulle part.

J a fait un signe de tête et s'est installée pour regarder l'émission à la télé. X a croisé mon regard et a articulé silencieusement *merci*. J'ai acquiescé. Ma famille n'allait nulle part. Ni cette année, ni la suivante, ni jamais.

14

FINLEY

Je n'ai pas revu Trent pendant notre séjour. Quand nous avons quitté l'hôtel, tout avait déjà été payé. Je voulais le contacter pour le remercier, mais je n'avais pas son numéro. Une fois rentrées à la maison, Karissa m'a suggéré de le contacter via son application, ce que j'ai fait.

DOIT AIMER LES LIVRES

Tu n'avais pas à payer notre séjour à ton hôtel. Je t'avais dit qu'on paierait.

PAS UN LOCAL

J'en avais envie.

DOIT AIMER LES LIVRES

On l'apprécie vraiment, mais ce n'était pas nécessaire.

PAS UN LOCAL

Je te dois bien plus que ça pour la façon dont je t'ai traitée. J'étais sincère quand j'ai dit que je voulais mieux te connaître.

DOIT AIMER LES LIVRES

J'aimerais bien.

PAS UN LOCAL

Je serai en ville mi-mois prochain. Est-ce que je peux te voir à ce moment-là ?

DOIT AIMER LES LIVRES

Oui.

J'étais toujours méfiante envers lui. Certes, notre alchimie était extraordinairement intense, mais cela ne signifiait pas qu'il ne me manipulait pas pour obtenir ce qu'il voulait. Il avait mille fois plus d'argent que moi, et tout ce qu'il avait à faire était de jouer le gentil, de me faire baisser ma garde pour ensuite fondre sur moi et m'enlever mon bébé.

Je ne pouvais pas laisser cela se produire, alors j'allais apprendre à le connaître, jouer le jeu, mais garder mes distances et rester sur mes gardes. Au cas où.

Karissa et moi avons repris nos habitudes après notre retour à la maison. Mi-janvier est arrivé rapidement et nous nous dirigions vers mon échographie avec Hudson.

—Comment vous sentez-vous ? demanda Hudson en conduisant vers le nord de la ville.

Karissa et moi nous sommes regardées, ne sachant pas à laquelle de nous deux il s'adressait.

—Vous deux, dit-il en riant.

—Je vais bien, lui dis-je.

—Elle a parlé avec Trent, l'informa Karissa.

—Quoi ? lâcha Hudson. —Pourquoi diable parlerais-tu avec lui ?

Je soupirai. Je savais qu'Hudson serait contrarié. Il avait clairement exprimé ce qu'il pensait de Trent. —Il était propriétaire de l'hôtel où nous avons séjourné. Nous avons... réglé quelques petites choses.

—Comme le fait qu'il soit un salaud qui pense pouvoir dire ce qu'il veut sur toi ?

—Hudson, dis-je en soupirant.

—Fin, je ne fais pas confiance à ce type. J'ai essayé de lui accorder le bénéfice du doute pendant longtemps, mais je ne peux pas fermer les yeux après ça. Pourquoi diable lui donnerais-tu une autre chance ?

Je tripotais mon ongle et me mordillais la lèvre. Je ne pouvais pas lui dire que j'avais perdu la tête et que Trent m'avait soumise à coups de coups de reins. Ni que j'étais désespérément excitée et que Trent avait aidé à soulager une partie de ce désir. Les deux étaient vrais, mais ce n'était pas pour cela que j'avais donné une autre chance à Trent.

—Ils ont couché ensemble, répondit Karissa à ma place.

—Je sais. C'est pour ça qu'on va voir une sage-femme.

Karissa secoua la tête. —Quand on était à Niagara Falls.

—Tu as fait quoi ? s'exclama Hudson.

Je me recroquevillai contre la portière.

Hudson me jeta un coup d'œil et soupira. —Je suis désolé, Fin. Mais sérieusement ? Pourquoi ?

Je secouai la tête en luttant contre l'envie de pleurer. Quand je ne pensais pas au sexe, je retenais mes larmes. La grossesse, c'était parfois l'enfer.

—Elle n'a pas arrêté de parler de lui pendant des semaines après leur rencontre. Elle l'aime bien, Hud. La voix de Karissa était douce et apaisante. La pacificatrice.

—Et il lui a bien montré qu'il n'était pas un type bien quand il l'a traitée de pute et qu'il est parti comme une furie de chez O'Kelley's après qu'elle lui a annoncé sa grossesse.

Il n'avait pas tort. Trent avait fait ça, et il avait annoncé ma grossesse à tous mes amis avant que je ne sois prête à le faire, et il avait exigé un test de paternité parce qu'il pensait que je mentais.

Mais l'homme que j'avais rencontré la nuit où je suis

tombée enceinte, l'homme avec qui j'avais partagé un trajet en ascenseur, l'homme qui m'avait fait jouir encore et encore dans son bureau... Ce n'était pas Trent MacKellar, le riche héritier. C'était Pas un local.

—Je lui ai dit que je voulais qu'il renonce à ses droits sur le bébé. Que je ferais un test de paternité, mais qu'il devait renoncer à tout accès et à tous ses droits sur le bébé. Il a refusé.

—Parce que c'est un sale égoïste, dit Hudson.

—Peut-être, admis-je. —Mais je pense que c'est parce que la famille est importante pour lui.

—Et alors ?

Je haussai les épaules. —Il est différent avec moi. Quand on est juste tous les deux. Je me réajustai sur mon siège. —Il a senti le bébé bouger.

—Tu ne m'as pas dit ça, dit Karissa. Elle se pencha en avant, se positionnant entre le siège de Hudson et le mien.

—C'était bizarre. Je n'étais pas vraiment sûre de ce que je ressentais. Trent m'a coincée dans l'ascenseur. Il voulait parler. Le bébé a donné un coup, et j'ai haleté parce que c'était un bon coup bien solide. Comme s'il connaissait Trent ou quelque chose comme ça.

—Ou il a perçu ton anxiété d'être piégée par lui, a marmonné Hudson.

—Il ne me fait pas peur.

Hudson a ricané.

—Quoi qu'il en soit, Trent m'a demandé si j'allais bien. Quand je lui ai dit que c'était le bébé, tout le reste a disparu. Il a posé sa main sur mon ventre et le bébé a donné un autre coup. Puis il s'est accroupi et lui a dit bonjour. Il a dit qu'il était le papa du bébé et qu'il serait toujours là pour lui.

—Quel connard, a murmuré Hudson.

—Qu'est-ce que tu as fait ? a demandé Karissa.

—J'ai paniqué. Je me suis éloignée de lui, et dès que les

portes se sont ouvertes, j'ai couru. Ça semblait trop réel, trop bien. Comme s'il était réellement impliqué.

—Pourquoi n'est-il pas ici s'il veut s'impliquer ? a demandé Hudson.

—Parce que je ne lui ai pas parlé du rendez-vous, ai-je avoué.

—Parce que tu ne lui fais toujours pas confiance, a dit Hudson.

—Hud, a dit doucement Karissa.

Il l'a regardée dans le rétroviseur et a froncé les sourcils dans ma direction.

Personne n'a parlé pendant plusieurs longues minutes. Je regardais par la fenêtre, observant le paysage enneigé défiler et me demandant pourquoi je n'avais pas prévenu Trent. Peut-être que j'aurais dû, mais la vérité, c'est que je n'étais toujours pas sûre. Jouait-il avec moi ? Était-il prêt à essayer ? Était-il le riche connard ou le type ordinaire et gentil ? Qui était vraiment Trent MacKellar ?

—Je suis désolé, Fin, a dit Hudson après quelques minutes. —Je n'essaie pas de te contrarier. Je m'inquiète, c'est tout.

J'ai hoché la tête. —Je sais. Tu ne dis rien que je ne me sois pas demandé moi-même. Je n'ai aucune idée s'il va me voler mon bébé dès sa naissance. Je ne sais pas s'il a vraiment changé. Tout ce que je sais, c'est que je ne vais pas éloigner mon enfant de son père. Si Trent veut s'impliquer, je ne l'en empêcherai pas, mais c'est mon bébé. Il vivra avec moi à temps plein. Trent n'aura jamais la garde complète.

Hudson tendit la main et la posa sur mes poings serrés aux jointures blanchies. —Nous ne le laisserons jamais te prendre le bébé. Jamais, Fin.

J'ai encore hoché la tête et desserré mes poings pour tenir sa main. Il a gardé sa main sur la mienne jusqu'à notre arrivée au centre de naissance où nous sommes entrés.

On nous a conduits dans une salle d'examen après que je me sois pesée et que j'aie fourni un échantillon d'urine. Je me suis installée sur le lit et j'ai répondu à toutes les questions qu'on me posait, avec l'aide de Karissa et Hudson. Julie a frappé à la porte et est entrée peu après le départ de l'infirmière.

—Bonjour à tous. Enchantée de vous rencontrer, dit-elle en tendant la main à Hudson.

—Moi de même. Je m'appelle Hudson Grant.

—C'est un très bon ami et une deuxième personne de soutien. Est-ce qu'il peut rester ? ai-je demandé.

—Bien sûr. Les personnes que vous souhaitez avoir ici dépendent entièrement de vous. Julie s'est assise et a lu les notes de l'infirmière avant de me demander comment je me sentais.

—Plutôt bien, lui ai-je dit. —Les nausées matinales ont disparu et je mange mieux. Je prends encore de petits repas fréquents parce que quand je mange un repas complet je me sens mal, mais je me sens bien.

—C'est le plus important pour l'instant. Votre corps sait ce dont il a besoin, alors assurez-vous de lui donner ce qu'il demande. Vos mesures semblent bonnes, alors si nous jetions un coup d'œil au petit. Ça vous convient à tous ?

Karissa et Hudson ont acquiescé et ont pris place à côté de moi pour pouvoir voir l'écran. J'ai relevé mon t-shirt et Julie a appliqué du gel sur mon ventre. Elle a appuyé la sonde contre mon ventre, et le bruit de battement de cœur a rempli la pièce.

—Wow, a murmuré Hudson. Il a pris ma main et l'a serrée.

J'ai levé les yeux vers lui, mais son regard restait fixé sur l'écran. J'ai eu un pincement au cœur en pensant qu'il n'avait jamais pu vivre cette expérience avec Hillary. Il aurait été un père formidable.

—Le rythme cardiaque semble bon. Je vais vérifier le cœur du bébé, son cerveau et le développement de ses organes. Voulez-vous connaître le sexe aujourd'hui ?

J'ai hoché la tête. —Si c'est possible, j'aimerais bien.

—Je pense que le bébé est dans une bonne position pour le faire. Nous allons voir. Julie a déplacé la sonde et cliqué à plusieurs endroits. Je ne savais pas ce qu'elle faisait, mais peu m'importait. J'observais mon bébé bouger.

À un moment donné, le bébé s'est retourné et a regardé vers l'échographie et j'ai eu l'impression qu'il me regardait droit dans les yeux. Évidemment, je savais que ce n'était pas le cas puisqu'il ne pouvait pas me voir, mais j'ai eu la sensation d'échanger un regard avec mon bébé. Les larmes me sont montées aux yeux et l'émotion m'a serrée la gorge.

Karissa a posé sa main sur mon épaule et l'a serrée, et Hudson a resserré sa prise sur ma main. Je ne pouvais pas détacher mon regard du moniteur, observant mon bébé qui bougeait à l'intérieur de moi.

—Très bien, tout semble parfait. Rien d'inquiétant du tout. Jusqu'à présent, vous avez un bébé en parfaite santé.

—Bien, ai-je murmuré.

Hudson et Karissa me caressaient la main et l'épaule. Leur soutien signifiait tout pour moi.

—Bon. Je pense qu'on peut apercevoir juste ici. Et on dirait... Elle a ri. —Il nous fait volontiers son petit show.

—Il ? ai-je soufflé.

Julie a acquiescé. —Oui. Évidemment je ne peux pas vous le garantir, mais j'ai fait suffisamment d'échographies pour vous dire que, si je le pouvais, j'affirmerais que vous attendez définitivement un garçon.

—Un garçon, a chuchoté Hudson. —Oh, Fin. Il a passé son pouce sur mes jointures et a serré ma main fermement.

Karissa s'est penchée et a fixé l'écran. —Félicitations, Fin.

J'ai hoché la tête, incapable de dire quoi que ce soit d'autre.

Julie a terminé l'échographie et a imprimé une image pour chacun d'entre nous, puis m'a tendu la clé USB avec toutes les photos et la vidéo. —De retour dans quatre semaines. Vous avez dépassé la moitié de la grossesse maintenant, Finley. Il va grandir beaucoup plus, et vous devriez avoir plus d'énergie pour le mois à venir. Quand vous reviendrez, vous entrerez dans votre troisième trimestre et vous vous préparerez à l'arrivée du bébé.

—Wow, l'arrivée ? a dit Karissa. —Il faut qu'on aille faire du shopping.

Julie a acquiescé. —Il y a des tonnes de produits sur le marché et vous constaterez que certains ne vous seront pas utiles. Avez-vous d'autres amies qui sont mères ?

Karissa et moi nous sommes regardées et avons secoué la tête. —Pas avec de jeunes enfants, a dit Karissa.

—Va sur Internet. Les blogs des mamans sont d'excellentes sources d'informations. Tu y trouveras des avis sur les produits et des recommandations qui te donneront une idée de ce que tu veux essayer.

J'ai hoché la tête. —Merci. Je ferai ça.

—D'accord. Profite bien du mois à venir. Je vous reverrai aux alentours de la Saint-Valentin.

J'ai eu le souffle coupé. C'était à cette période que Trent avait dit qu'il pourrait revenir. Devrais-je le lui dire ?

J'ai écarté cette question et j'ai remercié Julie. J'ai programmé mon prochain rendez-vous, puis nous sommes repartis vers la maison.

—Merci de m'avoir permis de venir, a dit Hudson. —C'était incroyable.

J'ai pris sa main et j'ai souri. —Merci d'avoir été là. Toi aussi, Rissa.

—Je serai toujours là pour mon petit neveu. Tu as pensé à des prénoms ?

J'ai secoué la tête. —D'une certaine façon, il n'était pas réel jusqu'à aujourd'hui. Je le connaissais et je l'aimais, mais voir son visage aujourd'hui, c'était...

—Ouais, ont-ils dit tous les deux.

—Est-ce que je dois parler des prénoms avec Trent ? leur ai-je demandé.

—Non, a immédiatement répondu Hudson.

—Tu peux, a dit Karissa par-dessus lui. —Mais tu dois d'abord décider à quoi ressemblera votre relation et s'il a son mot à dire sur ce genre de choses.

J'ai pris une inspiration et expiré lentement. —Je ne sais pas encore. Tout comme je ne sais pas si je devrais lui parler du prochain rendez-vous. Il sera peut-être en ville.

—Sois prudente, Fin. Quoi que tu fasses, sois prudente.

J'ai acquiescé. Je n'avais pas le choix. Si je voulais garder mon bébé, je devais être prudente.

LE WEEKEND APRÈS MON ÉCHOGRAPHIE, le club de lecture ne parlait que de bébés. Karissa a annoncé à tout le monde que j'attendais un garçon, et nous avons découvert que Zoé était enceinte aussi.

—Eh bien, vous ne perdez pas de temps, la taquina Melody. —Félicitations.

—Merci, dit Zoé. —Sebastian veut des enfants, il dit qu'il en a toujours voulu, et j'ai envie de lui donner tout ce qu'il désire. Nous avons déjà passé trop d'années séparés.

—Mais tu'es aussi excitée à l'idée d'avoir ce bébé, n'est-ce pas ? demanda Sofia.

—Tellement heureuse, répondit Zoé avec un sourire qui illumina la pièce.

Une grande partie de moi l'enviait. Mettre un enfant au monde devrait être un moment de joie. Quelque chose qu'on peut partager avec un partenaire. Et jusqu'à présent, je n'avais pas eu ça. Karissa et Hudson étaient formidables, mais aucun d'eux ne restait allongé au lit la nuit pour parler au bébé. Ils n'étaient pas obsédés par la difficulté d'élever un enfant. Et ils ne paieraient ni la crèche, ni l'université, ni les couches. Je savais qu'ils me donneraient tout ce que je demanderais, mais je refusais de prendre de l'argent de ma famille ou de mes amis.

Ou de Trent.

—Avez-vous annoncé la nouvelle du bébé aux enfants ? demanda Blake.

—Je l'ai dit à tous le matin de Noël. Sebastian n'en avait aucune idée, dit Zoé.

—C'est une façon si douce de leur annoncer, dit Karissa.

—J'ai eu ma première échographie la semaine dernière, et Julie a dit que je pouvais commencer à partager la nouvelle, dit Zoé.

—Nous'sommes si heureuses que tu l'aies fait, dit Melody.
—Comment as-tu réussi à faire taire les enfants si longtemps ?

—Je le savais, dit Piper. —Ils nous l'ont dit à Noël.

Sofia acquiesça d'un signe de tête. Elle avait aussi passé Noël avec eux. —Alexis n'avait qu'une hâte, c'était de partager la nouvelle.

—Elle n'est pas très douée pour garder les secrets, mais ce n's pas grave. Elle'a raconté ça à tous nos invités. Probablement à tous ses camarades de classe aussi, dit Zoé en riant.

— Elle est ravie d'être une grande sœur, dit Melody.
— C'est pour ça que vous n'avez pas pu venir le week-end dernier ?

Zoe ricana et secoua la tête. — Non. Sebastian travaillait vraiment sur la maison et avait besoin de mon aide. On essaie de refaire la salle de bain des enfants avant l'arrivée du bébé. On sait qu'on n'aura pas le temps après.

— Derek vous passe le bonjour à toutes les deux, dit Melody.

— Il faut qu'on vous invite tous bientôt, dit Zoe. — Bon, assez parlé de notre bébé. Finley, comment tu te sens ?

— Bien, dis-je. — J'ai de l'énergie pour l'instant, donc je suis contente.

— Qu'allez-vous faire de la boutique ? demanda Goldie. — Serez-vous en mesure de gérer les événements l'été prochain ?

J'acquiesçai. — Je ne vais prendre qu'une semaine ou deux de congé. Peut-être moins.

— Quoi ? s'exclamèrent-elles toutes en même temps.

Je haussai les épaules. — Je n'ai personne qui puisse faire fonctionner la boutique à ma place.

— On peut toutes t'aider, dit Blake.

Je secouai la tête. — C'est trop. Vous avez toutes vos propres boulots.

— Oui, mais tu as besoin de repos. Tu ne peux pas retourner au travail si rapidement, Fin, dit Goldie. — Quand j'ai eu Paul, j'étais tellement épuisée que même six semaines ne semblaient pas suffisantes. Tu vas avoir besoin de ce temps pour te reposer et créer des liens avec lui.

— Est-ce qu'on connaît quelqu'un qui cherche du travail ? demanda Karissa.

Tout le monde échangea des regards et secoua la tête.

— Je pense que c'est la seule façon de la convaincre. J'ai dit que je travaillerais d'ici et que j'aiderais. Vous vous êtes toutes proposées. Mais Finley fait fonctionner cet endroit comme une horloge. Si on prenait toutes le relais, ce serait la folie. Si une seule personne s'occupait de tout, je pense qu'elle envisagerait de lâcher prise. Au moins, tout le travail serait centralisé.

Je ne pouvais pas contredire Karissa parce qu'elle avait raison. Je détestais l'idée de simplement me débrouiller. J'avais travaillé trop longtemps et trop dur pour faire les choses à moitié. Fermer l'établissement pendant quelques semaines me semblait moins risqué que d'espérer qu'il continue à fonctionner comme j'en avais besoin pendant un mois ou deux. Je prendrais un coup, mais ce serait temporaire. Je savais qu'il serait difficile de retourner au travail si rapidement, mais c'était ma meilleure option sans quelqu'un à qui confier l'endroit, quelqu'un en qui j'avais confiance.

—Je pourrais le faire, proposa Melody. —Je peux prendre des congés.

—Tu ne vas pas mettre ton entreprise en danger pour la mienne, lui dis-je.

—Elle ne va pas accepter, dit Karissa. —J'ai déjà essayé. Sa mère a proposé de garder le bébé dès qu'il sera né, mais le travail n'est pas quelque chose que Fin abandonnera.

—Cet endroit est mon bébé, avouai-je. —J'y ai tout investi. Et après l'année dernière et avoir enfin réussi à être rentable...

Les émotions montèrent à nouveau. Elles l'ont toutes vu, et je ne pouvais rien faire pour les retenir. J'ai rentré mes lèvres et secoué la tête.

—J'ai prévu quelques événements pour l'été prochain. Nous vous maintiendrons à flot. Nous ne vous laisserons pas perdre votre premier bébé, Finley, dit Goldie.

Les autres murmurèrent leur accord. Je me forçai à sourire et hochai la tête pour les remercier. Encore une fois, elles me rappelaient que je n'étais pas seule. Et que je ne le serais jamais.

15

TRENT

Depuis le jour où Finley avait quitté mon hôtel, j'attendais avec impatience de la revoir. Nous parlions et échangions des messages de temps en temps, mais ce n'était pas comme être ensemble. X me disait que je perdais la tête, mais elle était la seule chose qui me gardait sain d'esprit. Entre X et J qui se disputaient de plus en plus et la situation avec mon père qui continuait à se détériorer, je n'avais qu'un seul et unique réconfort dans ma vie.

Finley.

J'ai décidé que me cacher n'était pas nécessaire pour ce voyage et j'ai chargé mon Range Rover avec Kenny et tout ce dont nous aurions besoin pour quelques jours au domaine avant de prendre la route.

Je n'avais pas précisé à Finley exactement quand j'arriverais en ville. Nous avions fait des plans provisoires, mais elle était peu engageante et cela m'inquiétait. Nous avions encore beaucoup de choses à régler. Dans ma tête, tout était déjà décidé, pourtant. J'avais rappelé M. Whiteside et lui avais dit de ne plus faire pression sur l'avocat de Finley. Il m'avait encouragé à faire un test de paternité, quelle que soit ma conviction que l'enfant était le mien, et je le ferais probablement, mais quelque part en chemin, j'avais cessé d'envisager la possibilité que Finley me mente.

J'étais à peu près sûr que ça s'était produit quelque part entre son refus constant d'accepter quoi que ce soit de ma part et le moment où j'avais posé ma main sur son ventre et senti le bébé bouger.

Kenny a été parfait pendant le trajet et n'a pas aboyé une seule fois pour s'arrêter, nous avons donc fait le voyage en un temps record. Andrew avait préparé la maison pour nous et nous a accueillis tous les deux à la porte. Kenny s'est rapidement attaché à Andrew, se frottant contre l'homme plus âgé jusqu'à ce qu'il sourie plus radieusement que je ne l'avais jamais vu.

—Votre père n'a jamais voulu d'animaux dans la maison, m'a dit Andrew.

J'ai hoché la tête. —Je sais. Je l'ai supplié pour avoir un chien quand j'étais petit, mais il a toujours dit non.

Andrew a ri doucement. —Il serait très mécontent en ce moment.

—Il était toujours mécontent.

Andrew a pincé les lèvres dans une version polie d'un sourire d'acquiescement, un de ceux que je savais signifier qu'il retenait ses paroles. Andrew et mon père avaient développé une amitié précaire au fil des années. Bien qu'ils n'aient jamais été égaux aux yeux de mon père, il y avait des moments où ils étaient au moins partenaires. Comme lorsque ma mère est morte et que mon père a failli se tuer à boire après elle.

— Comment va votre père ? demanda Andrew après un moment.

— Aussi bien que possible.

— Quand vous lui parlerez, dites-lui bonjour de ma part.

J'ai acquiescé. — Je n'y manquerai pas.

— Y a-t-il quelque chose de particulier dont vous auriez besoin pendant votre séjour ?

J'ai commencé à secouer la tête, puis je me suis arrêté. — En fait, pourriez-vous préparer la chambre d'amis à côté de la mienne ? Au cas où ?

Les sourcils blancs et touffus d'Andrew ont fait un bond avant qu'il ne les contrôle soigneusement. Il a hoché la tête. — Bien sûr, monsieur.

— Merci, Andrew.

Je l'ai laissé dans le hall d'entrée et j'ai guidé Kenny à l'étage. C'était la première fois que je l'amenais avec moi au domaine et je voulais lui donner l'occasion de s'installer. Kenny a reniflé chaque centimètre du couloir, puis chaque recoin de ma chambre. Nous avons fait le tour de toute la maison, le laissant tout explorer avant de revenir dans ma chambre.

Kenny a tourné en rond sur le lit pour chien qu'Andrew avait préparé pour lui, puis s'y est affalé, ses pattes dépassant du bord et son museau reposant sur ses pattes avant. Il n'a pas fallu longtemps avant qu'il ne se mette à ronfler.

— Paresseux, va, ai-je marmonné pour moi-même. J'ai sorti mon téléphone et cherché le numéro de Finley. J'ai hésité entre un appel et un message, mais j'ai fini par l'appeler. Et j'ai écouté la sonnerie avant que sa messagerie ne se déclenche.

Le message automatique m'a indiqué qu'elle n'était pas disponible. J'ai raccroché avant qu'il ne me demande de laisser un message, puis je lui ai envoyé un texto lui demandant si elle était libre ce week-end.

Et j'ai attendu.

Je ne savais pas vraiment à quoi m'attendre, mais j'espérais au moins qu'elle réponde. La plupart du temps, quand je la contactais, elle répondait en quelques minutes. Cette fois, il s'est écoulé des heures avant que je ne reçoive une réponse de sa part.

> J'ai un peu de temps libre ce week-end. Je travaille vendredi, samedi et dimanche.

Merde. Comment n'était-elle pas épuisée ?

> Tu finis à quelle heure ? Je peux passer te chercher après le travail. On dîne ensemble un soir ?

Je fixais mon téléphone pendant que trois points clignotaient. Ils ont disparu, puis son message est apparu.

> Je ferme à dix-neuf heures vendredi, dix-huit heures samedi, et seize heures dimanche, mais dimanche j'ai déjà prévu quelque chose. Quand repars-tu ?

Repartir. Ce mot m'a frappé fort. Chez moi, c'était censé être Niagara Falls. L'endroit où j'avais vécu pendant des années. Mais une partie de moi voulait que L'anse MacKellar soit ma maison. Voulait sentir que c'était là que j'appartenais. Près de Finley.

Kenny a gémi et a sauté sur le lit avec moi. Il a posé sa tête sur ma jambe et a poussé mon bras.

—Ouais, moi aussi j'aime bien ici, ai-je avoué à mon chien.

> Je repars lundi. J'ai envie de te voir autant que possible.

> Je ne savais pas que tu venais. Les week-ends sont toujours chargés pour moi à la boutique. Je peux alléger un peu mon emploi du temps, mais pas ce week-end.

> Je comprends. Je ne m'attends pas à ce que tu changes quoi que ce soit pour moi. Que fais-tu ce soir ? Est-ce que je peux te voir maintenant ?

J'ai retenu mon souffle, me demandant si j'étais allé trop loin. Nous étions encore des étrangers. Je ne connaissais pas son deuxième prénom ni sa couleur préférée. Je ne savais pas si elle était du matin ou si elle aimait faire la grasse matinée. Je n'étais même pas sûr que la couleur de ses cheveux soit naturelle. Mais je savais que je voulais les réponses à toutes ces questions et plus encore.

> Karissa et moi étions sur le point de commencer à dîner. Je ne veux pas la laisser tomber.

> Je peux me joindre à vous ? Ou vous pouvez tous les deux venir chez moi ?

> Attends.

Je fixais mon téléphone en attendant. Je ne sais pas combien de temps s'est écoulé, mais c'était suffisamment long pour que je doive empêcher mon téléphone de se mettre en veille deux fois avant que Finley ne réponde.

> Tu peux te joindre à nous. On allait faire des tacos au poulet. Ça te convient ?

Je n'aurais pas pu effacer le sourire de mon visage même si j'avais essayé.

> Absolument. Je peux apporter quelque chose ?

> Non. On a tout ce qu'il faut. À tout de suite.

J'ai levé le poing en l'air en signe de victoire. Putain, oui. Première étape.

Kenny a sauté du lit et a aboyé vers moi. Je l'ai suivi et j'ai frotté le cou de ce chien fou, puis je l'ai embrassé sur le museau. Je n'avais pas été aussi excité pour un rendez-vous depuis une éternité.

Et ce n'était même pas vraiment un rendez-vous.

Mais c'était le début de quelque chose. Elle acceptait volontairement de passer du temps avec moi. Sans colère, sans secrets, et sans sexe.

J'ai prévenu Andrew que je sortais et j'ai laissé Kenny avec lui. Je n'avais même pas atteint le garage que j'entendais déjà Andrew parler à Kenny et préparer un dîner qui laisserait mon chien gâté le supplier de rester ici pour toujours.

J'ai souri en pensant au visage empourpré de Finley quand elle avait joui. Je pourrais peut-être m'habituer à cette idée d'éternité.

Il y avait une couche de neige sur tout en ville, y compris sur les routes. Le stationnement était limité à un seul côté de la rue, ce qui signifiait qu'il était encore plus limité que d'habitude. J'ai dépassé l'immeuble où vivait Finley puis j'ai fait demi-tour, remontant la route vers O'Kelley's avant de trouver une place.

Je fixais l'enseigne d'O'Kelley's en me demandant si je devais entrer. Même si Hudson n'était pas exactement un ami, il avait gardé secrètes mes apparitions en ville pendant des années. J'ignorais qu'il était ami avec Finley jusqu'à ce que je l'accuse de coucher avec la moitié de la ville. Elle semblait m'avoir pardonné, mais je savais que ce n'était pas toujours la femme elle-même qui devait laisser tomber le passé. C'étaient ses amis et sa famille. Comme Hudson, Ian et Dieu sait qui d'autre.

Ce soir, je commencerais par Karissa.

J'ai saisi les fleurs que j'avais volées dans l'entrée de la propriété et je suis sorti du véhicule. J'ai traversé la rue en vitesse et j'ai marché d'un pas décidé sur le trottoir, le col relevé et mon souffle glacé haletant dans mon écharpe. Si j'avais réfléchi clairement, j'aurais ajouté un chapeau, mais tout ce qui m'importait, c'était de rejoindre Finley.

Je suis entré dans leur immeuble et j'ai monté les escaliers jusqu'à leur étage. J'ai couru si vite que j'en étais essoufflé et anxieux. J'ai pris une profonde inspiration, puis j'ai frappé à la porte.

La musique et les rires étaient étouffés de l'autre côté jusqu'à ce que la porte s'ouvre rapidement et que Finley se tienne là. Karissa était juste derrière elle, me souriant comme si elle connaissait tous mes secrets. Peut-être les connaissait-elle.

—Salut, ai-je dit. Mon Dieu, pouvais-je être plus banal ?

—Salut, a dit Finley. Ses joues ont rosé, et elle a mordillé sa lèvre inférieure.

—Je peux entrer ?

Elle a levé les yeux au ciel et a reculé. —Bien sûr. Désolée.

J'ai tenté ma chance et lui ai embrassé la joue avant de lui tendre l'un des bouquets de fleurs. —Pour toi.

—Merci.

Mes yeux se sont fixés sur les siens, et j'ai eu du mal à détourner le regard. Je n'étais pas habitué à la voir timide. Elle avait été fougueuse et sexy, mal à l'aise et effrayée, puis insolente et en colère, mais jamais timide. J'aimais cette Finley. Je les aimais toutes.

—Celles-ci sont pour moi ? a demandé Karissa, détournant mon attention de Finley.

J'ai éclairci ma gorge et me suis tourné vers Karissa. —Elles le sont. Ma mère a toujours dit d'apporter des fleurs pour tout le monde.

— Même les hommes ? lança Karissa d'un ton provocateur.

J'ai haussé les épaules. — Elle n'a jamais dit que c'était interdit.

Karissa a levé un sourcil avec un sourire narquois, puis s'est retournée pour rentrer dans l'appartement.

La porte s'est refermée derrière moi, nous laissant Finley et moi dans l'étroit recoin de l'entrée. Elle mordillait à nouveau sa lèvre inférieure, serrant les fleurs contre sa poitrine. Son ventre était encore plus rond que la dernière fois que je l'avais vue. J'avais envie de tendre la main et de la poser dessus, mais je savais que je n'avais pas encore gagné ce droit.

— Comment vas-tu ? lui ai-je demandé.

Elle a hoché la tête. — Bien.

— Bien. Ça fait vraiment plaisir de te voir.

Elle a souri, baissant le menton, mais j'ai quand même vu la rougeur qui montait à ses joues. — Toi aussi.

J'ai tenté ma chance et j'ai pris sa main. Elle m'a regardé avec de grands yeux mais m'a rendu mon sourire. Nous sommes restés là pendant une minute, juste à nous regarder.

— Hé, Fin ! Où est la sauce piquante ?

Le sourire sur son visage a vacillé, et elle a plissé ses lèvres en un nouveau sourire qui ne semblait pas si sincère. Elle s'est faufilée devant moi, gardant son corps contre le mur pour ne pas me toucher. Les fleurs lui servaient de bouclier, nous séparant tandis qu'elle me contournait et tournait au coin.

Je l'ai suivie quelques secondes plus tard. Finley et Karissa étaient dans la cuisine en train de chuchoter. À propos de moi, j'en étais sûr.

Karissa m'a vu et a affiché un large sourire. — Tu aimes la nourriture épicée ?

— J'aime toute la nourriture, lui ai-je répondu honnêtement. Je ne détestais pas un peu de piquant, mais je n'en avais pas besoin sur tout. J'ai grandi en essayant beaucoup de plats différents et j'en ai trouvé très peu que je n'appréciais pas.

—Ça me va. Nous aimons cuisiner. Nous essayons de nouvelles recettes. Mais celle-ci est l'une de nos préférées depuis longtemps. Finley a créé le mélange d'épices pour notre assaisonnement de tacos. C'est vraiment bon, m'a dit Karissa.

J'ai hoché la tête, comprenant tout ce qu'elle ne disait pas. Karissa était le tampon. Celle qui allait s'assurer que j'étais assez bien pour Finley. Celle dont j'avais besoin de l'approbation si je voulais avoir une chance avec Finley.

Finley était enceinte de mon enfant. Elle vivait dans ma ville natale. Elle ne voulait rien de moi. J'étais l'étranger. Je devais gagner le droit d'être dans sa vie. Cette réalisation m'a frappé de plein fouet. Finley était la préférée ici. J'avais passé la majeure partie de ma vie à me cacher de ma notoriété en ville, et maintenant je n'en avais plus. J'étais le paria de la ville. J'étais le connard qui l'avait traitée comme de la merde. Je n'avais plus aucune influence. Tout ce que j'avais, c'était une grande maison que j'essayais de vendre et beaucoup d'argent.

Mais pour la plupart des habitants de L'anse MacKellar, cela n'avait jamais eu d'importance. En y repensant, je ne connaissais ni Finley ni Ian parce qu'aucun d'eux n'avait jamais essayé de me connaître. Pareil pour Hudson et beaucoup d'autres avec qui j'ai grandi. J'avais mon petit cercle de personnes qui me traitaient comme un distributeur de billets, mais le reste de la ville m'ignorait.

Je pensais qu'amener Finley à me donner une chance serait facile. Au lieu de cela, j'apprenais rapidement que ce serait peut-être la chose la plus difficile que j'aurais jamais faite.

LE DÎNER avec Finley et Karissa était amusant, mais après ma prise de conscience, je me sentais mal à l'aise. Je voulais faire bonne impression sur elles, et je voulais qu'elles m'apprécient toutes les deux. Je ne m'étais jamais inquiété de cela auparavant. Tout le monde m'aimait. Du moins, tout le monde aimait mon argent. Karissa et Finley étaient indifférentes.

J'ai demandé à Finley si nous pouvions nous voir le lendemain, mais elle est restée évasive. Karissa a laissé entendre qu'il se passait quelque chose, mais comme Finley n'a rien dit, j'ai laissé tomber. J'ai décidé de la surprendre à sa boutique vendredi matin et de voir s'il y avait quelque chose que je pouvais faire pour l'aider avant ma réunion avec l'entrepreneur l'après-midi.

Je me suis garé à quelques places de là, mais avant de sortir, j'ai pu voir que les lumières étaient éteintes à l'intérieur de sa boutique. Je suis quand même allé jusqu'à la porte, me demandant si les informations en ligne étaient correctes. L'enseigne sur la porte indiquait qu'elle devrait être ouverte, mais une pancarte manuscrite disait que le magasin serait fermé jusqu'après le déjeuner.

—Qu'est-ce que c'est que ça ? ai-je demandé à voix haute. Était-elle malade ? S'était-il passé quelque chose ?

J'ai sorti mon téléphone pour l'appeler quand une femme a prononcé mon nom. J'ai plaqué un sourire sur mon visage et levé les yeux vers elle, incapable de la situer.

—Ma fille m'a dit que tu étais en ville, mais je ne t'aurais pas reconnu. Tu as bien grandi depuis la dernière fois que je t'ai vu.

Je lui ai souri, acceptant ses paroles puisque si je ne pouvais pas me souvenir qui elle était, elles étaient probablement vraies. —Comment vas-tu ?

—Bien. J'essaie d'aider autant que possible. Que fais-tu ici ?

—Je cherchais le propriétaire, ai-je dit en montrant le magasin du pouce.

La femme a incliné la tête et souri d'une manière qui laissait entendre qu'elle me trouvait idiot. —Pourquoi ne me laisses-tu pas t'offrir un café ?

—Tu n'as pas à faire ça.

Elle m'a tapoté le bras et a passé le sien sous le mien. —Je sais, mon chéri, mais je vais le faire quand même. Je crois que nous devons parler.

Je l'ai laissée m'entraîner vers Cracked au bout de la rue. Elle bavardait à propos du temps et de la ville pendant que nous marchions, saluant les passants. Quand nous sommes entrés, elle a fait un signe à la serveuse et je me suis figé.

La serveuse était une amie de Finley. Elle était à O'Kelley's la nuit où j'avais fait mon coming-out forcé. Et elle venait vers nous avec une expression peu amicale sur le visage.

—Salut, Maman. Comment vas-tu ? a dit la serveuse. Elle a embrassé la femme sur la joue et lui a pris la main.

—Je vais bien, Blake. J'ai croisé Trent devant le magasin de Finley. Je lui ai dit que je lui offrirais un café.

Blake a ricané et levé les yeux au ciel. —Je pense qu'il peut acheter son propre café.

—J'en suis sûre, mais il est le père de mon futur petit-enfant, alors c'est moi qui régale aujourd'hui.

Oh, merde. Je n'avais aucune idée que cette femme était la mère de Finley. Merde, merde, merde. Et Blake était mariée à son frère, c'est pourquoi elle appelait la femme Maman. Putain de bordel.

—Tu ne savais pas à qui tu parlais, n'est-ce pas ? a demandé Blake avec un sourire narquois.

J'ai secoué la tête, admettant ce que Mme Jameson savait déjà.

—Ce n'est pas grave, mon petit. Ça fait un moment que tu

n'as pas passé beaucoup de temps en ville. Prenons une table et discutons.

J'avais envie de m'enfuir, mais cela aurait certainement empiré les choses. J'ai tendu mon bras et laissé Mme Jameson choisir une table, puis je me suis assis en face d'elle. Blake nous a servi des tasses de café et nous a demandé si nous voulions petit-déjeuner. J'avais un peu faim avant, mais les nœuds dans mon estomac ne voulaient pas se défaire.

Blake est partie sans prendre de commande ni de l'une ni de l'autre. Mme Jameson a ajouté de la crème et du sucre à son café, puis l'a remué et en a pris une gorgée. —Ils servent toujours le meilleur café ici.

J'ai acquiescé, sirotant mon propre café noir. Il était bon. Avec juste ce qu'il fallait de stimulant pour me rendre plus conscient de mon environnement. —Je m'excuse de ne pas vous avoir reconnue.

Elle a secoué la tête et souri. —Je ne m'y attendais pas. Ça fait un moment que nous n'avons pas passé beaucoup de temps ensemble.

—Oui, enfin, je suis parti pendant plus de vingt ans.

—Certes, mais ça fait encore plus longtemps que nous ne nous sommes pas vus régulièrement. Je doute que tu t'en souviennes, cependant. Ta mère et moi étions des amies proches.

—Vraiment ? Je ne m'en souvenais vraiment pas.

Mme Jameson a hoché la tête. —Oui. Mon fils a le même âge que toi. Un mois de plus si ma mémoire est bonne. Tu devrais bientôt fêter ton anniversaire.

J'ai acquiescé. Peu de personnes connaissaient la date de mon anniversaire.

—Ta mère et moi nous sommes rencontrées lors d'une visite prénatale un mois. Nous avons engagé la conversation et réalisé que nous vivions à proximité. Nous avons commencé à nous retrouver pour déjeuner chaque semaine.

Elle a été l'une de mes amies les plus proches pendant longtemps.

—Je ne savais pas ça.

Mme Jameson a secoué la tête. —Non, j'imagine que tu ne le savais pas. Quand toi et Ian êtes nés, nous avons continué à nous voir, mais après la naissance de Finley, ce n'était plus si facile pour ta mère. Elle voulait plus d'enfants, et me voir avec Finley était difficile pour elle.

—Je ne pense pas que ce soit vrai. Ma mère ne me voulait même pas vraiment. Elle n'avait pas prévu de tomber enceinte.

Mme Jameson me regarda bouche bée. —Pourquoi donc penseriez-vous une chose pareille ?

J'ai ricané. —C'est ce que mon père m'a dit.

16

Mme Jameson s'étouffa, sa bouche s'ouvrant et se refermant comme si elle n'arrivait pas à décider entre parler ou cracher. Elle secoua la tête, les joues rougissantes alors qu'elle grimaçait et gémissait.

Finalement, elle leva les yeux vers moi avec la même flamme que Finley avait parfois dans le regard. Sa bouche était crispée en une ligne coléreuse. — Votre père est un fieffé menteur, dit-elle.

Je me penchai en arrière et haussai les épaules. — Pourquoi me dirait-il cela si ce n'était pas vrai ?

— Je n'en sais rien. Ce que je sais, c'est que votre mère vous aimait et aurait fait n'importe quoi pour vous. Et elle aimait votre père.

— Les histoires qu'on m'a racontées étaient un peu différentes.

— Eh bien, ces histoires étaient fausses. Votre mère était une femme magnifique. Elle était gentille, généreuse et attentionnée. C'était l'une des personnes les plus merveilleuses que j'aie jamais rencontrées. Mais elle avait ses difficultés. Elle n'a pas grandi comme vous. Elle n'avait pas d'argent. Elle ne voulait pas que vous grandissiez gâté, c'était son mot, et incapable d'apprécier les choses simples de la vie. Comme une vraie amitié ou le travail acharné.

Je pinçai les lèvres pour m'empêcher de répliquer. J'appréciais ces deux choses bien plus que Mme Jameson ne pouvait l'imaginer.

— Votre mère se disputait souvent avec votre père parce qu'il avait les moyens de tout faire et de tout vous offrir. Même si vous étiez très jeune la dernière fois que votre mère et moi avons passé du temps ensemble, je sais que c'était quelque chose qui l'inquiétait jusqu'à sa mort.

Je me calai dans mon siège et bus une gorgée de café, pour gagner du temps. Je n'étais pas sûr de comment poursuivre la conversation. D'un côté, j'avais soif d'informations sur ma mère. Tout ce que je pouvais apprendre. Mais de l'autre, je n'étais pas certain de faire confiance à la source. C'était rarement le cas.

— Comment savez-vous qu'elle s'inquiétait de cela si vous n'étiez plus en contact ?

Mme Jameson soutint mon regard et sourit tristement. — Les gens parlent, Trent. Il n'y a pas beaucoup de secrets dans cette ville. Votre famille a été la source de bien plus que sa part de commérages.

— Donc, vous répandiez des rumeurs sur ma mère ?

— Bien sûr que non, dit-elle calmement, sans réagir à la colère dans ma voix. Je ne crois pas au fait de parler des gens dans leur dos. Votre mère et moi nous voyions occasionnellement au fil des ans lors des événements scolaires, mais notre amitié n'a jamais été la même. Pourtant, je voyais la douleur dans ses yeux quand elle vous regardait.

— Et vous pensez que cette douleur venait du fait que j'étais une déception.

Mme Jameson rit doucement. —Jamais. Elle était si fière de vous. Les fois où nous avons pu nous retrouver, elle chantait vos louanges. Elle me disait combien vous étiez intelligent, combien vous travailliez dur pour les choses importantes. Mais elle savait que la pression financière était quelque chose pour laquelle vous n'étiez pas préparé. Quelque chose pour laquelle aucun enfant n'est préparé.

—Quel rapport avec le fait qu'elle me voulait ? ai-je demandé. C'était ainsi que la conversation avait commencé, et si elle voulait me convaincre de quoi que ce soit, elle avait un long chemin à parcourir.

—Votre mère m'a dit qu'elle était tombée amoureuse de deux hommes au lycée. L'un était votre père, et l'autre était Harry Robinson. Je connaissais le nom, mais je ne connaissais pas Harry. Votre mère est d'abord sortie avec Harry, puis elle a rencontré votre père. Les deux hommes pensaient qu'elle avait choisi votre père parce qu'il avait de l'argent, mais ce n'est pas ce qu'elle disait.

—C'est ce que mon père m'a dit.

Mme Jameson secoua la tête. —Votre mère voyait la gentillesse en votre père. C'était un homme bon qui prenait soin d'elle et voulait lui offrir le monde. La seule chose qu'elle voulait vraiment était une famille, des enfants. Elle disait que Harry était jaloux de votre père, l'avait toujours été. Cela faisait ressortir un côté de lui qu'elle ne connaissait pas et n'aimait pas. Elle ne lui faisait pas confiance. Elle pensait qu'il pourrait lui faire du mal ou en faire à votre père un jour, surtout après qu'elle eut décidé que votre père était celui qu'elle aimait.

—Elle vous a dit tout cela ? Lors de consultations prénatales ?

Mme Jameson rit et secoua la tête. —Mon Dieu, non. C'était au cours d'années d'amitié. Votre mère était une personne très discrète. Je n'ai jamais raconté rien de tout cela à qui que ce soit, même pas à mon mari et à mes enfants.

Mais j'ai le sentiment que vous devez savoir à quel point votre mère vous voulait et vous aimait.

—J'ai passé ces vingt-cinq dernières années à croire que ce n'était pas le cas.

—Votre père couvrait votre mère de cadeaux. Il lui donnait tout ce qu'elle voulait et même plus. Mais la seule chose qu'il ne pouvait pas lui offrir, c'était d'autres enfants. Je sais qu'ils ont essayé pendant longtemps, mais ça use une personne. Quand elle est tombée malade, je pense qu'elle avait déjà perdu sa volonté de se battre.

J'arrivais à peine à respirer tant j'avais la gorge serrée. Les souvenirs que j'avais de ma mère étaient pour la plupart ceux de la fin. Les derniers mois après sa maladie, quand elle quittait à peine son lit et fixait les murs d'un regard vide.

—J'aurais aimé rester mieux en contact avec elle, mais je voyais la douleur dans ses yeux quand elle regardait Finley. Je pensais que rester loin lui ferait moins mal, alors quand elle a arrêté d'appeler, j'ai fait pareil. Je le regretterai toujours.

—Vous n'auriez pas pu la sauver.

Mme Jameson secoua la tête et s'essuya les yeux. —Non, mais j'aurais pu être là pour elle. Peut-être aussi pour vous.

Je dévisageai la femme. Ma fierté voulait lui dire que j'allais bien et que je n'avais besoin de personne, mais l'enfant effrayé en moi qui avait perdu sa mère beaucoup trop jeune désirait un câlin.

— Puis-je vous demander quelles sont vos intentions envers ma fille ?

Je laissai échapper un soupir, surpris par ce brusque changement de sujet. — Euh, que voulez-vous dire ?

— Je veux dire, êtes-vous intéressé par une relation avec Finley ? Est-ce une ruse pour obtenir la garde ? Avez-vous l'intention de vous installer ici ?

Les questions arrivaient comme des coups de poing, durs

et directs, touchant précisément aux points sensibles. — Je... Je ne sais pas. Et je pense que c'est entre Finley et moi.

— C'est possible, mais je sais qu'elle ne vous laisse pas encore entrer dans sa vie.

— Que voulez-vous dire ?

— Si vous étiez dans sa boutique à la chercher aujourd'-hui, c'est qu'elle vous tient à distance.

— Pourquoi dites-vous cela ? Elle n'a pas à me dire comment elle gère son magasin.

— Non, en effet, et je ne m'y attendrais pas. Mais vous l'avez vue hier, n'est-ce pas ?

— Oui. Et alors ?

— Elle sait que vous êtes encore en ville ?

— Bien sûr.

— Et vous ne saviez pas qu'elle avait rendez-vous avec sa sage-femme ce matin.

Ce n'était pas une question. C'était une constatation. Finley me tenait à l'écart. Délibérément. À propos de mon enfant.

Mon premier réflexe fut de me mettre en colère. Pourquoi ferait-elle ça ? C'est quoi ce bordel ? J'essayais de faire des efforts. J'avais fait le déplacement pour la voir, pour apprendre à la connaître. Pourquoi ne m'aurait-elle pas parlé du rendez-vous ?

—Je ne vous ai pas dit cela pour vous bouleverser. Je vous l'ai dit parce que j'aime ma fille, et je ferais n'importe quoi pour elle. Si vous êtes ici pour la piéger et lui faire abandonner la garde, toute cette ville se battra pour elle contre vous. Nous n'avons peut-être pas autant d'argent que vous, mais nous avons une sacrée passion. Finley est adorée ici. Mais je ne pense pas que ce soit la raison de votre présence. Je pense que vous êtes le fils de votre mère et que vous voulez une famille. Mais cela soulève la question, quelles sont vos intentions envers ma fille ?

Je comprenais pourquoi ma mère était amie avec Mme Jameson. Elle dégonflait mes voiles aussi vite qu'elle les gonflait, me faisant passer d'un extrême à l'autre.

Elle posait la même question que je me posais depuis six semaines, depuis que j'avais posé ma main sur le ventre de Finley et senti mon bébé donner un coup de pied.

Que veux-je faire ?

Blake est venue nous voir avant que je ne réponde et a demandé si nous voulions plus de café. Mme Jameson lui a dit que nous étions sur le point de partir et a payé l'addition pendant que je restais assis là, fixant le mur derrière elle, me demandant comment répondre à sa question.

Ça aurait dû être une question simple. J'avais une vie à Niagara Falls. Une carrière, ma propre version d'une famille. Je ne ferais jamais rien qui puisse compromettre cela. Mais...

Je me sentais attiré par L'anse MacKellar et Finley Jameson. Pendant des années, je suis revenu en ville incognito, me faisant passer pour un touriste. J'utilisais toujours de l'argent liquide pour que personne ne sache qui j'étais, mais je revenais quand même.

Et Finley ? Je ne pouvais pas nier que j'étais attiré par elle. Même lors de notre première rencontre, je voulais la revoir. J'avais demandé à la revoir. C'était juste du sexe. C'était toujours le plan.

Jusqu'à ce que mon bébé donne un coup de pied.

—C'était agréable de vous revoir, Trent, a dit Mme Jameson. Elle s'est levée et a remis son manteau, boutonnant les gros boutons noirs pendant que je fixais ses mains. —J'espère vous revoir bientôt.

J'ai finalement repris mes esprits et me suis levé. —Je l'espère aussi, Madame Jameson.

Elle m'a regardé avec un sourcil levé. —Bien.

Je l'ai suivie hors de Cracked et lui ai fait un signe de la main avant qu'elle ne se retourne et s'éloigne. Il m'a fallu encore une minute pour faire de même.

J'ai conduit pendant une heure, le long de la côte, sans avoir les idées claires. Les routes étaient verglacées et glissantes dans la neige de février, mais le soleil brillait dans le ciel et l'eau étincelait. Pas que tout cela m'ait vraiment aidé à trouver la réponse aux questions qui ne cessaient de tourner dans ma tête.

Quelles sont mes intentions ? Que veux-je ?

J'ai finalement réussi à rentrer chez moi juste à temps pour rencontrer l'entrepreneur. C'était un grand gaillard nommé Peter, quelqu'un qu'Andrew avait fortement recommandé. Quelqu'un qui n'avait probablement même pas besoin d'équipe vu la taille de ses mains lorsqu'il a serré la mienne.

— Que souhaitez-vous faire ? a demandé Peter une fois les présentations terminées.

J'ai soupiré en secouant la tête. — Un peu de tout. J'ai fait venir une agent immobilier pour une évaluation. Elle a suggéré de rénover la maison pièce par pièce parce qu'elle ne se vendra pas en l'état.

— Elle a raison. La structure est solide, mais c'est démodé. On peut faire un rapide coup de polish, ou alors tout refaire à neuf.

— Y a-t-il une option intermédiaire ? ai-je grimacé.

Peter a ri doucement. — Oui. Quand voulez-vous quitter les lieux ?

La question était simple et directe. La raison même de sa présence était de rendre la maison commercialisable. Elle était en vente depuis des mois sans avoir eu une seule visite. Mme Weston avait fini par me convaincre que ne rien faire était la pire option possible.

Mais maintenant...

— Vous voulez dire immédiatement ? Parce que je peux

faire commencer mon équipe dans quelques semaines, mais nous sommes réservés pour tout le mois. J'ai une équipe limitée en ce moment. Le gros de notre travail reprend au printemps et en été, et nous pouvons en faire davantage, mais pour l'instant, ça ira un peu lentement.

J'ai regardé Peter en essayant de comprendre ce qu'il disait. Non, je comprenais ce qu'il disait. Je devais faire le point sur ce que je voulais.

Est-ce que je voulais rester ? Est-ce que je voulais faire toutes les rénovations de la maison ? Quelles étaient mes intentions ?

— Tout va bien ? a demandé Peter. Ses sourcils sombres s'étaient froncés en forme de V. Il s'est penché comme s'il pouvait voir ce qui n'allait pas chez moi en s'approchant suffisamment. — Vous avez besoin d'un médecin ?

— Non. Ça va. Désolé. Je... je ne pense pas savoir ce que je veux en ce moment.

— D'accord, a articulé lentement Peter. Nous pouvons commencer par quelque chose de simple comme la peinture et continuer à partir de là. C'est assez facile à faire, pas cher, mais ça aura un impact important. Parfois, une simple couche de peinture fraîche suffit pour donner un air neuf à une maison.

J'ai hoché la tête. — C'est parfait. Je serai absent d'ici lundi, mais Andrew vit ici. Il peut approuver tout ce que vous ferez et il a accès aux comptes pour vous payer. Avez-vous besoin d'autre chose de ma part ?

Peter secoua la tête. —Tout va bien. Je vous tiendrai au courant.

—Merci, dis-je, en le guidant vers la porte. Nous nous serrâmes la main, puis il partit.

Je m'adossai à la porte et regardai à travers ma maison vers l'eau au-dehors. Le jardin était recouvert d'un manteau blanc, mais l'eau était brillante et bleue.

Du même bleu que les armoires dans la cuisine de Finley.

Le monde entier de Finley était rempli de couleurs. Vives et magnifiques, de ses vêtements à son appartement jusqu'à la femme elle-même. Je m'habillais principalement en tons neutres. Ma maison était neutre. Tout en moi était neutre. Je n'ai jamais voulu me démarquer, attirer l'attention sur moi. Mon argent m'a donné plus que je n'ai jamais voulu, alors j'ai fait tout mon possible pour me fondre dans la masse quand c'était possible.

Au point où j'étais presque invisible.

Quand est-ce que je voulais sortir de chez moi ? Quelles étaient mes intentions avec Finley ? Que voulais-je ?

Je ne connaissais aucune des réponses, mais je commençais à penser que c'était parce que les réponses signifiaient faire un grand saut hors de ma zone de confort vers quelque chose que je n'ai jamais cru pouvoir avoir. Quelque chose que je me disais ne pas mériter. Quelque chose que je voulais plus que tout autre chose dans ma vie. Tout comme ma mère.

Une famille.

X et J étaient ma famille dans tous les sens du terme, ce qui signifiait que tout changement devait être fait ensemble. Mais l'idée de quitter L'anse MacKellar et de ne jamais revenir faisait plus mal que je ne voulais l'admettre.

Tout comme l'idée de quitter Finley Jameson et de ne jamais revenir faisait mal.

ÇA M'A TOUJOURS ÉTONNÉ ce que l'argent pouvait acheter. Dépenser un peu, ou beaucoup, d'argent signifiait que je pouvais obtenir à peu près tout ce que je voulais. Y compris organiser le rendez-vous parfait pour Finley avec seulement quelques heures de préavis.

J'ai décidé de ne rien dire à propos du rendez-vous qu'elle

ne m'avait jamais mentionné. Ça me dérangeait, mais après avoir passé le reste de l'après-midi à ne penser à rien d'autre qu'à ce que je voulais, je devais admettre que je n'aurais pas partagé cette information si j'avais été à sa place. Elle se protégeait elle et son bébé. J'étais juste le gars qui avait donné le sperme.

Quand je suis venu la chercher ce soir-là, elle m'a demandé ce que nous allions faire et où nous allions. Elle avait l'air prête à se glisser dans son lit, alors j'ai pensé que ma sortie surprise était exactement ce dont elle avait besoin.

—J'ai pensé qu'une soirée tranquille pourrait être bien. Ça te va ?

— Une soirée tranquille ? Sa voix s'est élevée à la fin.

— Tu voulais sortir ?

— Non, c'est bon. Je pensais simplement que tu cherchais à... Oh, désolée. Je n'ai pas réfléchi. Tu ne veux probablement pas qu'on nous voie ensemble.

— Pourquoi penserais-tu une chose pareille ? ai-je demandé en tournant vers la propriété.

Elle a ricané et a fait un geste vers son ventre. — Je n'ai jamais été un fantasme incarné, mais maintenant je suis encore plus loin de ça. Et si les gens nous voient ensemble, ils vont probablement penser que le bébé est le tien.

— Je m'en fiche. Je le dirai à tous ceux que je croise, ai-je grogné.

— C'est bon. Jusqu'à ce que le test de paternité soit fait, je sais que tu n'es toujours pas sûr de tout ça. On ne se connaît pas vraiment. Tu as tout à fait le droit de protéger ta réputation.

J'ai éteint le véhicule utilitaire sport et me suis tourné sur mon siège pour lui faire face. — Finley, je me fiche de ma réputation. C'est de toi dont je me soucie. Je pensais qu'une soirée tranquille serait agréable puisque tu es sur tes pieds toute la journée au travail. En plus, ça nous donnera une chance de parler et d'apprendre à nous connaître.

— Parler ? a-t-elle demandé avec un sourire narquois. Un sourire séducteur. Le genre qui faisait bouillir mon sang et dresser ma queue.

— Oui, ai-je dit, forçant le mot à sortir malgré les protestations de mon corps. Je voulais faire toutes les choses cochonnes auxquelles elle pensait, mais si je voulais découvrir si ce qui se passait entre nous pouvait être réel, j'avais besoin de la connaître.

— Vraiment ? Tout ce que tu veux faire c'est parler ? On n'a jamais parlé. Enfin, sauf quand je t'ai dit que j'étais enceinte, et ça ne s'est pas très bien passé.

— Tu m'as pris au dépourvu.

— Il n'y a pas de bonne façon d'annoncer à l'inconnu avec qui on a couché qu'on est enceinte de son bébé.

— Et je l'ai géré aussi mal que possible. Pour ça, je suis désolé.

Elle a serré les lèvres et hoché la tête. Elle n'acceptait pas mes excuses, et je ne méritais pas qu'elle le fasse, mais je les avais formulées. C'était un début. Je lui devais beaucoup plus que ça.

Nous sommes sortis du véhicule utilitaire sport, et j'ai fait le tour pour la rejoindre. Je m'étais garé dans le garage pour éviter de traverser l'allée glissante, mais cela signifiait que nous avions une plus longue marche jusqu'à l'intérieur.

J'ai ouvert la porte de la maison et suis entré. J'ai enlevé mes chaussures et me suis préparé en entendant les griffes de Kenny gratter le sol en marbre.

—Désolé, ai-je dit juste avant qu'il ne tourne le coin. Il a bondi dans le vestibule et a jappé quand il a vu Finley. Il a sauté entre nous, essayant de décider qui il voulait saluer en premier.

Finley s'est mise à genoux et a ouvert ses bras. Kenny s'est précipité vers elle, lui léchant le visage et tournant sur lui-même pour lui donner accès à tout son corps. Finley a ri en caressant mon chien gourmand.

—C'est un gros bébé, lui ai-je dit. Et il est un peu accro aux caresses sur le ventre.

—Il est adorable, a-t-elle dit, le visage crispé par mes mots. Comment s'appelle-t-il ?

—Kenny.

—Kenny ? Sérieusement ? Tu as donné à ton chien un prénom d'homme ?

—C'est un chien mâle. Comment voulais-tu que je l'appelle ?

—Je ne sais pas. Duke. Ou Sparky. Pourquoi pas Médor ?

J'ai ricané. —Aucun de ces noms ne convient à ce chien.

—Et Kenny lui convient ?

—Eh bien, j'ai eu de l'aide pour le nommer. Ce n'était pas entièrement mon choix.

—Oh, a-t-elle dit doucement. Le mot a jailli comme une bulle qui éclate. Ses épaules se sont voûtées. Elle a enroulé ses bras autour du cou de Kenny et a enfoui sa tête dans sa fourrure.

—Mon meilleur ami vit avec moi. Il a une fille. Elle a quinze ans.

—Vraiment ?

J'ai hoché la tête face à son regard curieux. —Ils ont emménagé chez moi quand elle était bébé. Nous sommes une famille tous les trois. Je l'aime comme si elle était la mienne, même si elle ne l'est pas. C'est elle qui a nommé Kenny.

—Je pensais...

—Un ex.

Elle hocha la tête et enfouit à nouveau son visage dans le cou de Kenny.

—Non. Pas beaucoup d'ex. Aucun avec qui j'ai acheté un chien.

—D'accord.

—Et toi ? Des gardes partagées d'animaux ou des adresses communes ou quoi que ce soit ? Quelqu'un de sérieux dans ton passé ?

Elle soupira profondément et se leva. —C'est ça toute la partie discussion de la soirée ? Poser toutes ces questions ?

Je secouai la tête, me demandant pourquoi elle évitait de répondre. —Je suis simplement curieux, c'est tout.

Sa bouche se crispa. Elle pinça ses lèvres, puis croisa les bras sur sa poitrine. —Je n'ai fréquenté personne depuis longtemps. Deux ans. Et même là, c'était sans engagement. Avant toi, je n'avais couché avec personne depuis plus d'un an. Encore une fois, c'était sans engagement. Mais je t'ai déjà dit tout ça. Tu veux que je passe un détecteur de mensonge ?

—Wow, je ne voulais rien insinuer. Je ne demandais pas à propos de... J'ai fait un geste vers son ventre, me demandant comment les choses avaient pu déraper si vite.

—Je devrais peut-être partir, dit-elle.

Et merde.

FINLEY

*H*udson avait raison. Je détestais un peu l'admettre, mais je ne pouvais pas vraiment le nier. Pas quand c'était là, juste devant mes yeux. Pendant tout le trajet aller-retour pour mon rendez-vous aujourd'hui, Hudson m'a répété de ne pas faire confiance à Trent. Qu'il était gentil uniquement pour obtenir ce qu'il voulait. Mon bébé.

Je lui ai dit que ce n'était pas vrai. Que Trent reculait. Que son avocat avait même dit à mon avocat qu'ils ne cherchaient rien pour le moment. Que Trent lui avait dit qu'il abandonnait l'aspect juridique des choses. Mais Hudson ne voulait rien entendre.

Et maintenant, j'étais coincée dans l'immense manoir de Trent sans aucun moyen de rentrer chez moi sans lui demander de me raccompagner. Merde.

Je me suis tournée pour rentrer dans la maison, espérant trouver une autre sortie. Peut-être que Karissa pourrait venir me chercher. Elle avait dit qu'elle ne faisait rien. Je savais qu'elle travaillait, mais—

—Ne pars pas, s'il te plaît, dit Trent juste derrière moi. Je ne voulais pas que ça sonne comme ça.

—Trent, je ne pense pas que tout ça soit une bonne idée. Je ne pense pas que nous essayions d'être... peu importe ce que nous essayons d'être, ce n'est pas une bonne idée. J'habite ici, et tu vis à Niagara Falls, et ça ne peut que mal finir. Je n'ai aucune intention de quitter L'anse MacKellar. C'est chez moi. Et je ne m'attends pas à ce que tu déménages ici ou que tu prennes soin de moi ou quoi que ce soit. Je t'ai parlé du bébé parce que je pensais que tu devais savoir, mais je n'attends rien de toi.

—Finley, s'il te plaît, donne-moi une chance.

—Une chance de faire quoi ? De me faire tomber amoureuse de toi ? Je ne veux pas que ça arrive. Tu es gentil et charmant, quand tu veux l'être, et je sais que je tomberais pour toi si tu essayais. Mais je ne peux pas. Je dois penser au bébé. Je dois le protéger, et ça signifie que je dois le faire passer en premier.

—Un garçon ?

—Désolée. Je pensais te l'avoir dit. C'est un garçon. Je l'ai appris le mois dernier.

Il a lentement hoché la tête, son regard dérivant vers mon ventre où ma main couvrait la bosse qui gonflait. J'avais pris l'habitude de poser ma main sur lui, un signe de solidarité ou quelque chose comme ça. Il était ma raison pour tout. Et ça ne pouvait pas changer parce que son père se trouvait être un homme riche et séduisant qui pouvait me faire flancher rien qu'avec un sourire.

Trent's me regarda à nouveau, ses yeux plus doux qu'un instant auparavant. —Finley, je ne veux pas gâcher ta vie. Mais j'aimerais avoir une chance d'en faire partie.

—Je ne sais pas si je peux te promettre ça.

—Pourquoi pas ?

—Parce que je ne me fais pas confiance quand je suis près

de toi. C'est peut-être les hormones, peut-être que c'est toi, mais tout ce que je sais, c'est que je suis ici avec chaque neurone fonctionnel qui me dit de quitter cette maison immédiatement, mais mon corps refuse de le faire.

—Pourquoi ?

J'ai gémi. —Parce que j'ai envie de sexe. Parce que j'ai envie de toi. Parce que quand on est dans la même pièce, on finit nus et c'est vraiment, vraiment bon.

Un coin de sa bouche s'est relevé, suivi par l'autre une demi-seconde plus tard. Ce sourire narquois sur ses lèvres était bien mérité, mais ça ne voulait pas dire que je devais l'apprécier.

—Tais-toi, c'est tout.

Il a laissé échapper un petit rire et a secoué la tête. —C'est vraiment, vraiment bon. Et j'en ai certainement encore envie, mais je veux aussi apprendre à te connaître. Quoi qu'il arrive, que tu me donnes une chance et qu'on trouve comment être ensemble ou que tu ne le fasses pas, nous faisons partie de la vie l'un de l'autre pour de bon. Nous allons avoir un bébé ensemble. Et je n'ai pas l'intention de vous abandonner, ni l'un ni l'autre.

—Je ne suis pas ta responsabilité.

—Peut-être pas, mais m'assurer que tu sois en bonne santé l'est pour le moment. C'est pourquoi Meaghan est ici.

—Qui'est Meaghan ? ai-je demandé alors qu'il pointait derrière moi. Je me suis retournée et j'ai découvert une petite femme blonde à côté d'une table de massage au milieu du salon.

—Meaghan est une masseuse prénatale de Syracuse. Elle a accepté de venir ici ce soir pour vous offrir un massage. Aussi longtemps que vous le souhaiterez.

—Quoi ? ai-je hoqueté. Rien que d'y penser, je sentais mon corps se détendre. J'étais tellement courbaturée et endolorie, mais je ne pouvais pas me justifier de dépenser de l'argent pour un massage alors que j'avais déjà du mal à payer mes frais médicaux.

—Je te l'ai dit, je pensais qu'une soirée tranquille à la maison serait bien. Tu peux refuser, mais je pensais que ce serait un petit plaisir pour toi.

—Oui, ai-je gémi. J'ai failli pleurer.

Trent a ri doucement. —Bien. Meaghan s'est installée ici, mais si tu te sens plus à l'aise, elle peut monter dans une des chambres.

—Et toi, tu seras où ?

—Je vais être dans la cuisine à préparer le repas. Je resterai à l'écart et serai aussi silencieux que possible.

J'ai regardé la cuisine puis la table de massage installée au milieu du salon. Elles étaient proches. Assez proches pour que je puisse forcément entendre et sentir ce que Trent préparait. Et assez proches pour qu'il puisse me voir. Nue. Encore.

—Où veux-tu être, Finley ?

—Ça va. C'est parfait ici. On dirait que tu as déjà vidé la pièce pour ça, de toute façon. Je ne veux pas tout déménager.

—La pièce est vidée pour les peintres, mais ça tombe bien d'avoir cet espace libre.

—Les peintres ?

Il a hoché la tête. —Mon agent immobilier m'a convaincu de rénover la maison pour qu'elle soit plus facile à vendre.

—Tu vends la maison ? Je ne pouvais pas expliquer pourquoi cette idée me contrariait autant, mais c'était le cas.

—Euh, oui. Je ne passe jamais de temps ici et ça me semble logique.

—Bien sûr. Oui, ce n'est pas comme si tu avais une raison d'être en ville. J'ai plaqué un sourire sur mon visage et me suis détournée de lui. Il vendait la maison. Je m'en fichais, sauf que s'il vendait la maison, cela signifiait qu'il ne serait plus en ville aussi souvent, voire pas du tout. Une chose de plus qui suggérait qu'il prévoyait de me prendre le bébé.

J'ai traversé la pièce avant que Trent ne puisse dire quoi que ce soit d'autre et j'ai souri à Meaghan. Je l'ai remerciée d'être là et lui ai demandé comment elle voulait que je m'installe. Meaghan m'a tendu un peignoir blanc moelleux et m'a dirigée vers une salle de bain au bout du couloir.

Combien de femmes a-t-il amenées à Meaghan pour un massage ?

J'ai chassé cette pensée et je me suis dit que je m'en fichais. Ce n'était pas important. Trent était le père de mon bébé, pas mon petit ami ou mon futur mari ou quoi que ce soit d'autre qu'un homme dont je ne pourrai jamais me défaire.

Un homme dont je tomberais certainement amoureuse si j'arrêtais d'essayer si fort de ne pas le faire. Mais je ne pouvais pas laisser cela arriver. Ni maintenant, ni jamais.

J'ai pris une profonde inspiration et rassemblé tout mon courage, puis je suis retournée au salon. Trent était dans la cuisine, mais je ne l'ai pas regardé. Meaghan a levé un drap et m'a dit d'enlever ma robe et de m'allonger sur le ventre, sous le drap. Il y avait une découpe sur le lit avec un support pour mon ventre afin que le bébé soit en sécurité. Je me suis positionnée avec précaution, essayant de ne pas être complètement gênée d'être nue dans une pièce avec deux personnes que je ne connaissais pas.

J'ai dit à Meaghan que j'étais prête, et elle a abaissé le drap qu'elle utilisait pour me cacher de la vue de Trent. Elle a plié le drap et l'a mis de côté, puis a commencé mon massage.

Il n'a pas fallu longtemps avant que mes inquiétudes concernant Trent me voyant nue et exposée soient oubliées et que la seule chose qui comptait soit les mains magiques de Meaghan et la sensation qu'elles me procuraient. J'ai grogné et soupiré et profité de chaque minute du massage qui semblait durer une éternité. Je ne me serais pas plainte s'il avait réellement duré éternellement. Le bébé était calme et confortable, et j'avais l'impression de ne pas avoir été sur mes pieds avec une boule de bowling sur ma vessie pendant des mois.

Alors que Meaghan terminait mon massage, les sons et les odeurs autour de moi ont commencé à revenir. Trent était toujours dans la cuisine. Ses pas étaient doux sur le sol en marbre. Le grésillement de quelque chose sur la cuisinière ne faisait qu'ajouter à l'incroyable odeur qui flottait dans l'air. Mon estomac a grondé bruyamment.

—Désolée, ai-je dit à Meaghan.

Elle a ri doucement. —Le mien fait de même depuis tout à l'heure. Je craignais de vous distraire.

—Non, ai-je admis. —Le massage était si bon que je n'ai rien remarqué d'autre autour de moi.

—Bien, je suis contente. C'était tout l'objectif.

—Merci, lui ai-je dit, en ouvrant les yeux et en regardant la femme.

—Je vous en prie. Je sais que ce n'est pas ma place, mais il voulait vraiment rendre cette soirée spéciale pour vous. Je ne connais pas toute votre histoire, mais je pense qu'il tient à vous plus qu'il ne veut le montrer.

— Es-tu une amie ?

Elle secoua la tête. — Non. Nous nous sommes rencontrés aujourd'hui. Un de mes clients est un collègue de Trent et lui a transmis mon nom.

— Vraiment ?

Elle hocha la tête. — C'était peut-être un plan de dernière minute, mais je ne pense pas que ça signifie qu'il s'en soucie moins. Il m'a offert beaucoup plus que mon tarif habituel pour venir jusqu'ici.

— Où habitez-vous ?

— Syracuse.

— Vraiment ? C'est loin.

— En effet. Et il a engagé un service de voiture pour m'amener ici et me ramener chez moi. Il a ajouté un très bon repas pour ma famille et a insisté pour payer presque le triple de mon tarif en plus de tout cela.

— Wow.

Meaghan hocha la tête. — Je voulais juste que vous le sachiez. Au cas où cela vous aiderait.

Je lui souris. Ça m'aidait certainement à me rapprocher un peu plus de tomber amoureuse du père de mon bébé. Je ne le voulais pas, mais tous ces petits détails s'accumulaient à toute vitesse.

— Quand vous serez prête, vous pourrez remettre votre peignoir et vous changer si vous le souhaitez. Et j'espère vous revoir un jour, Mme Jameson.

— Merci, Meaghan. Je l'espère aussi.

Elle souleva le drap et se plaça derrière. J'attrapai le peignoir au bout du lit et l'enfilai, attachant la ceinture au-dessus de mon ventre. — Je suis habillée.

Meaghan abaissa le drap et me fit un signe de tête, puis alla dans la cuisine pour parler à Trent. J'en profitai pour m'échapper vers la salle de bain.

Il avait engagé quelqu'un. Et payé un chauffeur. Et pourvu aux besoins de toute sa famille. Tout ça pour moi. Pourquoi ferait-il ça s'il vend aussi sa maison et coupe tous les liens avec la région ?

Espérait-il que je déménage à Niagara Falls ? Ou prévoyait-il simplement de prendre le bébé et de s'enfuir sans jamais penser à moi à nouveau ?

Je voulais lui faire confiance, et une partie de moi le faisait, mais j'avais peur. Je n'avais jamais fait confiance à quelqu'un d'autre pour quelque chose comme ça. Karissa, bien sûr. Mes amis et ma famille, bien sûr. Mais un homme qui m'attirait ? Pas question.

J'ai remis mes vêtements et suis sortie de la salle de bain. Meaghan m'a serrée dans ses bras et m'a dit au revoir, puis elle est partie par la porte d'entrée. Et Trent et moi étions seuls.

—Comment te sens-tu ? a-t-il demandé, attirant mon attention sur lui. La cuisine blanche derrière lui était lumineuse et fade. Trent portait une chemise bleue avec les manches retroussées et un pantalon kaki. Ses pieds, dans des chaussettes blanches, glissaient doucement sur le sol quand il se déplaçait. Il s'accordait bien avec la maison. Définitivement luxueuse et coûteuse, mais aussi un peu sobre et réservée. Comme s'il essayait de se fondre dans son environnement.

—Finley ?

J'ai secoué la tête et souri. —Désolée. Je vais bien. Très bien, même. Merci. C'était incroyablement généreux de ta part.

—Bien. Je suis content que Meaghan ait pu t'aider. Pourquoi ne t'assieds-tu pas pendant que j'apporte le dîner.

—Je peux aider, ai-je protesté. Cela semblait être mon état normal avec lui.

—Je sais que tu peux, mais je veux que ce sourire détendu sur ton visage reste là aussi longtemps que possible.

J'ai ri doucement et j'ai hoché la tête. Je me suis assise au comptoir, le seul endroit restant dans la grande pièce ouverte pour s'asseoir. Trent a apporté des assiettes avec des steaks recouverts d'une sorte de sauce au beurre, des pommes de terre grenaille, des asperges et une salade d'accompagnement.

—Tout va bien ? a-t-il demandé.

—Ça a l'air délicieux. Ça sent bon aussi.

—Bien. Qu'est-ce que tu veux boire ?

—Juste de l'eau, ce serait parfait.

—Gazeuse ou plate ?

—Sérieusement ?

— Oui. Pourquoi ?

— Je ne connais personne qui a de l'eau gazeuse chez soi en temps normal.

— Ça veut dire que tu préfères de l'eau plate ?

— Oh, non, certainement pas. Je veux la gazeuse.

Il a ri doucement et a pris deux bouteilles dans le frigo. Il en a posé une devant moi et s'est assis à côté de moi. Nous avons mangé dans un silence complice pendant quelques minutes, savourant la délicieuse nourriture et le calme de la soirée.

— Tu cuisines souvent ? ai-je demandé.

Il a secoué la tête. — Pas autant que je le voudrais. Ma mère était une excellente cuisinière. Elle essayait toujours de m'attirer dans la cuisine, mais mon père disait que je devais apprendre à gérer l'entreprise.

— On dirait que tu as appris les deux.

Il a souri, mais son sourire n'a pas tout à fait atteint ses yeux sombres. Il s'est retourné vers son assiette sans déve- lopper davantage.

J'ai continué à manger, ne sachant pas de quoi lui parler. Si nous étions censés apprendre à nous connaître, nous étions vraiment nuls. Aucun de nous n'a parlé pendant de longues minutes.

— Oh, ai-je dit, recevant un coup particulièrement vigou- reux de l'intérieur.

— Tout va bien ? Il a bondi sur ses pieds et m'a examinée du regard, comme s'il pouvait voir ce qui se passait.

— Le bébé donne des coups. Donne-moi ta main. J'ai tendu la main vers lui, souriant quand il n'a pas hésité à me laisser poser sa main sur mon ventre. — Juste là.

Il a laissé échapper un halètement surpris quand le bébé a donné un bon coup bien fort à sa main. — Wow. C'était lui ?

J'ai hoché la tête. — Je me demande s'il est attiré par ta voix. Sa profondeur doit lui sembler différente.

— Comme s'il me connaissait, a dit Trent avec émerveillement.

Je n'allais pas briser son illusion en lui disant que les bébés ne reconnaissent que les voix qu'ils entendent fréquemment. Le bébé était définitivement plus excité quand Trent était dans les parages.

— Est-ce que je peux... Est-ce que je peux lui parler ?

J'ai levé les yeux vers Trent et j'ai hoché la tête. Je me suis tournée sur mon siège pour lui faire face, lui permettant de se pencher pour dire quelque chose au bébé.

— Salut, petit bonhomme. Je suis... Il m'a jeté un coup d'œil. «Je suis ton papa. J'ai hâte de te rencontrer.

Le bébé a donné un autre bon coup de pied, comme s'il était d'accord avec Trent. Les larmes me sont montées aux yeux. Fichues hormones.

— Je sais que je n'ai pas été assez présent, mais j'espère que ça va changer. Tu as une maman incroyable. Elle est forte, belle, intelligente et gentille. C'est la femme la plus extraordinaire au monde. Tu as de la chance de l'avoir dans ta vie et de ton côté. Je ne suis pas aussi merveilleux qu'elle, mais je vais essayer d'être meilleur. De faire tout ce que je peux pour vous deux. Tout ce qu'elle me laissera faire. Mais je serai toujours là pour toi, petit bonhomme. Toujours.

Il a embrassé mon ventre et respiré profondément, ses lèvres pressées contre mon t-shirt. Je n'ai pas bougé ni respiré, je suis juste restée là, aussi immobile que possible, lui laissant savourer ce moment.

Après une minute, il s'est reculé et m'a souri d'un air penaud. «Désolé. Je... Je reviens tout de suite. Il est parti en courant dans le couloir et a monté les escaliers.

— Qu'est-ce qui vient de se passer ? ai-je demandé à la bosse. Il ne disait rien.

Je me suis demandé si je devais aller après Trent, mais je suis restée sur place. J'ai fini mon dîner et j'ai lavé l'assiette. J'ai lavé les plats qu'il avait utilisés pour cuisiner, et j'ai nettoyé autant que possible la cuisine. Je n'avais aucune idée d'où il était allé ni quand il reviendrait.

J'ai repris ma place sur l'îlot, sirotant le reste de mon eau pétillante et souhaitant pouvoir explorer la maison pour la voir entièrement. Finalement, j'ai entendu des pas descendre les escaliers.

Trent est revenu là où j'étais assise et a repris sa place. Il a fixé son assiette. Après une minute, il a chuchoté, «Je suis désolé.

— Tu n'as pas à t'excuser pour quoi que ce soit.

Il a croisé mon regard et m'a souri. —Oui. J'ai beaucoup de choses pour lesquelles m'excuser, mais pour l'instant, je suis désolé de t'avoir abandonné. Je... La dernière femme que j'ai fréquentée, elle s'appelait Michelle, c'était assez sérieux entre nous. Nous sortions ensemble depuis un an quand elle m'a annoncé qu'elle était enceinte.

—Quoi ? j'ai haleté. Il avait un enfant ? Comment pouvais-je ne pas être au courant ?

—Elle mentait. Elle voulait que je la demande en mariage. Elle avait commencé à sortir avec moi uniquement parce qu'elle pensait que ça mènerait au mariage et qu'elle pourrait être comme ces femmes à la télé.

—Oh, Trent. Mon cœur se brisait pour lui.

—Quand je l'ai découvert, j'ai rompu avec elle et je me suis promis de ne plus m'impliquer avec personne. C'était trop difficile. Je sais que ça paraît ridicule, mais la plupart des gens ne me voient que comme un compte en banque.

—Je n'ai jamais—

—Je sais. Mais quand tu me l'as annoncé, c'est ce que j'ai pensé.

—Quand est-ce que c'est arrivé avec Michelle ?

—Il y a un an.

—Donc six mois avant qu'on se rencontre.

—Oui. Et je n'avais été avec personne depuis elle. Donc...

—Merde.

—Ça n'excuse pas mon comportement. Pas du tout. Je n'essaie pas de te faire accepter ça. Je te le dis seulement parce que ce bébé est réel pour moi. C'est mon enfant. J'étais effrayé et en colère quand tu me l'as dit parce que j'ai immédiatement pensé à Michelle, mais je sais maintenant que tu n'es pas comme ça. Je ne sais pas si nous pouvons être plus que des coparents, mais je sais que je veux faire partie de la vie de mon fils. Et je veux que tu fasses partie de sa vie. Je ne te l'enlèverais jamais.

—Merci, ai-je chuchoté.

—Nous avons beaucoup de choses à régler, mais je voulais que tu me comprennes un peu mieux.

J'ai hoché la tête. Il méritait plus que ce que je lui avais donné. Certes, je ne le savais pas à l'époque, mais il méritait que je lui dise la vérité.

— Trent, je dois te dire quelque chose.

Il a bougé sur son siège et a rencontré mon regard. Le sien était ouvert et curieux. Pas réprobateur. Pour l'instant.

— J'avais un rendez-vous aujourd'hui. Pour le bébé.

Il a hoché la tête. — Je sais.

J'ai reculé. — Comment ça, tu sais ? Comment le sais-tu ?

— Ta mère me l'a dit.

— Ma mère ? Quoi ? Comment ? Quand ?

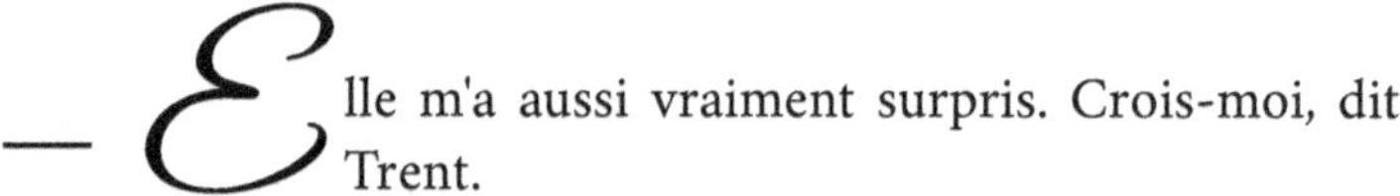

18

— *E*lle m'a aussi vraiment surpris. Crois-moi, dit Trent.

— Quand as-tu vu ma mère ? Comment connais-tu ma mère ?

— Je suis venu te voir ce matin. À ta boutique. Mais c'était fermé. Je m'inquiétais, mais elle est venue vers moi et m'a invité à prendre un café. On est allés chez Cracked et Blake était là. C'est à ce moment que j'ai compris qui elle était.

— Tu as pris un café avec ma mère ?

Il hocha la tête. — Oui. Et elle m'a parlé de ton rendez-vous. Elle a dit qu'elle pensait que je devais être au courant. Et elle m'a donné beaucoup de choses à réfléchir. La plus importante étant ce que j'attends de toi.

— Qu'est-ce que tu attends de moi ? ai-je demandé, ma voix à peine audible. Je n'étais pas sûre de vouloir la réponse, mais j'en avais besoin.

— Je ne sais pas encore, mais je sais que je veux qu'on ait une relation. Même si ça finit par être une amitié, je veux qu'on ait une relation. Qu'on se connaisse, qu'on se fasse confiance et qu'on prenne des décisions ensemble concernant le bébé.

J'ai poussé un soupir de soulagement. Je n'étais pas sûre de ce qu'il allait dire, mais je lui faisais confiance. Malgré toutes mes craintes, à ce moment-là, je lui faisais confiance pour ne pas essayer de m'enlever mon bébé.

— C'est pour ça que je voulais te parler de Michelle. Je voulais que tu comprennes. Et que tu me pardonnes peut-être d'avoir été un tel connard.

— Je te pardonne.

— Merci.

Il a soutenu mon regard pendant une longue minute, l'ombre d'un sourire sur ses lèvres. Son regard a glissé vers mes lèvres, puis est remonté. Il s'est humecté les lèvres.

Mon pouls s'est accéléré. J'ai décroisé puis recroisé les jambes, essayant de calmer cette soudaine envie de lui sauter dessus ici et maintenant. Ce n'était pas juste à quel point je le désirais. Lui, de tous les hommes. Pas qu'il soit un mauvais gars, mais parce qu'il n'était pas disponible pour moi. Il vivait trop loin, et une relation intermittente à temps partiel avec le père de mon futur bébé était une idée horrible.

Mais quand il a quitté son tabouret pour venir vers moi, je n'ai pas reculé. Quand il a pris mon visage dans sa main et que son pouce s'est attardé sur ma joue, je n'ai pas résisté. Et quand il s'est penché avec une lenteur douloureuse jusqu'à ce que nos lèvres se rencontrent, je n'ai certainement pas protesté.

Alors, la partie a commencé.

Mon pouls déjà rapide a manqué un battement avant de s'emballer. J'avais besoin de plus de lui, et j'en avais besoin maintenant.

—En haut, a-t-il grogné en me tirant de mon tabouret. Il m'a embrassée pendant que nous essayions de marcher vers l'escalier, avant de finalement abandonner pour se tenir par la main et avancer plus vite. Il menait la marche tandis que j'essayais de ne pas détester le fait que je me trouvais dans la maison la plus chère et la plus élégante de la ville sans pouvoir en apprécier chaque petit détail. Il y aurait du temps pour ça plus tard.

Il a poussé la porte d'une chambre et l'a refermée d'un coup de pied, ses lèvres retrouvant les miennes aussitôt que la porte s'est verrouillée. Il a repris mon visage dans sa main, ses doigts me chatouillant le cou et me faisant frissonner. Ou peut-être était-ce la façon dont son corps se pressait contre le mien.

—Finley, a-t-il murmuré.

Je me suis reculée pour le regarder. Ses yeux sombres étaient presque noirs, mais au lieu d'être sombres et en colère, ils scintillaient comme le ciel nocturne. Ses lèvres étaient humides de nos baisers. Sa tête rasée de près était douce sous ma main. Je ne pouvais pas m'arrêter de le toucher. Cette fois, j'en avais le droit. Il n'était pas un étranger, et il n'était pas quelqu'un que je détestais. Il était le père de mon enfant. L'homme qui avait fait venir une masseuse pendant des heures pour me faire du bien. Il était Trent. Un homme que je voulais mieux connaître.

Nous nous sommes souri, un accord silencieux que les choses avaient changé. Nous ne recommencions pas à zéro, mais nous laissions tout le reste derrière nous. La douleur, la peur et la colère. Tout cela était terminé. Nous avancions ensemble.

Nous nous sommes embrassés en nous dirigeant vers le grand lit au centre de la pièce. Les draps gris étaient tirés sur le côté et glissaient du bord du lit. Quatre oreillers étaient jetés pêle-mêle sur le matelas. Et quand je me suis allongée sur le lit, l'odeur de Trent a rempli l'air autour de moi et s'est infiltrée dans mon âme.

Il s'est allongé à côté de moi, m'embrassant et me caressant sans aller plus loin. Nous avions le temps. Rien ne pressait. Et nous allions en profiter pleinement.

J'ai soulevé le bord de son t-shirt et posé ma main sur son ventre. Il a gémi et pressé son corps contre mon côté. J'ai écarté les doigts, savourant la sensation de sa peau chaude contre la mienne. Il a fait glisser ses lèvres le long de mon cou jusqu'à ce que ma robe l'arrête, puis a changé de direction pour retrouver mes lèvres.

Sa main a glissé sur ma robe, caressant mon corps. Il a pris mon sein en coupe, taquinant mon mamelon à travers les couches de tissu et me faisant gémir. J'appréciais cette lenteur, mais je n'étais pas sûre que mes hormones déchaînées pourraient tenir beaucoup plus longtemps. Je n'avais fait l'amour que deux fois au cours des dix-huit derniers mois, et les deux fois c'était avec Trent. Je savais à quel point ce serait bon, et attendre n'avait jamais été mon fort.

Je me suis hissée sur lui, écartant mes cuisses pour accommoder ses hanches. Il s'est redressé, m'empêchant de m'allonger sur le ventre. Il a repoussé les cheveux de mon visage et a embrassé mon front, puis mes joues, puis mon nez.

—Tu es magnifique.

—Merci, ai-je dit. Je n'étais pas douée pour accepter les compliments, mais lui était doué pour m'en faire. Il me faisait sentir qu'il pensait vraiment ce qu'il disait, et je ne pouvais rien faire pour le contredire.

—Rien n'est obligé de se passer maintenant, Finley.

—Tu veux dire que tu ne veux pas qu'il se passe quelque chose ?

Il a secoué la tête. —Je dis que je ne veux pas que tu te sentes forcée à quoi que ce soit maintenant. Ou jamais. J'ai envie de te connaître, mais ça ne veut pas dire qu'on doit faire l'amour chaque fois qu'on se voit.

—Donc, on ne fait pas l'amour ? Parce que les hormones

de grossesse sont assez folles, et je suis vraiment excitée. Si tu ne veux pas de sexe, il faut que je rentre chez moi pour prendre mon vibromasseur.

—Putain de merde, a-t-il gémi. Son sexe a tressailli entre mes cuisses. Sa main s'est enfoncée dans mes cheveux et a attiré ma bouche contre la sienne. Il a léché l'intérieur de ma bouche et a pressé son autre main au centre de mon dos, mettant nos corps en contact complet. Il a rassemblé le tissu de ma robe dans une main jusqu'à ce qu'il accède à ma cuisse nue, puis il a glissé ses deux mains le long de mes jambes jusqu'à atteindre ma culotte.

Je me suis frottée contre lui, utilisant son sexe pour apaiser une partie de la douleur en moi. Il a tenu mes cuisses et m'a encouragée, m'embrassant pendant que je le chevauchais sans honte. Je me disais que je ne devrais pas le faire, mais je n'ai pas pu m'arrêter alors que son sexe palpitait sous moi et que son pantalon rigide aidait au frottement. Ça n'a pas pris longtemps avant que je rejette la tête en arrière et me laisse aller, criant son nom et priant qu'il n'y ait personne d'autre dans la maison pour m'entendre.

—Tu es époustouflante, a-t-il murmuré, embrassant mon cou pendant que j'essayais de ne pas me sentir comme une idiote pour l'avoir chevauché comme un taureau et avoir joui sans même enlever mes vêtements.

—Je suis désolée.

—De quoi putain ?

—Je suis tellement gênée.

Il prit mon visage en coupe et attendit que je croise son regard. —C'était magnifique. Je serai toujours là pour ça si tu as encore besoin de mon aide. Et si je ne suis pas là, je serai ravi de t'inspirer par téléphone. Ou avec des photos. Ou tout ce dont tu as besoin.

—Tu vas devenir mon partenaire sexuel par procuration ?

Il ricana. —Si c'est comme ça que tu veux l'appeler. Ou je pourrais être le père de ton enfant et ton partenaire.

—Partenaire ?

—Petit ami sonne bizarre.

—C'est ce que tu es ? Un petit ami ou un partenaire ou quelque chose comme ça ?

—Je ne sais pas. Pour l'instant, je ne dis non à rien.

—Je n'ai clairement pas dit non, dis-je.

Trent ricana. —Est-ce que je peux te faire ne pas dire non à nouveau ?

Il donna un coup de hanches vers le haut, et je gémis. Mes yeux se fermèrent brusquement. Tout en moi s'illumina, amplifié et prêt.

—Oh, je pense que c'est possible. J'aime ça, dit Trent. Il lécha un chemin le long de ma gorge jusqu'à mon col, puis remonta ses mains, tirant ma robe vers le haut pour me l'enlever. Sa langue était de retour sur ma peau, léchant un chemin partout où il voulait aller tandis qu'il bougeait ses hanches sous moi et faisait rouler mes yeux dans ma tête.

Mes hanches avaient leur propre volonté alors qu'elles bougeaient et le chevauchaient à nouveau. Il répondait coup pour coup, la friction de nos vêtements ajoutant et soustrayant à l'ensemble. Je voulais le sentir, mais j'aimais cette sensation coquine de faire quelque chose que nous ne devrions probablement pas faire. Que je ne devrais pas faire. Pas quand il parlait d'être mon petit ami et me faisait sentir comme si rien ne pouvait mal tourner quand il était là avec moi.

Je jouis à nouveau, pas moins intensément que la fois précédente, et Trent gémit. Il mordilla ma clavicule, puis murmura, —Je te veux, Finley. Je veux être en toi. S'il te plaît.

J'ai acquiescé, sachant que je n'avais pas besoin de dire quoi que ce soit. Je pouvais ressentir tout ce qu'il ressentait, et je savais que c'était la même chose pour lui. Ce qui se passait entre nous était nouveau pour moi. Passionné, oui, mais aussi différent. Plus profond. Une connexion dont je ne savais pas qu'elle pouvait exister entre deux personnes.

Je me suis dégagée de lui et me suis allongée sur le côté pour le regarder se déshabiller rapidement. Il a hésité avant de prendre un préservatif dans sa table de nuit. Je n'étais pas sûre non plus d'en utiliser un, mais j'appréciais qu'il ne me fasse pas décider. Il a glissé ses doigts sous les bords de ma culotte et l'a fait descendre avant de me l'enlever, puis a retiré mon soutien-gorge, nous laissant tous les deux complètement nus l'un devant l'autre.

Il était magnifique, avec des muscles bien dessinés et des poils sombres parsemés sur sa poitrine qui descendaient jusqu'à son sexe. J'avais envie de le goûter, de le lécher et de lui faire perdre contrôle, mais il se positionnait déjà au-dessus de moi et cherchait mon entrée.

La prochaine fois.

—Tu es bien comme ça ? a-t-il demandé, s'immobilisant avant de glisser en moi.

J'ai haussé les épaules. —Je ne sais pas. Je n'ai fait l'amour qu'une seule fois enceinte dans toute ma vie.

Il a ri doucement et s'est penché pour capturer mes lèvres dans un baiser rapide et intense. —Je suis ravi de l'entendre. Dis-moi d'arrêter si ça ne va pas à n'importe quel moment. Ou on peut changer de position maintenant.

J'ai secoué la tête. —J'ai besoin de toi.

Son sourire a disparu. Je n'avais pas prévu de lui confesser ça. Je parlais surtout de sexe, mais ce n'était pas la seule chose pour laquelle j'avais besoin de lui.

Son regard s'est adouci. Il a hoché la tête. —J'ai besoin de toi aussi. Ses mots murmurés sont venus avec une poussée en moi. J'étais humide, et il a glissé sans effort. Deux mouvements de plus et nous gémissions tous les deux en le sentant profondément en moi. —Ça va ?

J'ai acquiescé, mon corps au bord du précipice. —Plus.

Son sourire en coin disait tout. Si j'avais eu l'énergie, j'aurais été agacée, mais il a bougé et tout ce que je pouvais faire était de m'accrocher pour le voyage.

Il a poussé fort, puis doucement, puis a tourné ses hanches et fait quelque chose qui donnait à mon corps l'impression de flotter. Cet homme savait bouger. Danser avec lui serait un rêve, mais le sexe, dans un lit, était définitivement un fantasme. Tout dans ma relation avec Trent en était un. Et j'étais la chanceuse qui pouvait le vivre.

Ce n'a pas été long avant que je ne me mette à gémir et haleter, mourant d'envie de jouir. Il a ajusté sa position et frôlé mon clitoris à chaque mouvement, me poussant vers l'extase encore plus vite. Puis j'ai volé, je suis tombée, libre et à jamais transformée par Trent MacKellar.

Il était là avec moi, gémissant mon nom, puis suçant fort mon cou. J'ai frissonné en sentant sa langue sur moi. Il s'est effondré et a roulé sur le côté, m'entraînant avec lui pour que nous restions dans les bras l'un de l'autre.

— Wow, a-t-il dit après une minute.

J'ai hoché la tête et me suis blottie contre lui. Il a embrassé le sommet de ma tête et m'a serrée plus fort. Trois orgasmes, c'était deux de plus que ce que j'avais habituellement avant de m'endormir, et je commençais déjà à somnoler avant même qu'il ne sorte du lit pour se débarrasser du préservatif.

Quand il est revenu, je me suis dit que je devais rentrer chez moi, mais quand il m'a demandé si je voulais partir, je n'ai pas pu m'y résoudre.

— Est-ce que je peux rester ici avec toi ? a-t-il chuchoté.

J'ai fait oui de la tête et j'ai essayé de ne pas tomber encore plus amoureuse de lui quand il m'a serrée contre lui en me souhaitant bonne nuit à voix basse.

J'AI TRAVAILLÉ les deux jours suivants et j'avais club de lecture dimanche soir. Trent m'a apporté le déjeuner à la boutique, mais nous n'avons pas eu d'autres nuits ensemble avant qu'il ne doive retourner à Niagara Falls lundi. Il n'était pas sûr de quand il reviendrait, mais il a promis de rester en contact.

Au cours des semaines suivantes, j'ai commencé à me dire que peut-être nous pourrions trouver une solution. Peut-être que nous pourrions être ensemble. Ce ne serait pas conventionnel, mais cela ne voulait pas dire que ce n'était pas bien.

J'ai fait l'erreur d'en parler au club de lecture un dimanche soir quand Elise m'a demandé comment les choses se passaient avec Trent.

— Tu vas faire quoi ? a balbutié Blake.

— Je ne sais pas. Les choses se passent bien. Quand il est là, c'est bien. Et quand il n'est pas là, ce n'est pas grave. Je suis seule depuis si longtemps que je ne suis pas sûre de pouvoir supporter de vivre avec quelqu'un de nouveau de toute façon, leur ai-je dit, pleine de bravoure et de confiance.

— Tu as toujours voulu te marier, a dit Blake. Avoir un foyer et une famille comme tes parents. Ce n'est pas ce que tu veux.

— Les choses changent, a interjeté Piper. J'avais une image de ce à quoi ma vie ressemblerait, et ce n'est pas ça. Mais j'aime ce qu'est ma vie maintenant.

—Nous avons tous changé depuis l'enfance, ajouta Elise. —Et vouloir quelque chose de différent n'est pas mal. Tant que c'est vraiment ce que tu veux.

Je me suis renfoncée dans mon fauteuil en mâchouillant l'intérieur de ma lèvre. C'étaient mes amies les plus proches. Les personnes sur qui je comptais pour tout, des conseils sur les livres à garder en stock à l'avertissement quand j'avais de la nourriture coincée entre les dents.

—Tout le monde ici sait que je soutiens totalement l'idée de changer d'avis par rapport à nos projets de jeunesse, mais tu dois être honnête avec toi-même avant de prendre des décisions importantes. Peut-être qu'il voudra s'installer ici, dit Melody.

J'ai secoué la tête. —Il prépare la propriété pour la vente. Il a Peter qui y travaille depuis quelques semaines déjà.

—Qu'est-ce que Peter fait ? demanda Laura. —Il a fait du super travail à la clinique pour Nico.

—Pour l'instant il ne fait que de la peinture, mais Trent a dit que son agent immobilier lui a suggéré de rénover pratiquement toute la maison, leur ai-je expliqué.

—Et ça te va de le voir une fois par mois environ pour le reste de ta vie ? C'est ça votre relation ? Il viendra en ville ou t'appellera à lui, vous coucherez ensemble, vous verrez l'enfant, puis vous retournerez chacun à vos vies séparées ? demanda Blake.

—Je ne sais pas, d'accord ? Tout ce que je sais, c'est que j'aime être avec lui. Je ne veux pas quitter cet endroit, et lui ne veut pas s'installer ici, donc je suis un peu coincée. Nous n'allons pas toutes avoir une romance parfaite. Certaines d'entre nous doivent se contenter de ce qui est assez bien, ai-je lancé.

—Je pense que c'est ce qu'elle essaie de dire, Fin, intervint Trinity. —Tu adores la romance. Tu la vénères. C'est toi qui nous as toutes fait y croire. On ne veut pas que tu renonces à la trouver. Tu ne devrais pas avoir à te contenter de moins. Personne ne devrait.

—Je l'aime bien. Beaucoup. Plus que je ne l'aurais cru. Je ne veux pas me contenter de moins, mais...

—Tu es amoureuse de lui, compléta Karissa pour moi. —Tu ne veux être avec personne d'autre, alors tu es prête à être avec lui à temps partiel parce que tu l'aimes. Merde. Pourquoi n'ai-je pas vu ça venir ?

J'ai reniflé et haussé les épaules. —Je ne voulais pas que tu le fasses. Des larmes coulaient sur mon visage brûlant.

—Oh, Fin, a murmuré Blake. —Pourquoi tu ne nous l'as pas dit ?

J'ai secoué la tête. —Je me sens tellement idiote. Il est exactement ce que j'ai toujours craint de trouver. Il est mon Roméo. Il est parfait et complètement inapproprié pour moi, mais je l'aime. Et l'aimer va me détruire.

—On ne laissera pas cela arriver, a affirmé Trinity fermement. —On sera toujours là pour toi. On ne le laissera pas te détruire.

—Et peut-être qu'il ressent la même chose, a dit Sofia. —Peut-être qu'il t'aime aussi.

J'ai ricané et secoué la tête. —Ce n'est certainement pas le cas. Je sais qu'il tient à moi, mais je pense qu'il s'en soucie uniquement à cause du bébé.

—Tu ne le connais que grâce au bébé, a argumenté Karissa.

—C'est vrai, mais c'est plus que ça pour moi.

—Ne m'as-tu pas dit qu'il a demandé s'il pouvait te revoir la nuit où vous vous êtes rencontrés ? Peut-être qu'il ressent la même chose, a dit Karissa.

J'ai à nouveau secoué la tête. —Je ne crois pas. Et je ne peux pas espérer ça. Ce sera d'autant plus douloureux quand il trouvera quelqu'un d'autre.

—Tu penses qu'il le fera ? a demandé Sofia.

J'ai laissé échapper un rire et hoché la tête. —C'est un homme trop bien pour ne pas trouver quelqu'un. Il sera un père formidable, et un mari formidable pour quelqu'une, mais moi je n'ai droit qu'au père de mon enfant. C'est tout ce que j'ai décroché.

Mes amies me regardent avec un mélange de pitié et de sympathie. Nous avons toutes eu le cœur brisé. C'était dur, mais je survivrais. Pour l'instant, j'étais déterminée à profiter du temps que j'avais avec Trent et à stocker les moments doux pour me souvenir de lui quand il ne serait plus mien.

19

TRENT

Trente-neuf ans. J'étais assis sur le canapé avec un verre de whisky à la main et je me portais silencieusement un toast. Je pensais que ma vie serait un peu différente à ce stade. Ou peut-être que je l'espérais simplement.

Lorsque mes parents avaient trente-neuf ans, j'étais au collège. Ils étaient mariés depuis plus d'une décennie. Ils avaient tout compris.

Moi ? Je ne savais foutre rien.

Ma dernière visite à L'anse MacKellar m'avait affecté. Je me sentais déchiré. Quand j'y étais avec Finley, je voulais y rester. Mais quand j'étais à Niagara Falls, en train de travailler et de traîner avec X et McJenna, je voulais rester là-bas. Je ne pouvais pas diviser mon temps ou ma vie, ce qui signifiait qu'éventuellement j'allais devoir choisir.

Peter m'a envoyé des couleurs de peinture à choisir pour le reste de la maison. Il a terminé les espaces principaux et se préparait à passer aux autres pièces. Les chambres, les salles de bains, la salle de jeux, la salle de musculation et la bibliothèque. Toutes les couleurs étaient beiges. Comme la partie principale de la maison. Neutres et ennuyeuses et rien de ce que je choisirais si j'allais y vivre. Rien de ce que Finley choisirait. Mais parfaites pour vendre la maison.

La porte de l'appartement s'est ouverte, m'épargnant d'avoir à prendre une décision concernant les couleurs de peinture. McJenna et X bavardaient, leurs voix étouffées mais excitées avant qu'ils n'arrivent là où je me trouvais dans le salon. Ils se sont tous deux figés, s'arrêtant net en me voyant assis sur le canapé dans la pièce presque sombre.

—Qu'est-ce qui ne va pas ? a demandé X.

Je pouvais dire par son ton qu'il pensait immédiatement à mon père. —Je profite juste d'un verre en solitaire. Qu'est-ce que vous mijotez tous les deux ?

—Il s'est passé quelque chose ? a demandé X.

—Non.

Il m'a regardé longuement avant de décider de ne pas insister pour le moment. Il a tourné son regard vers McJenna et a partagé son même sourire en coin.

—On t'emmène sortir, a déclaré McJenna. —Pour ton anniversaire.

—Vous n'avez pas besoin de faire ça, ai-je protesté.

—Arrête. Tu fais tout pour nous. Le minimum qu'on puisse faire, c'est célébrer ton anniversaire dans un restaurant plein de gens avec des serveurs qui te chantent une chanson ringarde pour t'embarrasser.

J'ai ricané. —C'est censé être amusant ?

Le visage de McJenna s'est décomposé. Elle a regardé X. Il a passé son bras autour de ses épaules et gardé son sourire fermement en place tandis que ses yeux me disaient que je ferais mieux de me ressaisir et d'accepter ce qui était clairement son plan à elle.

—Ce serait beaucoup plus drôle de te faire ça à toi, X. Qu'est-ce que tu en penses ? On devrait peut-être leur dire que c'est ton anniversaire à la place ?

Le sourire de McJenna était hésitant, mais le grognement de X l'a fait s'intensifier. —Pas question.

—On dirait qu'on sait où on ira pour l'anniversaire de Papa, ai-je dit à J.

Elle a pouffé de rire et hoché la tête avant que X ne la chatouille. Elle a poussé un cri aigu et s'est précipitée vers sa chambre.

—Change-toi vite pour qu'on puisse y aller ! X lui a crié.

—D'accord ! a-t-elle répondu juste avant que sa porte ne se referme bruyamment.

Puis X s'est tourné vers moi. —Qu'est-ce qui s'est passé ?

J'ai secoué la tête. —Rien. Je réfléchissais, c'est tout.

—Tu es sûr ?

J'ai hoché la tête. Il n'allait pas laisser tomber, mais McJenna est revenue avant qu'il ne puisse me pousser à en dire plus.

Je les ai laissés me conduire dehors jusqu'au véhicule utilitaire sport de X. Il nous a emmenés dans un restaurant mexicain local, connu pour poser un énorme sombrero sur la tête de toute personne fêtant son anniversaire et la faire se lever et danser pendant que le personnel chantait une version horriblement fausse de Joyeux Anniversaire.

X allait payer pour ça.

La nourriture était délicieuse et la compagnie encore meilleure. McJenna nous a parlé de l'école, devenant un peu silencieuse quand X lui a demandé des nouvelles des filles qui l'avaient harcelée plus tôt dans l'année. Elle lui a assuré que les choses allaient mieux, mais cela ne voulait pas dire que ça s'était arrêté. Je savais aussi comment marcher sur la corde raide.

—Est-ce que je dois aller à l'école ? a demandé X.

—Non ! Papa, s'il te plaît, ne fais pas ça. Ça ne ferait qu'empirer les choses.

—Est-ce que c'était pire quand tu l'as signalé ? lui ai-je demandé.

Elle a haussé les épaules et évité nos regards.

—Pourquoi tu ne m'as pas dit ça ? lui a demandé X.

—Parce que tu ne peux pas régler ça. Je m'en suis occupée.

—Qu'est-ce que ça veut dire ? a exigé X.

Avant qu'elle puisse répondre, les chants ont commencé. Notre serveur se dirigeait vers notre table avec l'énorme sombrero. Les autres serveurs le suivaient, chantant et frappant sur un tambour, ni l'un ni l'autre sur le même air. Ça me faisait mal aux oreilles rien que de l'entendre, mais savoir que je devais danser dessus me faisait également grimacer.

J'ai pointé du doigt X pendant qu'il prenait des photos de moi. Le sombrero a atterri sur ma tête et on m'a tiré pour me mettre debout. Le serveur m'a dit qu'ils ne s'arrêteraient pas tant que je ne danserais pas, me prenant un peu en pitié. J'ai secoué mes hanches et fait des déhanchés pour la foule, imaginant toutes les façons dont j'allais assassiner mon meilleur ami pendant qu'il riait et filmait toute la scène.

Quand la torture s'est terminée et que j'ai pu rendre le sombrero au serveur, j'ai lancé un regard noir à X et J et j'ai refusé de partager le dessert qui était beaucoup trop grand pour qu'une personne le mange seule.

—Tu ne vas rien partager du tout ? a demandé McJenna, les yeux écarquillés de surprise.

—Pourquoi le ferais-je ?

—Parce que tu nous aimes.

Je lui ai lancé un regard noir et j'ai poussé le bol vers elle.
—Pas juste.

Elle a souri largement et a pris une cuillère. Elle a ramassé une énorme bouchée de brownie et de glace, ajoutant l'un des copeaux de chocolat sur le dessus, et a tout enfourné dans sa bouche.

—Ça défie les lois de la physique, ai-je dit. —Comment tu arrives à faire rentrer tout ça dans ta bouche ?

—Elle a une très grande bouche, a dit X sans la moindre trace d'humour.

J'ai ri en signe d'approbation. McJenna a laissé échapper un petit rire elle aussi, puis a secoué la tête quand elle s'est rendu compte qu'elle allait s'étouffer avec son énorme bouchée. X lui a souri et a pris l'autre cuillère, prenant une bouchée beaucoup plus petite.

—Merci pour le dîner, leur ai-je dit pendant que nous mangions la glace.

—Tu as détesté chaque minute, a dit X.

J'ai secoué la tête. —J'étais avec vous deux. Ça ne pouvait être que génial.

McJenna s'est penchée et a posé sa tête sur mon épaule. J'ai embrassé ses cheveux et j'ai souri. Elle n'était pas ma fille, mais elle était quand même à moi. Mon fils avec Finley l'aurait comme grande sœur de substitution.

Quand il viendrait nous voir.

J'ai posé ma cuillère, soudain moins affamé. X m'a regardé de côté, mais n'a rien dit. McJenna a continué de parler, nous taquinant tous les deux et élaborant des plans pour l'anniversaire de son père.

Je ne voulais pas manquer ces moments avec eux, mais comment pourrais-je les manquer avec mon fils ? Comment pourrais-je choisir entre ma famille actuelle et mon fils ? Ce n'était pas juste.

QUELQUES SEMAINES PLUS TARD, je suis retourné à L'anse MacKellar. Je voulais voir Finley. J'ai essayé de me mentir à moi-même en me disant que c'était pour vérifier la maison et les progrès réalisés, mais ce n'était pas du tout ça. Finley me manquait simplement.

En arrivant en ville, j'ai déposé Kenny au domaine pour qu'il passe du temps avec Andrew, puis j'ai conduit jusqu'en ville à Petits ami du Livre Illimité pour trouver Finley.

Elle était derrière le comptoir en train de parler à une cliente quand je suis entré. Elle m'a lancé un bonjour sans me regarder et a continué sa conversation. La femme était très enthousiaste à propos du nouveau livre qu'elle avait trouvé, un livre qu'elle avait apparemment eu du mal à trouver dans d'autres librairies.

— Je n'arrive pas à croire que je ne savais pas que vous étiez ici, dit la cliente.

— J'ai ouvert il y a presque six ans maintenant.

— Toujours ici ?

— Oui. Au même endroit. Je choisis tous les livres moi-même.

— Bien sûr que vous avez lu celui-ci.

— En effet, dit Finley. Je l'ai beaucoup apprécié, mais l'auteure n'est pas très connue. C'est pourtant une conteuse incroyablement talentueuse. Je suis ravie de rencontrer quelqu'un qui aime ses livres autant que moi.

— Oh, c'est vrai. Je ne m'en lasse pas.

— Elle en sort un nouveau bientôt. Le mois prochain, je crois. Voulez-vous que je vous en mette un de côté ? Ou je peux vous l'envoyer dès qu'il arrive.

— Ce serait merveilleux. Si vous me le gardez, j'aurai une excuse pour revenir ici. C'est tellement chaleureux et confortable. Je pourrais rester ici pour toujours.

Finley rit. — Je connais ce sentiment. C'est difficile de rentrer à la maison certains soirs. J'ai sérieusement envisagé de dormir sur le canapé plus d'une fois.

— Entourée d'hommes parfaits. Ça ressemble à un rêve devenu réalité.

Finley rit avec elle.

— Est-ce que votre mari ressemble à ces hommes dans les livres ?

— Je ne suis pas mariée, dit Finley, la voix légèrement tendue.

Je suis resté caché derrière quelques étagères, ne voulant pas interrompre sa conversation, mais refusant également de partir. Je commençais à me sentir comme un intrus.

—Petit ami, alors. Le père ? Je suppose qu'une femme qui lit des romans d'amour et les vend pour gagner sa vie a attendu l'homme parfait.

Son rire était définitivement forcé. —Le père est un homme formidable. Nous ne sommes pas vraiment ensemble, cependant. Il ne vit pas ici.

—Vas-tu déménager pour être avec lui ?

—Euh, non. Il ne me l'a pas demandé, et s'il le faisait, je... C'est chez moi ici. Je n'imagine pas vivre ailleurs.

Ses mots m'ont frappé en pleine poitrine. Voulait-elle que je lui demande de déménager ? Ça semblait indiquer qu'elle refuserait, mais cela ne signifiait pas qu'elle ne voulait pas que je le lui demande. Cela ne signifiait pas non plus qu'elle voulait que je revienne m'installer à L'anse MacKellar.

Le client a parlé encore une minute pendant que je me perdais dans mes pensées. Avant que je m'en rende compte, la porte se refermait et Finley apparaissait au bout de l'allée où je me cachais.

—Est-ce que tu... Oh. Je ne savais pas que c'était toi.

—Je voulais te faire une surprise.

Elle a joint ses mains et s'est balancée sur ses talons. En un mois, son ventre était encore plus prononcé. Le haut qu'elle portait épousait sa rondeur avant de tomber librement autour de ses hanches. Ses leggings menaient à des bottes qui montaient jusqu'à ses genoux. Elle portait un maquillage léger et avait les cheveux torsadés sur les côtés, mettant en valeur sa rangée de boucles d'oreilles. C'était la plus belle femme que j'aie jamais vue.

X m'avait dit qu'il n'avait jamais trouvé la mère de McJenna plus attirante que lorsqu'elle était enceinte. Je pensais qu'il était fou, mais j'ai compris à cet instant. En regardant Finley avec son ventre rond bien visible. Je n'étais pas venu la voir pour le sexe, mais avec elle debout là, si tentante, je ne pouvais penser à rien d'autre.

—Trent, a-t-elle dit, d'une voix murmurée et sensuelle.

—Oui ?

—Tu ne peux pas me regarder comme ça.

— Comme quoi ?

— Comme si tu voulais en mettre un autre comme celui-ci en moi.

Son ton paniqué m'a sorti de ma rêverie où je faisais exactement ça. Merde. Elle avait raison. C'était ce que j'avais en tête. La garder enceinte jusqu'à ce qu'elle décide que j'étais assez bien pour elle.

— Désolé, ai-je dit en me passant une main sur le visage. — Je, euh, voulais te faire une surprise. Pour le week-end. Tu as des projets ?

Un sourire a incurvé ses lèvres, et elle a secoué la tête. — Je suis complètement libre.

— Parfait. Alors tu es à moi pour quelques jours.

— D'accord.

— D'accord.

La porte d'entrée s'est ouverte pendant que nous nous fixions du regard. Elle a pointé par-dessus son épaule et s'est mordu la lèvre. — Je devrais aller m'occuper de mes clients.

J'ai hoché la tête. — Je passe te prendre à dix-sept heures ?

Elle a secoué la tête. — Je ferme tard ce soir. À vingt heures. Ça te va ?

— Bien sûr. Je te verrai à ce moment-là.

Elle a acquiescé et s'est léché les lèvres, puis s'est

retournée et s'est éloignée, regardant en arrière avant de disparaître derrière l'étagère pour trouver son client.

J'avais du temps devant moi, on dirait.

J'ai fait une course, ravi de l'accueil favorable que j'ai reçu en y allant. Ça, c'était la partie facile. La partie difficile, c'était de faire amende honorable.

J'ai ouvert la porte d'O'Kelley's et je suis entré. C'était bondé, déjà l'heure du dîner. Le bar était plein, plus que je ne l'avais prévu, mais j'y étais allé suffisamment souvent pour savoir que l'endroit était généralement très fréquenté.

Je savais que je trouverais Hudson derrière le bar, mais ce que je ne savais pas, c'est que je le trouverais en train de parler avec le frère de Finley et un groupe d'hommes qui s'étaient installés au comptoir.

Merde.

J'ai pensé à partir et essayer de le revoir un autre jour, mais je n'allais pas fuir et me cacher. J'avais besoin que tous ces gars acceptent ma présence dans la vie de Finley. Même si je détestais implorer leur approbation.

Je me suis approché du bar, soulagé qu'aucun d'entre eux ne m'ait remarqué jusqu'à ce que je sois presque arrivé. Hudson a levé les yeux, riant à quelque chose que l'un des gars venait de dire, puis s'est figé. Son regard s'est assombri, et il a grondé, posant le verre qu'il était en train de remplir avant de se diriger vers le bord du comptoir.

Les autres gars se sont retournés pour voir qui était là, et j'ai été accueilli par des regards furieux et des rictus méprisants.

—Qu'est-ce que tu fous ici ? m'a demandé Ian Jameson avant qu'Hudson ne puisse m'atteindre.

—Il s'en va, a répondu Hudson. Il m'a attrapé par le bras et m'a tourné vers la porte.

—Je ne m'en vais pas, ai-je répliqué sèchement en me dégageant.

—Eh bien, je ne te servirai pas.

—Vraiment ?

—J'en ai le droit. C'est mon établissement. Et tu es un connard.

—Ouais, c'est vrai.

Mon aveu semblait les avoir tous plongés dans un silence stupéfait. Personne ne bougeait. Ils n'ont pas non plus ri pour m'accepter parmi eux.

—Écoute, je suis venu te parler. Pour m'excuser, ai-je dit à Hudson.

—Ce n'est pas à moi que tu dois présenter tes excuses, dit Hudson.

—Je me suis déjà excusé auprès de Finley. À plusieurs reprises.

—Mec, c'est ma sœur. Ma sœur enceinte, grâce à toi, gémit Ian.

—Ce n'est pas ce que je voulais dire, lui dis-je. —Je parlais de vraies excuses. Finley sait pourquoi j'ai agi comme je l'ai fait. Elle accepte mes excuses.

—Tu en es sûr ? demanda Hudson.

Je l'ai regardé, me demandant ce qu'il savait que je ne savais pas. —Elle me l'a dit.

—Alors pourquoi te soucies-tu de ce que je pense ? Si elle t'a pardonné d'avoir été un lâche qui l'a fait se sentir comme une putain bon marché, pourquoi venir ici ?

—Parce que Finley tient à toi, lui dis-je. —Je sais que tu l'as accompagnée à ses rendez-vous et que tu veilles sur elle. Je sais que tu as fait toutes les choses que j'aurais dû faire.

—Tu n'es pas là. Tu n'habites pas ici. Ça fait des années que tu te faufiles en ville dans des véhicules minables en faisant semblant de ne pas être là. Et j'ai gardé ton fichu secret. Je n'ai dit à personne quand tu apparaissais. Je n'ai pas demandé pourquoi tu le faisais. Mais j'ai respecté le fait que tu ne voulais pas que les gens le sachent. Tu n'as pas accordé la même chose à Finley. Tu as annoncé ses informations très privées et très personnelles à toute la ville. Tu l'as humiliée. Délibérément. Parce que tu pensais être meilleur qu'elle. Que nous tous. Alors, encore une fois, pourquoi te soucies-tu de ce que je pense ? Si tout va bien entre Fin et toi, pourquoi est-ce que j'ai de l'importance ?

—Parce que je suis un connard. Je le sais. Pendant des années, tout le monde ici me traitait comme si je n'étais rien de plus qu'un distributeur automatique. J'étais populaire parce que les gens avec qui nous avons grandi voulaient le statut d'être amis avec moi. Mais aucun d'entre eux ne me connaissait vraiment. Et toutes ces fois où je suis revenu, je voulais juste comprendre ce que les autres voyaient dans cette ville. Tu es parti mais tu es revenu. D'autres aussi. Certains ne sont jamais partis. Cet endroit était spécial, mais pour moi, ce n'était pas mieux qu'une cage. J'étais juste le gosse riche dont tout le monde voulait quelque chose. Je n'étais jamais Trent. Et être anonyme ici signifiait que je pouvais essayer de voir ce que les gens aimaient dans le fait d'être ici.

—Et alors ? demanda Hudson.

J'ai haussé les épaules. —Je ne l'ai jamais vu. Pas une seule fois. Cet endroit était la même ville que j'avais quittée, mais personne ne me demandait de cadeau ou de faveur quand ils ne savaient pas qui j'étais.

—Finley ne t'a rien demandé de tout ça non plus, argua Hudson.

—Non, c'est vrai. Mais j'ai projeté mon passé sur elle et je me suis convaincu qu'elle inventait une histoire pour obtenir quelque chose de moi.

—Qui diable ferait une chose pareille ? demanda Ian.

—Mon ex, avouai-je.

Ils restèrent tous silencieux pendant une longue minute.

—Putain de merde, dit un autre gars.

J'acquiesçai. —Quelques mois avant de rencontrer Finley. Ça n'excuse pas la façon dont je l'ai traitée, mais ça a coloré ma vision de la situation à ce moment-là.

—Et maintenant ? demanda Hudson.

—C'est entre Finley et moi, lui répondis-je en croisant les bras sur ma poitrine.

—En d'autres termes, tu n'en as aucune idée, dit Hudson.

Je laissai échapper un rire et secouai la tête. —Ouais, en gros.

—Écoute, Fin est comme une sœur pour moi. Elle est incroyable. Je ne laisserai rien lui arriver. Aucun de nous ne le permettra. Alors, si tu joues avec elle en ce moment ou si tu la mènes en bateau ou si tu fais semblant d'en avoir quelque chose à faire avant de disparaître sans laisser de traces, alors quitte la ville maintenant et ne regarde pas en arrière. Hudson me lança un regard dur.

—Et si ce n'est pas le cas ? demandai-je.

Hudson soutint mon regard pendant une minute, m'évaluant. Il plissa les yeux et m'étudia, puis glissa son regard vers Ian. Une autre minute passa avant que Hudson ne parle.

—Si ce n'est pas le cas, alors tu ferais mieux de lui montrer exactement à quel point elle compte pour toi, parce que Finley Jameson mérite tout ce que ce monde a à offrir et même davantage. Et si tu n'es pas prêt à lui donner tout ça—

—Je le suis. Je le veux. J'en suis.

Hudson a hoché la tête après un moment, puis a posé la seule question à laquelle je ne pouvais pas répondre. —Est-ce que tu reviens t'installer en ville ?

—Je ne sais pas encore.

—Alors tu ne mérites pas d'être avec elle. Parce que si tu

la voulais vraiment, comme elle le mérite, tu n'hésiterais pas à être ici. À être avec elle. Tu peux vivre n'importe où. Tu peux voyager ou arrêter complètement de travailler. Tu peux faire tout ce que tu veux. Et si tu n'es pas prêt à choisir Finley, alors tu dois t'éloigner d'elle maintenant et la laisser trouver quelqu'un qui la mettra toujours en premier. Quelqu'un qui l'aimera, elle et ce bébé, plus qu'il ne s'aime lui-même. Mais je ne pense pas que cet homme soit toi, Trent.

Hudson m'a lancé un regard furieux, me défiant de le contredire. Je ne pouvais rien dire parce qu'il avait raison. Il ne savait pas tout, mais il avait raison. Si j'étais intelligent, je choisirais Finley. Je laisserais tout derrière moi et je serais là pour Finley et notre fils.

Je devrais. Je le voulais. Mais quelque chose me retenait encore. Plus que X et J que je laisserais derrière moi. Plus que le travail. Plus que ce que je ressentais pour Finley.

Et Hudson avait visé juste. Je n'étais pas assez bien pour elle. Et si je tenais à elle comme je me le disais, je devais la laisser partir pour qu'elle puisse trouver le genre d'homme dont Hudson parlait.

20

FINLEY

Trent est arrivé vingt minutes avant que je ferme ma boutique. Il était silencieux. Je voulais lui demander ce qu'il avait fait tout l'après-midi, mais je ne voulais pas avoir l'air indiscrète.

—Tu as dîné ? ai-je demandé en fermant à clé.

—Oui. Mais on peut prendre quelque chose en chemin vers la propriété si tu veux. Ou je peux cuisiner quand on y sera.

Il ne me regardait pas pendant que nous marchions sur le trottoir. Nous nous dirigions vers mon appartement, et je supposais vers son véhicule, mais il n'était pas vraiment présent.

—Je devrais peut-être simplement rentrer chez moi, ai-je dit.

—Quoi ? Pourquoi ?

J'ai haussé les épaules. —Tu sembles distrait. Comme si quelque chose te préoccupait. Si tu as des choses à faire, je peux rentrer chez moi.

—Je suis venu ici pour te voir.

—Et tu agis comme si tu voulais être n'importe où sauf ici.

—Ce n'est pas vrai, a-t-il répliqué sèchement.

J'ai reculé d'un pas et me suis arrêtée.

Il a baissé la tête et poussé un profond soupir. —Je suis désolé. J'ai juste beaucoup de choses en tête, mais je voulais te voir ce week-end. J'ai libéré mon emploi du temps pour pouvoir être là.

—Je ne t'ai jamais demandé de faire ça.

—Je sais. Tu ne me demandes jamais rien.

—Qu'est-ce que ça veut dire ?

—Rien. Ça ne veut rien dire.

—Ça veut forcément dire quelque chose si tu l'as dit. Qu'est-ce qui ne va pas chez toi ?

— Pourquoi Hudson est-il ton contact d'urgence ? Et le gars qui t'accompagne à tes rendez-vous ? Et le premier que tu appelles quand tu as besoin de quelque chose ? Il a fêté Noël avec ta famille, il traîne avec ton frère et tu le vois tout le temps. Es-tu amoureuse de lui ?

J'ai ri avant de pouvoir m'en empêcher, et c'était claire-ment la mauvaise réaction. Trent m'a lancé un regard noir et a enfoncé ses mains dans ses poches.

— Tu aimerais que le bébé soit le sien ?

J'ai pris une inspiration et l'ai relâchée lentement, gagnant du temps. — Au début, oui, c'était le cas.

— Tu te fous de moi ? a-t-il aboyé.

— Tu me blâmes vraiment ? Tu agissais comme si je n'étais rien. On ne connaissait même pas nos noms, mais c'était moi qu'on blâmait pour ça. J'ai pointé mon ventre de mes mains. — Tu es parti après m'avoir dit que soit tu ne croyais pas que j'étais enceinte, soit tu ne pensais pas que c'était le tien. Pourquoi aurais-je sauté de joie que tu sois le père de mon enfant ?

— Je t'ai tout expliqué !

— Oui, et je comprends maintenant.

— Mais tu souhaites toujours que Hudson soit le père. C'est vraiment génial.

— Je n'ai pas dit ça. Et ce n'est pas ce que je pense. D'où sort tout ça ?

— Je réalise simplement que je n'ai pas ma place ici.

— À L'anse MacKellar ou avec moi ?

— Je ne sais pas. Les deux peut-être ?

— Oh. J'ai fait un pas en arrière et j'ai essayé de ne pas me laisser submerger par la douleur écrasante que je ressentais.

— Je vois.

— J'ai juste besoin de mettre de l'ordre dans mes idées. Je n'aurais pas dû venir ici sans te prévenir. C'est juste que... je te parlerai... plus tard.

Il a fait demi-tour et est reparti dans la direction d'où nous venions. Je suis restée là à le regarder jusqu'à ce que l'obscurité l'engloutisse.

J'ai continué jusqu'à mon appartement, je suis entrée et j'ai monté les escaliers comme dans un brouillard. Je n'avais aucune idée de ce qui venait de se passer. Tout allait bien plus tôt dans la journée, et soudain, il avait besoin d'une pause et il était parti.

J'ai ouvert la porte et l'odeur de gaufres et d'œufs m'a aussitôt fait gargouiller l'estomac. De la musique jouait sur l'enceinte dans la cuisine, et Karissa chantait avec.

Elle a passé sa tête au bord du mur, son sourire s'évanouissant dès qu'elle m'a vue.

— Qu'est-ce qui s'est passé ?

— Trent est parti.

— Parti ? Où est-il allé ?

J'ai haussé les épaules. — Je ne sais pas. Il a juste dit qu'il devait réfléchir à certaines choses et il est parti.

— À l'instant ? Vraiment ?

J'ai hoché la tête, m'efforçant de retenir mes larmes.

— Je pensais que tout allait si bien. Qu'il était parfait.

J'ai haussé les épaules. — Je suppose que Hudson avait raison. Trent MacKellar n'est pas l'homme que je croyais.

— Je ne pense pas que ce soit vrai, a dit Karissa. — Il doit se passer autre chose. Tu devrais peut-être lui envoyer un message.

J'ai secoué la tête. — Non. Il a dit qu'il avait besoin de réfléchir, et je ne vais pas me mettre en travers de son chemin. S'il veut être présent pour le bébé, il peut l'être, mais je ne peux pas me permettre de tomber encore plus amoureuse de lui. Pas quand je sais qu'il ne ressent pas la même chose. C'est mieux ainsi.

— Oh, Fin. Je suis tellement désolée.

J'ai acquiescé et pris une assiette avec une gaufre. Nous nous sommes blotties sur le canapé pour regarder un film avec plein d'explosions et absolument aucune romance. Exactement ce dont j'avais besoin.

UNE SEMAINE PLUS TARD, Trent m'a envoyé un message pour s'excuser d'être parti précipitamment pendant le week-end. Je lui ai dit que ce n'était pas grave et j'ai éteint mon téléphone.

Une semaine plus tard encore, il a envoyé des fleurs à ma boutique. C'était un geste attentionné, mais il ne me connaissait pas bien s'il pensait qu'un cadeau allait le remettre dans mes bonnes grâces.

La troisième semaine est arrivée avec une visite de Meaghan, la masseuse. Elle a dit que Trent l'avait engagée à nouveau et avait arrangé pour qu'elle me rencontre au manoir. Je ne voulais pas y retourner. Je ne pouvais pas. C'était encore trop douloureux pour moi. Je l'ai remerciée et l'ai renvoyée chez elle auprès de sa famille.

La quatrième semaine a apporté un silence complet. Je n'aurais pas dû attendre quelque chose, mais je l'ai fait. Cela donnait l'impression que je jouais avec lui ou que j'attendais le cadeau parfait ou quelque chose d'important, mais j'ai réalisé que tout simplement il me manquait. Il me manquait, et les textos et les cadeaux étaient le seul lien qui me restait avec lui.

Et puis ils ont disparu.

—Je suis sûre qu'il n'a pas renoncé à toi, a dit Karissa alors que nous nous rendions à mon premier cours de préparation à l'accouchement. Karissa était ma personne de soutien, celle qui allait être dans la salle d'accouchement avec moi quand le bébé naîtrait.

—Je ne sais pas. C'est difficile de penser que c'est autre chose. Qu'est-ce qui aurait pu se passer d'autre ?

—Tu ne veux vraiment pas que je réponde à cette question, a dit Karissa, d'une voix mortellement sérieuse.

Alors, bien sûr, mon esprit s'est mis à imaginer tous les désastres qui auraient pu se produire.

—Vous êtes là pour le cours ? a demandé une femme derrière le comptoir.

—Oui, a répondu Karissa à ma place.

—Et s'il lui était arrivé quelque chose ? ai-je chuchoté.

—Envoie-lui un texto. Si tu t'inquiètes, demande-lui ce qui se passe. Peut-être qu'il pense simplement que tu ne lui pardonneras pas et il n'essaie plus. Je ne sais pas.

—Vous pouvez me suivre et vous installer dans le salon, a dit la femme. Elle nous a guidées à travers la salle d'attente vers une pièce où je n'étais pas encore allée. Il y avait d'autres couples, trois d'entre eux, tous assis silencieusement ensemble, attendant anxieusement notre instructeur.

Karissa et moi avons pris place sur le petit canapé dans le coin, affichant des sourires polis pour les autres couples.

—Envoie-lui un texto maintenant, a chuchoté Karissa.

—Et si quelque chose n'allait vraiment pas ?

—Que veux-tu qu'il soit pour toi ? a-t-elle demandé d'un ton direct. —Est-il juste le père du bébé ou est-il ton compagnon ?

— Peut-il être les deux ?

— Veux-tu qu'il soit les deux ?

J'ai marmonné une réponse évasive et j'ai été soulagée quand une femme un peu plus âgée que nous, avec des cheveux bruns bouclés et un sourire amical et confiant, est entrée et a capté l'attention de toute la salle.

— Bonsoir. Merci à tous d'être à l'heure. Je m'appelle Leslie. Je serai votre instructrice d'accouchement. C'est un cours de six semaines, et nous allons devenir très personnels ici, donc je vous demande que tout ce dont nous parlons reste s'il vous plaît dans cet espace. C'est un espace sécurisé. D'abord, j'aimerais que chacun se présente et nous dise sa date prévue d'accouchement. Leslie m'a souri. — Voulez-vous commencer ?

— Euh, d'accord, ai-je dit. — Je m'appelle Finley Jameson. Voici mon amie, Karissa. C'est une amie formidable et ma coach d'accouchement puisque le père n'est pas vraiment impliqué. Euh, wow, trop d'informations. Désolée. Bref, je suis à trente-deux semaines maintenant et la date prévue est le trente mai.

— Excellent. Ravie de vous avoir toutes les deux parmi nous. Karissa, voudrais-tu te présenter ?

Karissa s'est penchée en avant et a fait un signe de la main. — Salut tout le monde. Je n'ai jamais été enceinte donc je ne suis pas d'une grande aide, mais je suis impatiente d'apprendre et d'être là pour Finley.

— Merci, Karissa, a dit Leslie. — Suivant ?

Les autres participants au cours se sont présentés. Deux des couples devaient accoucher juste après moi, et le troisième couple presque un mois avant. Ils s'y prenaient à la dernière minute. Leslie a confirmé que nous étions tous des parents pour la première fois. Le niveau d'anxiété était élevé pour nous tous.

— La première chose dont nous allons parler est votre bébé. Est-ce que certains d'entre vous ont déjà choisi des prénoms ?

J'ai secoué la tête même si j'avais un prénom en tête. Je ne l'avais partagé avec personne, et si je parlais encore à Trent, je pensais qu'il avait le droit d'avoir une opinion.

— Ce n'est pas grave si vous n'en avez pas. Si vous en avez un, quand vous pensez au bébé, je veux que vous utilisiez son prénom. L'accouchement n'est pas une chose facile, mais c'est un processus naturel et magnifique. Un processus que vous avez tous choisi de vivre dans cet endroit paisible.

Leslie a continué à parler de sa voix douce et apaisante, diminuant mon anxiété à chaque mot. Je savais que l'accouchement allait être difficile, mais la façon dont elle en parlait donnait l'impression que nous pourrions tous le gérer sans problème.

Quand le cours s'est terminé, je me sentais bien. Détendue, calme et affamée. — Dîner ? ai-je demandé à Karissa quand nous sommes montées dans la voiture.

—Oui, s'il te plaît. Et puis tu pourras envoyer un message à Trent pour voir ce qui se passe. Pourquoi ne le fais-tu pas maintenant ? Pendant que je conduis.

—Je n'en ai pas envie.

—Si, tu en as envie. Allez, envoie ce message.

J'ai sorti mon téléphone et je l'ai regardé d'un air renfrogné. —Je ne sais pas quoi dire.

—Que dirais-tu de : tes cadeaux me manquent même si je

n'en voulais pas. Ce que je veux vraiment, c'est toi nu dans mon lit.

—Je ne peux pas dire ça !

—Pourquoi pas ? C'est la vérité.

Je détestais qu'elle ait raison.

—Tu peux lui demander comment il va. Ou s'il revient en ville bientôt. Ou s'il a déjà vendu la propriété.

—Je ne peux pas lui demander ça. Il va penser que j'essaie de lui soutirer de l'argent.

—Je pense que tu as clairement fait comprendre que tu ne veux rien de lui. Même si ses cadeaux étaient plutôt géniaux.

—Ce n'est pas juste, lui ai-je dit.

—Tu sais qu'ils l'étaient. Tu ne t'achètes jamais de fleurs, même si tu les adores. Et il a même choisi des fleurs qui te correspondent.

—Je ne sais pas comment il a su que j'adore les tournesols.

—Je ne sais pas non plus, mais je pense qu'il te connaît mieux que tu ne le crois.

Je me suis mordu la lèvre. Il me connaissait effectivement mieux que je ne le pensais. Nous avons certainement commencé sur des bases difficiles, mais il faisait les choses correctement une fois les premiers mois passés. Je n'avais pas besoin qu'il s'occupe de moi, et ce n'était pas ce qu'il faisait. Il respectait mes choix de continuer à travailler et de subvenir à mes besoins.

Et puis il a disparu.

—Envoie-lui quelque chose, m'a encore encouragée Karissa.

Je fixais le dernier message que je lui avais envoyé. Une simple phrase refusant le cadeau du temps et du massage de Meaghan. Je lui avais dit qu'il ne pouvait pas m'acheter. Il n'avait jamais répondu.

> Je suis désolée d'avoir refusé tous tes cadeaux. J'aurais aimé ne pas le faire. J'aurais aimé avoir le courage d'accepter tes excuses. J'espère que tu accepteras les miennes.

J'ai appuyé sur envoyer avant de pouvoir hésiter. Il avait été ouvert et honnête avec moi au sujet de son passé. À propos de Michelle et de la fille de son ami qu'il avait aidé à élever. Et tout ce que j'avais fait, c'était lui dire que j'aurais souhaité que son bébé soit celui de Hudson. Sachant qu'il y avait des tensions entre lui et Hudson.

J'ai fixé l'écran alors que trois points dansaient, puis disparaissaient. Cela montrait qu'il avait lu mon message, mais il n'a pas répondu.

—Tu lui as envoyé un message ? a demandé Karissa en garant sa voiture.

—Oui.

—Et alors ?

—Il n'a pas répondu.

—Peut-être qu'il ne l'a pas vu.

—Il l'a déjà lu. Et les points indiquaient qu'il était en train d'écrire, puis a décidé qu'il n'était pas intéressé à avoir de mes nouvelles.

—Peut-être qu'il est occupé. Qu'est-ce que tu lui as dit dans ton message ?

—Que j'étais désolée de ne pas avoir accepté ses cadeaux et ses excuses, et que j'espérais qu'il accepterait mes excuses pour avoir refusé les siennes.

—Sérieusement ?

—Tu m'as mise au pied du mur.

—Fin, tu peux trouver quelque chose à dire à n'importe qui n'importe quand. Pourquoi est-il si différent ?

—Parce que je l'aime, ai-je admis doucement.

—Oh, Fin.

J'ai reniflé et essuyé mes larmes soudaines. —Je ne veux pas l'aimer, mais c'est le cas. Même si je sais qu'il ne ressent pas la même chose. Et je sais que je ne suis pas assez bien pour Trent MacKellar. Je ne le serai jamais, mais—

—N'ose même pas dire ça, aboya Karissa. —Jamais. Trent MacKellar ne te mérite pas. Il devrait s'estimer chanceux d'avoir ne serait-ce qu'une chance avec toi. Tu es intelligente, drôle, gentille, créative et une amie et une personne extraordinaire, et tu seras la meilleure mère qui soit. Trent ne mérite même pas la moitié de tout ça.

J'ai ouvert la bouche pour protester, mais Karissa a continué à parler sans me laisser intervenir.

—Et je me fiche de tout l'argent qu'il possède ou de tout ce qu'il a, s'il n'est pas capable de voir à quel point tu es formidable et s'il n'est pas assez décent pour t'aimer en retour, alors qu'il aille se faire foutre.

J'ai pouffé de rire. —J'aimerais bien.

Un rire surpris a jailli de Karissa. —Oh, tu es vraiment accro.

J'ai hoché la tête. —Ouais. Mais ça va. Je m'en sortirai. Parce que j'ai des amis et une famille formidables, un travail que j'adore et je vais avoir un petit bébé parfait. Je n'ai pas besoin de Trent ni d'aucun autre homme dans ma vie.

—Sauf celui-ci, dit-elle en posant sa main sur mon ventre.

J'ai posé ma main sur la sienne. —Sauf celui-ci.

Elle semblait sur le point de dire autre chose, mais elle a laissé tomber et est sortie de la voiture. Nous sommes allées ensemble au O'Kelley's pour dîner, nous installant au bar pendant que nous mangions.

Hudson a demandé comment s'était passé le premier cours, et Karissa a répondu pour nous.

—Super bizarre. Si j'avais des enfants un jour, je demanderais tous les médicaments possibles. Finley et ces autres mamans qui veulent faire les choses sans médication, ça me semble complètement dingue.

—Je n'aime pas l'effet que les médicaments ont sur moi. Ma tête devient toute embrouillée. Si je peux l'éviter, c'est ce que je veux.

—Je pense que tu dois faire ce qui est bon pour toi, dit Hudson.

—J'essaie, dis-je avec un sourire triste.

Hudson a fait un signe de tête vers Karissa. —Elle est triste parce que Trent est parti.

—Bon débarras. Tu te porteras mieux sans lui, a dit Hudson.

—Je ne sais pas, argumenta Karissa. Je pense que je suis plutôt Team Papa du Bébé.

—Pourquoi tu serais de son côté ?

—Parce qu'elle l'est, répondit simplement Karissa.

—Fin ?

Je reniflai et haussai les épaules.

—Ah, merde, dit Hudson.

—Ça n'a pas d'importance. Il ne veut pas être là. Il l'a clairement fait comprendre il y a un mois quand il m'a demandé si j'aurais préféré que le bébé soit le tien, puis a quitté la ville sans jamais revenir.

—Il t'a demandé quoi ?

Je secouai la tête. C'est rien. Il a juste... je ne sais pas. Quand il était là la dernière fois, il est devenu bizarre avec moi. Il a dit qu'il devait réfléchir à certaines choses. Puis il est parti, et la chose suivante que je savais, c'est qu'il essayait de s'excuser avec des cadeaux.

—Ce n'est pas ton style, dit Hudson.

J'acquiesçai. Je sais, mais il n'est pas là. Alors, il jette son argent par les fenêtres et m'achète des trucs.

—Des trucs sympas, ajouta Karissa.

—Oui, mais quand même. Je ne suis pas du genre matérialiste. Et s'il voulait s'excuser et me faire accepter ses excuses, il doit me dire en face ce qui s'est passé et pourquoi il ne répond pas à mes messages ou ne revient pas ici.

—Ça va aller, dit Karissa.

J'ai ri et sangloté en même temps, perdant la bataille contre mes larmes. Je ne pense pas. Je crois qu'il en a juste fini. Et ça fait mal. Et je déteste ça. Mais au moins je le sais. Au moins je peux arrêter d'espérer qu'il apparaisse un jour et me dise qu'il m'aime et qu'il veut être avec moi et qu'il déménage ici ou je ne sais quoi.

—Fin, dit Hudson.

Je glissai de mon tabouret et secouai la tête. —Je suis désolée, les gars. Je ne voulais pas gâcher la soirée. Je pense que je vais simplement rentrer chez moi et dormir un peu. Je n'ai pas beaucoup dormi ces dernières semaines. J'irai mieux demain.

—Je peux t'accompagner, dit Karissa, faisant un geste pour descendre.

—Ça va. Reste ici et mange. À plus tard.

—Tu es sûre ?

J'acquiesçai. —Bonne nuit, les gars.

Ils semblaient abattus quand je leur ai tourné le dos, mais j'avais besoin d'être seule. J'avais besoin de pleurer, de crier et de laisser partir ce fantasme que j'avais construit dans ma tête d'une vie avec Trent et notre fils. Ce rêve s'était envolé maintenant, tout comme Trent.

Je rentrai à pied, appréciant l'air frais et doux d'avril. Notre immeuble était calme, seuls les sons feutrés des émissions télévisées nocturnes se faisaient entendre tandis que je montais les escaliers jusqu'à mon étage. Je sortis sur le palier et j'eus un hoquet de surprise.

—Trent ?

Il leva les yeux vers moi depuis l'endroit où il était assis devant ma porte. Quand il me vit, il se leva d'un bond et passa une main sur son visage, lissant sa barbe déjà parfaite.

—Salut.

—Qu'est-ce que tu fais ici ?

—J'avais besoin de te voir.

—Pourquoi ? Tu as dit que tu avais besoin de temps. Je pensais que tu ne reviendrais pas.

—Mon père est mort.

Eh bien, s'il y avait une bonne excuse pour m'avoir laissée tomber, il l'avait.

21

—Je ne savais pas qu'il était malade, dis-je. Que fallait-il dire dans cette situation ? Je ne connaissais pas son père. Il n'en parlait jamais.

Trent hocha la tête. —Depuis un moment déjà. C'est pour ça que je viens plus souvent ici. Pour décider quoi faire de la propriété. Il n'a jamais voulu s'en débarrasser, mais il n'y a pas vécu depuis presque vingt ans.

—C'est difficile de laisser partir certaines choses.

Trent ricana et secoua la tête. Son regard était vide, absent. Sa posture était différente. Il ne ressemblait pas à lui-même. Mais le connaissais-je vraiment ?

—Tu veux entrer ? proposai-je.

Il regarda ma porte, puis secoua la tête. —Je ne devrais pas être ici. Je voulais juste te faire savoir pourquoi je n'ai pas essayé de m'excuser cette semaine.

—Trent, dis-je doucement.

Il me regarda, son regard rencontrant le mien pour la première fois.

—S'il te plaît, entre. Raconte-moi ce qui s'est passé.

Il hésita, puis acquiesça d'un mouvement saccadé et me laissa déverrouiller la porte. Je le guidai à l'intérieur, allumant les lumières pour nous frayer un chemin jusqu'au canapé. Il s'y effondra comme s'il ne pouvait pas tenir debout une minute de plus et se pencha en avant, laissant tomber sa tête entre ses mains.

Je m'assis à côté de lui, assez près pour poser ma main sur son dos. Il se raidit pendant une seconde, puis se détendit à nouveau. Je fis glisser ma main de haut en bas, espérant que cela l'apaiserait.

—Mon père m'a dit que ma mère ne voulait pas de moi, dit-il.

Je retins mon souffle. Pourquoi un père dirait-il une chose pareille ? Même si c'était vrai, quelle chose horrible à dire à un enfant.

—Je crois qu'il me tenait responsable de sa maladie. Comme si m'avoir mis au monde l'avait épuisée et l'avait finalement tuée.

—Quand ta mère est-elle décédée ?

Il eut un rire sans joie. —L'été avant ma deuxième année de lycée.

— J'ai du mal à croire que cela ait quoi que ce soit à voir avec le fait d'avoir un enfant. Je me frottai le ventre, souhaitant pouvoir apaiser mes deux garçons.

— C'est ce qu'il a dit. C'est pourquoi je déteste être ici. Une des raisons. J'adorais ma mère. Elle était drôle et gentille. Elle essayait de me donner une vie normale, mais mon père voulait étaler sa richesse. Il pensait que les gens l'aimeraient s'ils savaient qu'il était riche. Elle détestait ça, mais elle ne pouvait pas l'arrêter. Être dans cette maison... Il me l'a gâchée après sa mort. Tout l'endroit est exactement comme avant. Il n'a jamais voulu faire quoi que ce soit pour la moderniser, c'est pourquoi je dois dépenser une fortune pour le faire. Et il était juste... il était simplement en colère à propos de tout ça.

Je fermai les yeux et essayai de partager ma force avec lui. Cela ne faisait même pas une heure que je me disais que je ne le reverrais peut-être jamais, et maintenant il était assis sur mon canapé à me parler de son enfance.

— Il avait une démence. J'ai arrêté de lui rendre visite parce qu'il me prenait pour un ancien rival et pensait que je lui avais volé ma mère. Il m'a hurlé dessus la dernière fois que j'y suis allé. Il m'a dit qu'il me détestait et ne voulait plus jamais me voir.

— Oh, Trent. Ce n'est pas à toi qu'il parlait, dis-je.

Il haussa les épaules. — Peut-être, mais les mots m'étaient adressés. Difficile de ne pas les prendre à cœur.

— Je suis sûre que s'il avait conscience de ce qu'il disait, il ne l'aurait pas dit.

— Je ne sais pas. Les dernières fois où nous avons parlé avant qu'il n'entre en maison de retraite, il n'était pas content de moi. Il ne pensait pas que je dirigeais l'entreprise comme il le souhaitait. Il disait que j'allais ruiner tout le travail qu'il avait investi pour rendre l'entreprise prospère.

— Tu es intelligent et talentueux, et je suis sûre que tu as des conseillers et des employés qui savent ce qu'ils font. Parfois, les gens ont du mal à lâcher prise, même quand c'était leur choix.

Trent ricana. — Il n'a jamais voulu lâcher prise. Il a démissionné, mais il essayait constamment de me dire quoi faire.

Son dos était tout contracté. Il était raide. Tout en lui exprimait l'inconfort.

— Comment était ta mère ?

Son corps changea instantanément. Non qu'il se soit détendu, mais il était moins crispé.

— Elle était extraordinaire. Même à la fin, elle restait toujours gentille. Personne ne savait qu'elle était malade parce qu'elle ne voulait pas qu'on ait pitié d'elle. Elle faisait beaucoup d'œuvres caritatives et redonnait aux autres. Elle travaillait au centre communautaire et était bénévole dans d'autres organisations. Les enfants étaient toujours sa priorité. Elle a grandi avec peu de moyens et disait que nous avions plus que nécessaire, alors elle voulait aider autant d'enfants que possible. Elle achetait des fournitures scolaires pour les enfants qui n'en avaient pas les moyens et les déposait à l'école. Elle aidait constamment, mais ne voulait jamais de reconnaissance pour cela.

—Elle a l'air vraiment géniale.

Il hocha la tête. —Elle l'était. Elle me manque. Sa voix se brisa.

Je l'ai attiré vers moi, l'enveloppant dans une étreinte. Il s'est agrippé à moi fermement. Je ne sais pas combien de temps nous sommes restés ainsi, mais quand il s'est finalement reculé, il m'a souri.

—Merci.

J'ai hoché la tête. —Tu m'as vraiment manqué.

Il a détourné le regard à nouveau. —Tu mérites mieux que moi.

—Quoi ?

—Mes parents avaient une relation dysfonctionnelle. J'ai une histoire négative avec cette ville. Je sais que tu serais mieux avec quelqu'un d'autre. Quelqu'un comme Hudson qui peut te donner tout ce que tu mérites.

—Hudson encore ? Vraiment ? Pourquoi es-tu si obsédé par Hudson ?

—La dernière fois que j'étais ici, j'ai essayé de lui parler. Il a dit des choses qui m'ont touché.

—Comme quoi ?

—Comme le fait que tu mérites quelqu'un qui te fera toujours passer en premier. Je me suis dit que je devais déterminer si j'étais capable de faire ça. Et j'essayais. Puis j'ai reçu l'appel concernant mon père et plus rien d'autre n'avait d'importance.

—Je pense que c'est normal, Trent. Je ne m'attendrais jamais à ce que tu n'ailles pas aux funérailles de ton père ou que tu ne fasses pas le point sur ce qui s'est passé entre vous deux.

—Mais j'aurais dû faire quelque chose. J'en ai parlé à X, mais je ne te l'ai pas dit.

—Tu ne me vois pas tous les jours. J'ai pris une profonde inspiration et essayé de me calmer. Je ne voulais pas le convaincre d'être avec moi. Soit il me voulait dans sa vie, soit il ne me voulait pas. Et s'il ne me voulait pas, j'allais respecter ça. Mais s'il me voulait...

—J'aurais dû t'appeler.

—Est-ce que tu essaies de me dissuader d'avoir une relation ? Parce que c'est l'impression que j'ai en ce moment. Comme si tu disais que je devrais être avec Hudson et que tu aurais dû m'appeler. Il y a beaucoup de « j'aurais dû » là-dedans.

—Finley, je ne veux pas ruiner ta vie. Je tiens trop à toi pour te faire sentir que tu n'es pas la personne la plus importante pour moi.

J'ai soupiré profondément et me suis levée du canapé. J'ai fait les cent pas, ayant besoin d'évacuer une partie de mon énergie avant de dire quelque chose que je regretterais.

—Je ne pense pas que je serai un bon père, a-t-il admis doucement.

J'ai arrêté de faire les cent pas et l'ai regardé fixement. Sa tête était à nouveau baissée, ses épaules affaissées. Ses mains étaient jointes devant lui, les coudes appuyés sur ses genoux. Il avait l'air vaincu.

—Est-ce que tu te soucies de ce qui arrive à ce bébé ? lui ai-je demandé.

Il a levé son regard vers le mien. —Oui.

—Si ce bébé a un problème médical quelconque, feras-tu tout pour l'aider ?

—Est-ce qu'il en a ?

—Non. Réponds à la question.

—Oui.

—Es-tu prêt à lui apporter du soutien, pas seulement financier, mais aussi en l'aidant pour ses devoirs quand tu seras disponible et en passant du temps avec lui, en lui apprenant à lancer une balle de baseball ou à frapper dans un ballon de foot ?

—Oui.

—Seras-tu là pour les appels téléphoniques, les visioconférences et les visites ? Pour lui faire savoir que tu es là pour lui même si vous n'êtes pas dans la même ville ?

Il a dégluti avec difficulté. —Oui.

—Trent, il y a beaucoup de pères qui ne font pas ces choses. Qui ne s'intéressent pas à faire partie de la vie de leurs enfants. Je sais que je ne te connais pas encore très bien, mais je ne te vois pas comme l'une de ces personnes. Nous sommes liés pour toujours à cause de ce bébé. Et le plus important, c'est que tu sois là pour lui.

—Et toi ?

J'ai haussé les épaules. —C'est à toi de décider si tu veux être là pour moi. Si tu veux qu'il y ait quelque chose de plus.

—Tu dois décider, toi aussi.

J'ai fermé les yeux et secoué la tête. —Je sais déjà ce que je veux. C'est à toi de décider.

Il a fermé les yeux et souri. Quand il les a rouverts, il a hoché la tête. —Je sais ce que je veux aussi. Je te veux, Finley. Je veux une autre chance avec toi. Je veux faire tout ce qui est en mon pouvoir pour être là pour toi et te montrer que je suis à la hauteur.

—Je n'ai besoin de rien d'autre que de qui tu es en ce moment.

—Un homme brisé qui vit à des heures de distance ?

—Si c'est qui tu es, tu es à la hauteur.

Il s'est levé et est venu vers moi. Il m'a entourée de ses bras et a commencé à se balancer comme si nous dansions. Il m'a serrée fort jusqu'à ce que le bébé donne un coup assez fort pour que Trent le sente.

—C'était ?

J'ai ri doucement. —Oui. Il devient plus fort.

—Wow. J'ai l'impression de manquer tant de choses, et il n'est même pas encore né.

—Ça passe vite. Mais je t'enverrai des photos et on pourra parler tout le temps pour que tu fasses partie d'un maximum de moments.

Il a hoché la tête mécaniquement. —Je suis désolé de ne pas avoir été présent ce dernier mois.

J'ai souri. —Ce n'est pas grave. Je comprends.

—Ce n'est pas correct, mais merci.

Je l'ai laissé me serrer contre lui à nouveau. Nous sommes restés comme ça pendant un long moment.

—Tu as faim ? ai-je demandé.

Il a hoché la tête. —Je pourrais manger.

—Une pizza surgelée, ça te va ?

—Absolument.

Trent mit la pizza au four pendant que je cherchais un film. Nous nous sommes installés pour manger et peu après, il s'était endormi sur mon épaule, sa main posée sur mon ventre.

La porte d'entrée s'ouvrit, et Karissa entra sur la pointe des pieds. Elle s'arrêta net quand elle nous vit, Trent et moi, sur le canapé. —Wow. Il est là.

J'ai hoché la tête. —Son père est mort, et il a un peu pété les plombs.

—Tu vas dormir sur le canapé ?

J'ai haussé les épaules. —J'y pensais. C'est parfois plus confortable que mon lit.

Elle a acquiescé. —Je vais travailler un peu avant de me coucher. Tu as besoin de quelque chose ?

—Ça va. Merci.

—Et une couverture ? Elle me tendit la couverture duveteuse qui était à l'autre bout du canapé.

—Merci.

—De rien. Bonne nuit.

—Bonne nuit.

Karissa ferma doucement la porte de sa chambre. J'ai étendu la couverture sur Trent et moi, puis j'ai entrelacé mes doigts avec les siens et souri. Il était revenu.

TRENT EST RESTÉ avec nous quelques jours. Il n'était même pas passé par la propriété familiale avant de débarquer chez moi, alors il avait un sac dans son véhicule utilitaire sport. Il l'a monté à l'étage et l'a déposé dans ma chambre le lendemain de notre nuit sur le canapé. Nous n'avons pas discuté de ce que tout cela signifiait, mais il a été charmant, gentil et parfait tout le temps qu'il est resté. Et quand il est parti, il m'a dit quand il reviendrait et a promis d'appeler régulièrement.

Et c'est ce qu'il a fait. Il m'appelait presque tous les jours, m'envoyait plusieurs messages chaque jour, et a même fait un appel vidéo avec Karissa et moi pendant que nous préparions le dîner un soir.

Tout allait bien, sauf quand je mentionnais Hudson. Alors Trent devenait silencieux et devait s'en aller.

—Tu dois les faire parler, m'a dit Karissa un matin avant que je parte travailler. Je prévoyais de déjeuner avec Hudson, comme je le faisais presque tous les jours, et elle me poussait à être honnête avec lui.

Hudson ne me disait jamais rien à propos de Trent. Il ignorait le sujet comme si Trent n'existait pas. Je ne comprenais pas vraiment, mais je savais qu'elle avait raison.

—J'aborderai le sujet aujourd'hui, lui ai-je promis.

—Et fais-le parler. Ne le laisse pas s'échapper.

J'ai hoché la tête et je suis partie, me mordillant la lèvre en me demandant comment j'allais amener Hudson, entre tous, à avoir ce genre de conversation.

Ma matinée a été chargée avec des clients qui attendaient dehors quand j'ai ouvert la porte. Il n'y avait pas encore beaucoup de touristes en ville, mais le temps était magnifique pour un mois d'avril et même les locaux sortaient déjà davantage.

Ruth, une amie de ma mère, est passée peu avant le déjeuner et s'est extasiée sur les photos d'échographie que ma mère montrait partout en ville. —Elle est tellement impatiente de le rencontrer. Avez-vous déjà choisi un prénom ?

—Pas encore, ai-je répondu avec aisance. Je n'en avais toujours pas parlé à Trent. —Nous déciderons éventuellement.

—Je sais que vous le ferez. Parfois, il faut rencontrer le bébé avant de savoir quel est son prénom. Avez-vous engagé quelqu'un pour gérer la boutique pendant votre absence ?

J'ai secoué la tête. —Je vais probablement devoir fermer pendant quelques semaines. Je ne prendrai pas trop de temps de congé.

—Oh, ma chérie, vous devriez vraiment y réfléchir. Je pense qu'il est préférable que vous passiez autant de temps que possible avec le bébé. Je sais que votre génération est beaucoup plus axée sur la carrière que je ne l'ai jamais été, mais c'est important pour vous de prendre le temps de créer des liens avec lui. Est-ce que votre mère va le garder quand vous retournerez travailler ?

—Oui, elle le fera. Je devrai peut-être l'amener avec moi parfois, mais elle et mon père m'ont déjà énormément aidée.

—C'est à ça que servent les parents. J'ai aussi gardé mes petits-enfants. Une période tellement agréable pour moi. Vos parents vont adorer.

—J'espère bien.

Ruth a regardé un peu plus longtemps autour d'elle, puis est partie avec trois nouveaux livres. Dès qu'elle fut partie, j'ai verrouillé la porte et j'ai retourné le panneau pour indiquer que je serais de retour dans une heure, puis je me suis dirigée à côté pour déjeuner. Hudson avait déjà tout disposé sur le comptoir, m'attendant.

—Tu es en retard, grogna-t-il.

—Wow, tu es désagréable avec tout le monde comme ça ? lui lança une femme assise quelques places plus loin.

Hudson la fusilla du regard. Anna Charlotte. Je ne l'avais pas vue depuis des mois.

—Elle est enceinte de vingt-sept mois, dit Hudson. —Je m'inquiète.

Anna m'observa attentivement tandis que je levais les yeux au ciel. —Je ne savais pas que vous étiez ensemble.

Hudson et moi avons éclaté de rire. —Elle est comme ma sœur. Et comme sa boutique est juste à côté, je garde un œil sur elle.

—Et il me nourrit.

—Parce que tu te contenterais d'une barre de céréales pour déjeuner si je n'avais pas quelque chose pour toi ici.

—C'est toujours mieux que de ne rien manger du tout.

—Tu dois garder tes forces.

—Vous êtes sûrs que vous n'êtes pas ensemble ? demanda Anna.

—Elle est enceinte du bébé d'un autre mec. Un autre mec

qui, même s'il est con, reste dans les parages. Et elle est toujours comme ma sœur.

—Il est complètement célibataire, lui dis-je avec un sourire.

Anna blêmit, reculant comme si je venais de lui faire un choc électrique.

—Je ne... Je n'ai... Pas intéressée. La rougeur qui montait à ses joues me faisait douter de la véracité de cette affirmation. Elle reporta son attention sur son déjeuner et ignora Hudson et moi.

—Donc, à propos de Trent, dis-je, utilisant ses mots comme la transition dont j'avais besoin.

—Quoi, Trent ? demanda Hudson.

—J'ai besoin que tu sois moins dur avec lui.

— Est-ce qu'il t'a envoyé pour mener ses batailles à sa place ?

— Il n'a aucune idée que je te parle de ça, mais j'ai besoin que tu sois plus conciliant pour moi. Pour le bébé. Il sera présent. Au moins de temps en temps. Je ne vais pas l'empêcher de voir le bébé. Ce qui signifie que j'ai besoin que tu t'entendes avec lui.

— Pourquoi ?

— Parce que tu es l'un de mes amis les plus proches et que je t'aime.

Hudson leva les yeux au ciel mais hocha la tête. — Je vais essayer.

— Bien. Et j'ai besoin d'une autre chose. J'ai pris une bouchée de mon sandwich et j'ai gémi de plaisir. Mon Dieu, cet homme savait cuisiner.

— Est-ce que ça va me déplaire ?

— Non. J'ai juste besoin de quelques conseils. En tant que chef d'entreprise. J'avais prévu de simplement fermer ma boutique pendant mon séjour à l'hôpital et ma convalescence, mais je n'arrête pas d'hésiter. Devrais-je accepter les offres de Karissa et des autres pour gérer l'endroit à ma place ?

Hudson souffla et fixa le plafond. Il enleva sa casquette, se gratta la tête, puis la remit et croisa mon regard. — Je suis désolé, mais je ne suis pas sûr de pouvoir t'aider à prendre cette décision. Je comprends. Je ne voudrais pas fermer mon entreprise ne serait-ce qu'un jour, encore moins quelques semaines, un mois ou plus. Mais je comprends aussi à quel point c'est difficile de tout confier à quelqu'un d'autre, même si ce sont des personnes dont tu sais qu'elles feront de leur mieux.

— C'est pour ça que je n'arrête pas d'hésiter. J'aurais dû mettre en place cette application dont Karissa n'arrêtait pas de me parler. Et si j'avais un meilleur site web, je pourrais recevoir des commandes en ligne et aller là-bas quelques heures par jour pour emballer les articles.

— Ne soulève pas de cartons, a lancé Hudson. — Je vais t'aider.

— Je ne le ferai pas, mais de toute façon, je n'ai pas le site prêt et fonctionnel. J'ai passé tellement de mois à m'inquiéter des problèmes avec Trent que je n'ai jamais pris le temps que j'aurais dû pour réfléchir à ma seule et unique source de revenus.

— Euh, désolée, mais je suis là en train de tout écouter, a dit Anna.

Hudson et moi nous sommes tous les deux tournés vers elle.

— D'accord, je sais que j'ai été une vraie garce avec vous, et je sais que je ne suis pas facile à vivre, mais envisageriez-vous de m'engager pour gérer votre magasin pendant votre congé de maternité ?

Je me suis reculée, plus que légèrement choquée par sa question. —Sérieusement ?

Elle a haussé les épaules, puis secoué la tête. —Je suis

désolée. Je n'aurais pas dû demander. Vous ne me connaissez pas, j'ai été impolie avec vous, et je suis sûre qu'Hudson ne me donnerait pas une recommandation élogieuse, et—

—Oui, ai-je lâché avant qu'elle ne s'éloigne. —S'il vous plaît. Je veux dire, nous devons en discuter davantage, mais si vous êtes sérieuse, j'aimerais en parler. Trinity vous adore, et je sais qu'Hudson a été plus que ravi du travail de Joey ici. Je ne sais pas exactement à quoi ressemblera le poste, mais nous pouvons le déterminer si vous êtes vraiment intéressée.

—Vous êtes sûre ? a demandé Anna.

J'ai acquiescé. —Je sais que vous êtes une lectrice, et je sais que vous vous exposez en me demandant cela. Puis-je vous interroger sur vos autres emplois ?

—Je cherche en fait à quitter celui que j'ai actuellement. Cela me donnerait le temps de trouver quelque chose de plus permanent.

—Puis-je vous demander pourquoi vous quittez votre emploi actuel ?

—C'est en deuxième équipe. Ce n'est pas un mauvais travail, mais je préférerais être plus souvent à la maison avec mes garçons. Joey va bientôt obtenir son diplôme, et Matty n'a que quelques années de retard sur lui. Je sais que ce ne serait que pendant votre congé, mais cela me donnerait quelques mois pour trouver autre chose avant qu'ils ne retournent à l'école.

—Pourquoi ne passeriez-vous pas au magasin demain ? Je suis ouverte de dix heures à dix-huit heures. J'y serai toute la journée, sauf quand je viendrai ici pour déjeuner, et nous discuterons davantage pour mettre au point les détails.

Anna a hoché la tête. —Merci. Je sais que je ne mérite pas ça, mais j'apprécie vraiment.

—Non, merci à vous. Je ne savais pas quelle serait la solution, mais je suis heureuse que ce soit vous. J'ai hâte que nous commencions.

—Moi aussi.

—Pas moi, a grogné Hudson. —Tu es déjà une épine dans mon pied. Maintenant tu vas être ici encore plus souvent ?

Anna a levé les yeux au ciel et s'est levée. —Je vous verrai demain, Finley.

—Au revoir, Anna.

Elle s'approcha de l'endroit où Joey débarrassait une des tables. Ils parlèrent pendant une minute, puis elle l'étreignit et partit.

Avec Hudson qui suivait chacun de ses mouvements.

—Tu crois qu'elle ira bien ?

—Oui, pourquoi pas ? Elle travaille toujours au deuxième service.

J'ai ricané. —Je parlais de l'embaucher. Pas de son départ au travail. Mais c'est bon de savoir que tu t'inquiètes pour son bien-être.

—La ferme. Son fils travaille pour moi. Je dois m'en soucier.

—Ah bon. Bien sûr.

Il leva les yeux au ciel et me lança une serviette de bar. J'ai ri et je la lui ai relancée. Ça allait être intéressant.

TRENT

Je suis entré dans mon appartement, les yeux rivés sur mon téléphone avec un sourire béat. Finley m'avait envoyé une nouvelle photo de son ventre de femme enceinte avec la légende *Trente-quatre semaines ! J'ai renversé une pile de livres aujourd'hui. Je sens vraiment le poids de notre fils. Plus longtemps avant de le rencontrer !*

Notre fils. Putain. Je m'y habituais encore. Et je traînais toujours les pieds concernant la décision que je devais prendre.

—Salut, dit X. Ses sourcils étaient levés, et il souriait d'un air narquois. —Ça va ?

—Ouais, pourquoi ? J'ai rangé mon téléphone. Kenny est venu me voir et a poussé ma main pour que je'lui caresse la tête.

—Je viens de t'appeler plusieurs fois, et tu n'as pas répondu. C'était Finley ?

J'ai hoché la tête. —Où'est McJenna ?

—Elle étudie à la bibliothèque. Pourquoi ?

Je me suis frotté les mains et j'ai pris une inspiration. —Il faut que je te parle.

—D'accord. Son humour s'était évanoui. Il savait que c'était sérieux. Connaissant X, il savait probablement déjà de quoi je voulais parler. —On a besoin d'une bière pour ça ?

J'ai secoué la tête et me suis dirigé vers le canapé. Kenny s'est assis sur mes pieds, me regardant avec sa langue qui pendait sur le côté de sa gueule. —Je veux déménager à L'anse MacKellar. Je veux être là pour mon enfant et Finley et les voir tous les jours. Je ne veux pas être un père absent. Et je sais que te demander à toi et à J de venir avec moi est insensé et que vous n'accepterez jamais, mais j'aurai toujours une place pour vous deux là-bas. Je ne me sépare pas non plus de cet appartement, donc vous pouvez rester ici et y vivre et venir me rendre visite quand vous voulez et je déteste putain devoir choisir entre vous et eux, mais je ne peux pas le laisser grandir sans moi. Je ne peux tout simplement pas.

Quand j'ai terminé, X souriait. Il a ri doucement et hoché la tête. —Bien. Je suis content pour toi. Tu ne devrais pas le laisser grandir sans toi.

J'ai poussé un profond soupir. —Vraiment ? Tu n'es pas en colère ?

—Non. Pas du tout. Mais il y a une chose.

Je me suis redressé. Je ne m'attendais pas à ce que X ait quelque chose à ajouter. Je pensais qu'on discuterait, qu'on se disputerait peut-être, et qu'il accepterait. Je l'espérais.

—Tu es sûr que tu as de la place pour nous là-bas ?

—Bien sûr. La maison est immense. Je vais parler à l'entrepreneur ce week-end pour rénover d'autres espaces et aménager deux chambres d'amis pour toi et J. Vous serez toujours les bienvenus.

—Même de façon permanente ?

—Quoi ? Tu veux déménager ?

X a haussé les épaules. —J'y pense depuis un moment. Elle ne s'en sort pas très bien à l'école ici, et je pense qu'une petite ville serait meilleure pour elle.

—Tu es sérieux ? Kenny a aboyé à ma question.

—Ouais. Je sais que tu n'as pas adoré grandir là-bas, mais être ici ne fonctionne plus pour J. Elle s'est battue toute l'année, et elle est presque en échec dans deux de ses cours. Elle a trente élèves dans chacune de ses classes. J'ai fait quelques recherches, et je pense vraiment qu'un déménagement dans une plus petite ville serait préférable.

—Et tu penses que L'anse MacKellar est l'endroit idéal ?

Il a ri doucement. —J'en ai beaucoup entendu parler.

—Désolé. J'imagine que j'en parle beaucoup.

—C'est un peu ça, a dit X. —Quoi qu'il en soit, je veux juste le meilleur pour J. Je veux qu'elle ait des opportunités que je n'ai pas eues en grandissant. Et même si elle aura fini le lycée dans quelques années, je veux qu'elle soit bien préparée pour l'université ou le travail ou quoi que ce soit qu'elle fasse après le lycée.

—Wow. Je n'aurais vraiment jamais pensé que tu envisagerais de déménager, et encore moins ça. Tu es sûr ?

Il a hoché la tête. —Je veux attendre la fin de l'année scolaire pour qu'elle ne soit pas transférée juste à la fin de l'année, mais oui, j'en suis sûr.

— Tu lui en as parlé ?

X hocha la tête et évita mon regard.

— Elle n'est pas contente ?

Il haussa les épaules. — Elle n'est contente de rien. Je pense qu'elle s'inquiète que tu la remplaces par le bébé. On a beaucoup parlé de comment les choses vont changer, et je crois que certains de ses comportements sont dus au fait qu'elle sait que tu ne seras plus autant présent.

— Merde. Je suis désolé. Je n'ai jamais voulu la contrarier.

X secoua la tête. — C'est une ado. Tout semble la contrarier. Mais on en a discuté. C'est elle qui a demandé si on pouvait déménager avec toi.

— Comment pouvait-elle savoir que j'envisageais de déménager ?

— Parce que c'est le genre de mec que tu es. Tu es là. Tu ne te défiles pas face à tes responsabilités. Tu te montres et tu assumes. Je n'aurais jamais survécu à ces quinze dernières années sans toi. Et je sais que tu auras Finley, mais J et moi serons là pour toi de la même façon.

J'ai laissé échapper un rire en hochant la tête. Je ne pensais pas que ça allait si bien se passer, mais j'aurais dû m'en douter. C'est ça, la vraie amitié. La famille. Et j'avais de la chance de l'avoir. — Merci. Je sais que j'aurai constamment besoin d'aide.

X rit. — Au moins, tu as déjà mis une couche à un enfant. Tu te souviens de ma première tentative ?

J'ai pouffé. — C'était un désastre. Du pipi partout. Et la deuxième fois n'était pas vraiment meilleure. Ce n'est pas parce que la couche ne tombait pas quand tu la soulevais qu'elle était bien fixée.

— On l'a appris à nos dépens.

— Ce canapé blanc n'a plus jamais été le même. J'ai frémi au souvenir de cette tache de caca qu'on n'a jamais réussi à enlever. Le canapé a fini à la poubelle et un nouveau, avec toute la protection anti-taches qu'on pouvait trouver, est arrivé le lendemain.

— Ça fait un moment qu'on ne l'a pas fait, mais je pense qu'on s'en sortira mieux cette fois-ci.

La porte d'entrée claqua. Kenny aboya et courut vers J, retournant avec elle dans le salon.

—Pourquoi vous me regardez comme ça ? demanda-t-elle.

—On parlait justement de quand tu étais bébé, lui dit X.

—Je déteste quand vous faites ça. Elle leva les yeux au ciel pour parfaire son attitude d'adolescente.

—Tu veux voir où j'ai grandi ? lui demandai-je.

McJenna regarda son père. Il haussa les sourcils, et elle sourit. —On déménage ?

—Si ça te va, oui. Tonton T a enfin admis qu'il veut déménager.

—Grave, oui. C'est génial ! J'ai trop hâte de quitter mon école.

—Il y a aussi des écoles à L'anse MacKellar, lui dis-je.

—Attends, tu as été nommé d'après la ville ?

Je secouai la tête. —La ville a été nommée d'après ma famille. Mon grand-père est reconnu comme le fondateur.

—Sans déconner. C'est trop cool.

—Langage, grogna X.

À nouveau, elle leva les yeux au ciel.

—J'y vais ce week-end et je commencerai à préparer ta nouvelle chambre. Ça te va si on habite dans la maison de ma famille ?

—Elle est grande comment ? Il y a de la place pour nous, Finley et le bébé ?

J'acquiesçai, souriant à l'idée de me réveiller aux côtés de Finley chaque jour. —Je pense qu'on y tiendra tous.

X ricana. —Il y a sept chambres, J. Et neuf salles de bains. On'sera très bien.

—Tu plaisantes ?

Je secouai la tête.

—Pourquoi est-ce qu'on n'y habite pas déjà ?

X et moi avons ri avec elle. —Elle marque un point, dit X.

—Bientôt. On y sera bientôt.

MA PREMIÈRE ÉTAPE ce week-end était la propriété pour pouvoir voir Peter. Il'avait travaillé sur beaucoup de choses dans la maison, et je voulais non seulement voir ce qu'il'avait terminé mais aussi le mettre au courant de mes projets. En personne était la meilleure façon de procéder.

Peter était dans le jardin en train de parler à l'un de ses employés quand je suis entré dans la maison. Il a levé la main pour me saluer, puis est venu à l'intérieur pour discuter.

—Bon retour, dit-il. —Qu'en pensez-vous ?

J'ai regardé autour de moi. Ils'avaient terminé la peinture il y a quelque temps, mais le reste des travaux était nouveau. La cuisine avait été modernisée avec des armoires blanches à panneaux et des comptoirs en granit gris. Tous les appareils électroménagers étaient neufs et en acier inoxydable noir. Nous avions décidé de ne rien faire avec les sols de la maison, mais avec tout le reste terminé, l'ensemble avait meilleure allure qu'avant.

—Vous valez largement l'investissement.

Il sourit. —Merci. Je'ne manquerai pas de transmettre ça à mon équipe également.

—Je vous en prie. J'aimerais cependant vous parler d'autre chose.

Peter a croisé ses bras musclés et a relevé le menton. Il était plus grand que moi et pourrait me projeter à travers la pièce s'il le voulait, mais je savais qu'il n'était pas un homme violent. Et j'étais presque certain qu'il'aimait travailler sur la propriété.

—Je voudrais ajouter quelques projets supplémentaires.

Il baissa les mains et hocha lentement la tête. —On peut en parler. Qu'aimerais-tu qu'on fasse ? Je pensais que tu voulais y aller doucement.

—C'était le cas, mais j'ai décidé de pratiquement tout changer. Je ne vais pas vendre la maison.

—Vraiment ?

J'ai acquiescé. —Je reviens m'y installer. Et j'amène mon

meilleur ami et sa fille avec moi. En plus, j'ai un fils en route et il lui faut une chambre d'enfant.

—D'accord, alors. Que voulez-vous qu'on fasse ?

J'ai expiré profondément. —Tout. Je pense.

Peter a ri doucement. —Eh bien, la peinture est terminée partout, donc à moins que vous n'ayez besoin de quelque chose de particulier dans les chambres, je dirais qu'elles sont prêtes pour quiconque vous comptez y installer. Peut-être de nouveaux meubles, mais ce n'est pas mon domaine. Nous n'avons touché à aucune des salles de bains ou des pièces supplémentaires. Nous avons nettoyé l'extérieur au karcher et tout remis en état. Jusqu'à présent, il n'y a aucun problème à l'extérieur dont nous devons nous occuper, donc cela devrait être terminé bientôt. J'ai un contact que je peux appeler pour la piscine si vous voulez qu'on y jette un œil. Je ne suis pas sûr dans quel état elle se trouve.

J'ai secoué la tête. —Je ne sais pas non plus. Je ne sais pas quand elle a été utilisée pour la dernière fois.

—Elle est ouverte chaque été pour le personnel, a dit Andrew.

Je ne sais pas d'où il est sorti. —Vraiment ?

Andrew a fait oui de la tête. —Votre père ne voulait pas qu'elle soit gaspillée ou qu'elle se détériore, alors nous l'ouvrons chaque été et nous l'entretenons. Elle devrait être en bon état.

—D'accord, eh bien, c'est un souci de moins. Nous nettoierons la terrasse et nous assurerons qu'elle ait belle allure. Il semble donc que ce sont les pièces supplémentaires et les salles de bains qui nécessitent des travaux.

J'ai acquiescé avec lui. —Oui. La salle de jeux pourrait être correcte, le cinéma aurait probablement besoin d'un rafraîchissement, mais la bibliothèque est l'endroit où je veux que vous consacriez votre temps en premier. Puis les salles de bains. Je veux qu'elles soient toutes fonctionnelles d'ici l'été.

—Cela devrait être assez facile. Quelle pièce va devenir la chambre d'enfant ? Avez-vous besoin de quelque chose de spécial pour cela ?

Je me figeai. Je n'y avais pas vraiment réfléchi. Finley avait probablement tout ce dont un bébé aurait besoin. Un berceau, une poussette, des couvertures, des biberons. Toutes ces choses. Je n'y avais même pas pensé. Je ne savais même pas dans quelle chambre j'allais mettre le bébé.

— Je suppose que non, mais je voulais m'en assurer, dit Peter avec précaution.

Je secouai la tête. — Je pense que ça ira. Je vais régler ça ce week-end et si je pense à quelque chose, je vous le ferai savoir.

— Très bien. Je vais retourner finir ma journée. Ce sera agréable de vous avoir en ville à plein temps.

J'acquiesçai. — J'ai hâte.

Peter s'éloigna, me laissant fixer l'escalier du regard. Je n'avais pas réfléchi à quelle chambre devrait occuper le bébé. Ni aucun d'entre nous.

Je montai l'escalier et entrai dans la pièce qui avait toujours été la mienne. Elle était grande, mais avec sa nouvelle couche de peinture grise, elle ne ressemblait plus à ma chambre. Il y avait une salle de bain attenante avec une grande baignoire et une douche de taille correcte. C'était aussi la première chambre en haut des escaliers. Et parfaite pour McJenna.

Les pièces suivantes étaient de bonnes dimensions et seraient confortables pour n'importe qui. Je choisis la deuxième suite principale pour X, où il aurait un salon, un dressing, une grande salle de bain privative et beaucoup d'intimité.

J'entrai dans la chambre de mes parents et m'arrêtai. Je n'y étais plus venu souvent depuis la mort de ma mère, mais avec la nouvelle peinture et les meubles loués, elle ne ressemblait plus à l'ancienne chambre de mes parents. Je voyais Finley dans le lit king-size, se réveillant le matin pour nourrir notre fils. Je la voyais sortir du placard dans une nuisette en dentelle. Je la voyais nue dans la douche vitrée, me faisant signe du doigt de la rejoindre. Je voyais une vie dans cette chambre. La vie que je voulais avec la femme que j'aimais.

Je m'affalai sur la chaise longue dans le coin et secouai la tête. Une partie de moi savait depuis longtemps que je l'aimais, mais jusqu'à ce moment, je ne me l'étais pas avoué. Je ne revenais pas seulement pour le bébé. Je revenais pour Finley. Pour une vie avec elle. Une vie dont je n'étais pas sûr qu'elle voulait.

Chaque fois que nous parlions, elle avait autre chose à faire. Un club de lecture avec ses amies, du travail, des déjeuners avec Hudson. Elle avait une vie qui ne m'incluait pas. Une vie dans laquelle je m'imposais.

Mais elle en valait la peine. Elle valait bien l'inconfort de tenir tête à Hudson, Ian et aux autres. Elle valait bien que je reste seul à la maison pendant qu'elle sortait avec ses amies parce qu'elle reviendrait vers moi. Elle valait tout cela.

J'espérais juste qu'elle ressentait la même chose.

J'avais besoin de la voir. De lui dire que je l'aimais. De lui demander de me donner une chance de faire partie de sa vie. J'allais déménager de toute façon, mais si elle voulait de moi aussi, ce serait encore mieux.

Je me suis précipité hors de la maison et j'ai conduit jusqu'à la ville. Elle devait encore être à sa boutique, alors j'y suis allé directement. Il y avait une autre femme avec elle, probablement Anna.

Finley a levé les yeux quand j'ai ouvert la porte. Nos regards se sont croisés, et elle a souri largement.—Salut, toi. Je ne savais pas que tu étais déjà en ville.

J'ai acquiescé.—Je suis d'abord passé au domaine, mais j'avais besoin de te voir.

—Tout va bien ?

Je me suis dirigé vers elle d'un pas décidé, mon regard fixé sur le sien.—J'ai besoin de te parler de quelque chose.

—Euh, d'accord ? Voici Anna. Je t'ai parlé d'elle.

Je lui ai jeté un coup d'œil.—Enchanté.

—Moi de même. C'était une jolie femme, mais je la remarquais à peine quand elle se tenait à côté de Finley. Finley était la seule qui m'importait.

—On devrait aller à l'arrière ? a demandé Finley. Sa voix tremblait légèrement. Elle s'est retournée pour partir, me laissant la suivre.

Elle a joint les mains devant elle, entourant son ventre. Elle se tenait de l'autre côté de la pièce, le visage crispé par l'anxiété.

—De quoi voulais-tu me parler ? a-t-elle demandé.

—Je t'aime, ai-je lâché. —Je sais qu'on ne se connaît pas bien, et je sais que c'est un peu fou, mais je ne peux pas imaginer ma vie sans toi. Je veux me réveiller à tes côtés chaque matin, élever notre fils ensemble, dîner avec toi tous les soirs et t'aider à porter des cartons et te dire que je t'aime cent fois par jour.

—Tu m'aimes ? a-t-elle murmuré.

—Oui, je t'aime.

—Mais tu vends ta maison. Et tu n'habites pas ici. Et je ne veux pas partir. J'adore mon travail et vivre ici. Je ne veux pas partir.

—Je ne veux pas que tu partes non plus.

—Alors quoi ? On vit juste dans des villes différentes et on se retrouve quand tu viens en ville ? Je ne pense pas pouvoir supporter ça. J'essaie de me convaincre que ça ne pourrait jamais marcher entre nous, peu importe à quel point je le souhaite, mais une relation à distance, c'est difficile.

—Tu veux que ça marche ?

Elle laissa échapper un rire et secoua la tête. —Bien sûr que je le veux. Mais je ne vois pas comment c'est possible.

—Et si je te disais que je revenais m'installer ici ?

—Quoi ?

J'ai souri. —Je reviens m'installer ici. Avant l'arrivée du bébé. Je veux être ici avec vous deux.

—Quoi ?

—Je t'aime, Finley. Et j'aime notre fils. Et je vous veux tous les deux dans ma vie chaque jour.

—Quoi ?

J'ai pris son visage entre mes mains et embrassé son nez. —Tu vas dire autre chose ?

—Je ne sais pas si j'en suis capable.

—Alors laisse-moi t'embrasser, et quand tu trouveras autre chose à dire, tu me le diras.

Elle a hoché la tête et incliné ses lèvres vers les miennes. L'embrasser, c'était comme recevoir un rayon de soleil créé juste pour moi. Elle était magnifique et parfaite à tous égards. Et elle allait être mienne.

Nous nous sommes séparés après une minute, et elle s'est léché les lèvres. Elle m'a regardé et murmuré : —J'ai quelque chose à dire.

—Quoi ? ai-je demandé, la faisant sourire.

— Je t'aime, Trent.

— Quoi ?

Elle rit doucement. — Maintenant c'est qui qui ne sait plus quoi dire ?

— Tu m'aimes vraiment ?

Elle hocha la tête. — Ça fait un moment, mais je ne pensais pas... Ses yeux se remplirent de larmes. Elle se mordit la lèvre.

— Oh, chérie. Je t'aime tellement. Rien de tout ça n'a été facile, mais nous y sommes arrivés. Et je ne vais nulle part.

— Karissa ne va jamais me laisser oublier ça.

— Oublier quoi ?

— Être tombée amoureuse de quelqu'un sur son application. Elle est sur une belle lancée. On a tous trouvé quelqu'un grâce à son application, mais je lui avais dit que ça n'arriverait jamais pour moi.

— Je suis très heureux que tu te sois trompée.

Elle sourit et releva le visage. — Moi aussi.

23

FINLEY

Après que Trent m'ait annoncé qu'il rentrait chez lui, les choses semblaient se mettre en place. Trent faisait des projets et passait presque tous ses week-ends à L'anse MacKellar. Et pour moi, Anna était parfaite. Elle était intelligente, facile à vivre et idéale pour gérer ma boutique pendant mon congé. J'avais vraiment l'impression d'avoir pris la meilleure décision en l'engageant.

—Je t'ai apporté un thé vert, dit Anna en arrivant un matin, trois semaines après que Trent m'ait annoncé qu'il rentrait chez lui.

—Merci. Je n'ai pas bien dormi ces derniers jours.

—Je ne dormais pas beaucoup à la fin de mes grossesses. Mes deux garçons s'étaient installés sur ma vessie. Je me levais toutes les deux ou trois heures pour aller aux toilettes, puis je n'arrivais pas à trouver une position confortable pour m'allonger. Je passais la plupart de mes nuits sur le canapé.

—Je m'endors constamment sur le canapé, mais pas volontairement. Mon dos me fait vraiment mal.

—Depuis combien de temps ? demanda Anna.

Je secouai la tête et bus mon thé. —J'ai l'impression que ça fait une éternité. Même si j'ai toujours été en surpoids, porter ce bébé exerce une pression différente sur mon corps. J'ai des douleurs sciatiques depuis des mois.

—C'était horrible. Je n'ai pas eu ça avec Joey, mais Matty semblait appuyer sur ce nerf presque depuis le début. Tu fais des étirements pour soulager ?

J'acquiesçai. —Oui, mais le soulagement est toujours temporaire.

—La bonne nouvelle, c'est que ça devrait disparaître après l'arrivée du bébé.

—Mon Dieu, j'espère bien.

Une cliente entra, interrompant notre conversation. Anna me fit signe de ne pas me déranger et alla l'accueillir pendant que je finissais mon thé, assise. J'avais de plus en plus de mal à rester debout. Et il me restait encore trois semaines avant la date prévue pour l'accouchement. Je n'étais pas sûre de tenir aussi longtemps.

Anna aida la cliente et encaissa son achat, puis vint me rejoindre sur le canapé où j'étais assise.

—Tu te sens mieux ?

J'acquiesçai. —Oui, merci. Je suis juste plus lente qu'avant.

—C'est normal. Tu es sûre que tu ne veux pas que je vienne demain ?

—Oui, absolument. Tu as besoin d'un jour de congé.

—Toi aussi, protesta Anna.

Je ricanai. —Je vais prendre quelques mois de congé, grâce à toi. Pour l'instant, j'ai besoin de travailler.

—Crois-moi, ce temps libre ne sera pas reposant ni une vraie pause. Tu seras encore plus épuisée que maintenant.

Je souris. —Oui, mais ce sera d'une manière différente. Et je dormirai quand il dormira, comme tout le monde me le conseille.

Anna sourit. —J'en suis certaine.

—Mais si. C'est ce que tous les livres recommandent.

—Et tu sais pourquoi, n'est-ce pas ?

Je secouai la tête.

—Parce qu'aucune maman ne le fait vraiment. Ça apparaît dans tous les livres parce que toutes les femmes qui écrivent ces livres regrettent de ne pas l'avoir fait.

Je grognai. —Ce n'est pas vrai.

Anna ricana. —Si tu le dis.

—Tu dormais bien quand tes garçons dormaient, non ?

Elle secoua la tête. —C'était le moment où je mangeais, faisais la lessive et nettoyais l'appartement.

—Oui, mais...

—Je n'avais personne pour m'aider, Finley. Toi, tu as Karissa et Trent.

—Ton ex ne t'aidait pas ?

Elle ricana. —Il y a une raison pour laquelle c'est mon ex. Plusieurs, même. Et le fait qu'il n'aidait pas était le moindre de nos problèmes.

—Je suis désolée.

Elle haussa les épaules. —C'est mieux ainsi. Et ça fait une éternité. Il fait à peine partie de nos vies, ce qui est nul pour les garçons, mais je sais que nous sommes mieux sans lui.

—Hudson semble être très bien pour tes garçons, dis-je. La façon dont elle le regardait indiquait qu'elle l'avait aussi remarqué. Et Hudson pourrait être plus que simplement bon pour les garçons.

—Oui, euh, Joey aime vraiment travailler pour lui.

—Et Matty semble être très à l'aise quand il passe du temps avec Hudson les après-midis.

Anna hocha la tête et redressa une pile de livres qui étaient déjà parfaitement alignés. —Ouais.

—Et Hudson est plutôt beau gosse.

—C'est une vraie plaie, dit Anna.

Je pouffai. —Il peut l'être, mais c'est aussi un type bien.

—Je suppose.

—Je pense que vous iriez bien ensemble.

—Je t'en prie. On ne se supporte pas.

—C'est pour ça que tes joues sont rouges et que tu évites mon regard ? Parce que tu ne le supportes pas ?

Elle ricana et leva son regard vers le mien. Elle pinça les lèvres et haussa un sourcil. —Je te regarde.

Je souris d'un air narquois. —Tu l'aimes bien.

Anna leva les yeux au ciel. —On est au lycée ou quoi ?

Je ris. —Je pense juste que vous seriez bien ensemble.

—Pas question. Il n'a pas fait son deuil de sa femme, et je n'ai pas envie de m'impliquer avec un autre homme égocentrique qui ne s'intéresse pas à moi.

—Alors tu l'aimes bien ?

—Je n'ai jamais dit ça.

—Tu n'as jamais dit que non.

Elle souffla et leva les yeux au ciel. —Je croyais que tu allais me montrer le système de commande aujourd'hui.

J'ai souri. —C'est ta façon de dire que tu en as fini avec cette conversation ?

—Oui, s'il te plaît.

—D'accord, je laisse tomber. Pour l'instant.

Elle leva les yeux au ciel et me conduisit jusqu'au bureau. J'ai affiché un sourire narquois et l'ai suivie, gardant en mémoire ce qu'elle n'avait pas dit pour plus tard.

CE SOIR-LÀ, c'était mon dernier cours de préparation à l'accouchement. Karissa conduisait car mon dos me faisait encore souffrir. Je n'ai pas réussi à me mettre à l'aise pendant tout le trajet, mais dès que nous nous sommes assises dans le salon, sur le petit canapé confortable qui m'enveloppait, je me suis sentie mieux.

—Comment allez-vous toutes ? demanda Leslie, attirant notre attention.

Leslie avait une façon de me calmer. J'avais été mal à l'aise et frustrée toute la journée parce que je ne dormais pas bien, mais la simple voix de Leslie me faisait me détendre.

—Je n'arrive pas à me mettre à l'aise, dit Maggie. —J'en suis à trente-six semaines depuis hier et j'ai l'impression qu'elle a élu domicile dans mon poumon gauche.

Leslie a ri doucement. —C'est assez fréquent, mais c'est difficile. Si vous vous tenez bien droite, parfois ça aide. Ça lui donne un peu plus d'espace. Vous pouvez aussi essayer de vous asseoir sur un ballon d'exercice.

Maggie ajusta sa position pour se tenir plus droite et prit une profonde inspiration. —C'est mieux. Merci.

—C'est pour ça que je suis là. Qui est la suivante ? Finley ?

—Je n'arrive pas non plus à me mettre à l'aise. Trente-sept semaines maintenant, et entre les pauses pipi et le poids supplémentaire qui me fait mal au dos, je crois que c'est la seule fois où je me suis sentie même vaguement à l'aise depuis environ un mois.

Leslie me sourit. —Parlez-moi de la douleur au dos. Est-elle constante ?

J'ai hoché la tête. —Oui. J'ai une sciatique, ce qui n'aide pas.

—Est-ce que la douleur au dos s'est aggravée ?

J'ai haussé les épaules.

—Elle s'en plaint plus ces derniers temps, a dit Karissa.

—Ces derniers temps comme dans le dernier mois ou ces derniers temps comme dans la dernière semaine ?

—Semaine, a dit Karissa.

—La douleur au dos est probablement due aux contractions de Braxton-Hicks. Ça pourrait être le travail, mais si ça fait une semaine, je penserais plutôt aux Braxton-Hicks.

—Mais j'en suis à trente-sept semaines, ai-je haleté.

—Ce qui signifie que vous êtes à terme, m'a dit Leslie. — C'est notre dernier cours. Vous pourriez toutes entrer en travail à tout moment. Essayez simplement de ne pas le faire pendant le cours. J'ai une bonne série en cours. Je ne voudrais pas la briser.

Nous avons ri avec elle. Ma main s'est posée sur mon ventre, et j'ai remarqué que les autres mamans faisaient de même. Aussi impatiente que j'étais de rencontrer mon petit garçon, je voulais vraiment qu'il attende encore deux semaines. C'était à ce moment-là que Trent rentrerait à la maison.

Toutes les autres ont parlé à tour de rôle de comment elles se sentaient, puis Leslie a enchaîné avec notre dernière leçon. Les soins post-partum et néonatals.

—La plupart des informations se concentrent sur les soins aux nouveau-nés. Nous en parlerons, mais notre sujet principal ce soir concerne comment prendre soin de votre nouveau-né tout en prenant soin de vous-même. Ce n'est pas une chose facile à faire, et c'est là que votre personne de soutien sera la plus importante. Pas pendant le travail et l'accouchement, mais pendant les soins post-partum quand la plupart des femmes s'épuisent à essayer de tout faire pour le bébé.

Ses mots ressemblaient étrangement à ce qu'Anna me disait plus tôt.

—Qui prévoit de dormir quand le bébé dort ? a demandé Leslie avec un sourire.

Nous avons tous levé la main.

— Et quand prendrez-vous votre douche ?

Je me mordis la lèvre et regardai mes camarades de classe.

— Et faire la lessive ? Ou préparer le dîner ? Ou manger ? continua Leslie, utilisant les mêmes exemples qu'Anna. — Très probablement, vous êtes la personne principalement responsable de votre foyer. Si c'est le cas, vous n'aurez pas la tâche facile pour abandonner ces responsabilités alors même que vous rajoutez toutes les tâches liées aux soins du bébé. Personnes de soutien, c'est là que vous devez intervenir.

Karissa se redressa. Elle posa sa main sur la mienne et la serra.

— Il y aura certaines tâches que seule la maman pourra accomplir. Si elle allaite, c'est la plus importante. Pour tout le reste, vous pouvez aider, et pour tout ce qui concerne la maison, vous pouvez aider. N'acceptez pas un refus de sa part. Assurez-vous qu'elle se repose suffisamment, surtout si elle est la seule à se lever la nuit. Tous les bébés ne dorment pas plus de deux heures d'affilée. Si la maman allaite et que ça prend une heure, puis trente minutes pour calmer le bébé, et trente minutes pour que la maman se rendorme, cela signifie que la maman est debout toute la nuit. Même les bons bébés ne dorment parfois que trois heures d'affilée, ce qui signifie que la maman ne dort peut-être qu'une heure à la fois. Pendant la journée, elle a besoin de ce repos.

Mon estomac se noua en réalisant qu'Anna avait parfaitement raison. Comment les mères célibataires faisaient-elles ? Sans Karissa, ma mère, Hudson et Trent, comment survivrais-je ?

Leslie continua à parler de prendre soin de nous-mêmes, abordant le processus de guérison et les soins aux nouveau-nés. Nous avons tous pratiqué le change de couches et le rot. Nous avons parlé de la lactation et de l'allaitement. Leslie a insisté sur l'importance de prendre soin de nous-mêmes, martelant le point que nous nous épuiserions si nous ne ralentissions pas.

Au moment où nous sommes rentrées du cours, je m'endormais. Karissa s'est moquée de moi quand elle m'a réveillée et que j'ai grogné. — Montons à l'étage pour que tu puisses te coucher.

Je n'avais même pas dîné, mais le lit me semblait plus attrayant que la nourriture.

Je me traînai jusqu'à ma chambre et me blottis sous les couvertures, sans même prendre la peine de me changer des vêtements que j'avais portés toute la journée.

J'AI MAL DORMI. Je me suis écroulée en rentrant du cours d'accouchement, mais je me suis réveillée au bout de deux heures et je n'ai pas vraiment réussi à me rendormir après ça. Quand j'ai finalement abandonné, le soleil était levé et me narguait. Putain de soleil.

J'ai pris une douche chaude, laissant la chaleur pénétrer le bas de mon dos. Ça m'a fait du bien, mais dès que j'en suis sortie, les douleurs étaient revenues.

S'habiller était une corvée. Je me sentais énorme, dégoûtante et mal à l'aise dans tout ce que je portais. Porter une robe était le plus confortable, mais mes cuisses frottaient l'une contre l'autre et étaient irritées à la fin de la journée. Je me suis assise au bord de mon lit et je me suis fait un petit discours d'encouragement, refusant de pleurer. Puis j'ai enfilé ma robe, j'ai étalé du déodorant sur mes cuisses et j'ai fourré un bâton supplémentaire dans mon sac pour pouvoir en remettre pendant la journée et éviter, avec un peu de chance, d'avoir les cuisses irritées.

Karissa n'était pas encore levée, alors j'ai préparé silencieusement une tasse de thé et des toasts, emballé mon déjeuner et quitté l'appartement. J'ai mangé en me rendant au magasin, commençant enfin à me sentir mieux pendant ma promenade. Le soleil brillait et l'air matinal était frais mais pas froid. J'ai pris une profonde inspiration et j'ai décidé que ce serait une bonne journée. Même si je n'avais pas dormi. Peu importe. Ce serait une bonne journée.

Je me suis préparée pour la journée et j'ai ouvert le magasin. Mes deux premières heures ont été assez calmes avec seulement quelques clientes qui sont entrées. Toutes m'ont demandé à combien de mois j'en étais et se sont extasiées devant mon ventre de femme enceinte. Au moment où la dernière d'entre elles est partie, j'étais tentée de dire à quiconque entrerait que je n'étais pas enceinte, juste grosse, pour ne pas avoir à supporter ces femmes excessivement joyeuses qui pensaient que je devais tout partager, tout comme elles. Je n'avais aucune idée pourquoi les femmes pensaient que raconter à une femme enceinte toutes les histoires d'accouchement horribles qu'elles avaient jamais entendues était une bonne idée, mais ce n'en était putain pas une.

Le magasin est resté calme pendant un moment, me donnant l'occasion de m'asseoir. J'ai étalé plus de déodorant sur mes cuisses et j'ai mangé l'une de mes collations. Le bébé était actif aujourd'hui. Il ne donnait pas de coups trop forts, mais il bougeait beaucoup.

Comme l'été approchait et que j'étais la seule dans le magasin, je ne suis pas allée chez O'Kelleys pour déjeuner. Hudson a appelé pour prendre de mes nouvelles, et je lui ai dit que j'allais bien. Il a promis qu'il viendrait me voir quand le rush du déjeuner serait terminé. J'ai essayé de lui dire que ce n'était pas nécessaire, mais il a insisté.

J'ai fini mon déjeuner et je suis retournée à l'avant du magasin. Deux clientes sont entrées peu après que je me sois laissée tomber sur la chaise que je gardais derrière le comptoir.

—Faites comme chez vous. Je vais trouver comment sortir de cette chaise dans une minute, leur ai-je lancé.

Les deux femmes ont ri. Elles ressemblaient à des sœurs d'une dizaine d'années de plus que moi.

—C'est pour bientôt ? a demandé l'une d'elles en s'approchant du comptoir.

—Dans trois semaines, lui ai-je dit.

—C'est excitant. C'est votre premier ?

J'ai hoché la tête et frotté mon ventre. J'ai finalement réussi à sortir de la chaise et une douleur m'a transpercée. — Oh, merde.

—Vous allez bien ? a demandé la première.

—Oui. Désolée. J'ai ce mal de dos depuis des semaines, et ça vient juste... Ça fait mal. Ça passe maintenant.

— Vous êtes à trente-sept semaines ?

— Oui. Depuis quelques jours.

— Êtes-vous sûre que vous n'êtes pas en travail ? demanda la première en échangeant un regard avec sa sœur.

Je secouai la tête. — Ce sont des contractions de Braxton-Hicks.

— À un moment donné, les contractions qui vous préparent à l'accouchement deviennent un véritable travail.

— Je sais, mais je n'en suis pas encore là. Il n'est pas prévu avant trois semaines.

— Vous êtes à terme.

— Mais il me reste trois semaines. Son père ne vit même pas ici. Il ne déménage que dans deux semaines. Je ne peux pas avoir le bébé maintenant.

L'une d'elles me sourit et haussa les épaules. — On dirait que le bébé n'a pas reçu le mémo.

— Non. Non, je ne suis pas en travail. Je peux faire passer ça en marchant.

— Ma chérie, vous pouvez marcher, mais ça ne fera qu'accélérer les choses.

Elles se placèrent de chaque côté de moi, prenant chacune un bras pendant que j'arpentais le magasin. — La douleur au dos s'est atténuée. Ça ne fait même plus mal, mentis-je. C'était mieux, mais ce n'était pas parti.

— C'est super, ma chérie, mais vous devez appeler quelqu'un. Y a-t-il quelqu'un qui peut vous emmener à l'hôpital ?

— Non, je ne suis pas en travail. Je n'ai pas besoin d'aller où que ce soit.

Elles échangèrent un autre regard qui disait qu'elles pensaient que je perdais la tête. C'était le cas. Parce que je n'étais pas en travail et elles ne cessaient de dire que je l'étais.

— Pourquoi n'appellerions-nous pas le père, quand même ? Voir s'il peut venir vous chercher.

Je secouai la tête. — Il n'habite pas ici. Il est à des heures de route.

—Alors peut-être que tu devrais l'appeler pour qu'il ne manque pas l'arrivée du bébé'.

Je me suis arrêtée au milieu du magasin alors qu'une autre douleur aiguë me poignardait le dos. C'était comme la même douleur qui me dérangeait depuis un moment, mais plus intense. Comme si on me donnait des coups de poing répétés au même endroit.

—Merde, ça fait mal. Pourquoi ça fait si mal ? ai-je demandé à voix haute.

—Parce que vous'êtes en travail, a dit l'une des femmes.

—Elle'est en travail ? a lancé une voix masculine. — Finley !

—Oh, parfait, papa'est là, a dit la femme.

—Finley, merde. Tu'es en travail ? Pourquoi tu ne m'as pas appelé ?

J'ai secoué la tête. —Je n'suis pas en travail, Hudson. J'ai juste mal au dos.

—Ses contractions sont irrégulières, mais elles'sont à peu près à onze minutes d'intervalle et durent environ trente secondes. Largement le temps de l'emmener à l'hôpital, a précisé la femme.

—Merci, a dit Hudson. —Je vous en suis vraiment reconnaissant. Tout ce que vous voulez, laissez simplement une note sur le comptoir et je'm'en occuperai. Merci d'être restée avec elle.

—Nous'reviendrons. Est-ce que quelqu'un sera là demain ?

—Oui, a répondu Hudson. —Merci.

—Pas de problème. Bonne chance, maman et papa ! Les femmes ont fait un signe de la main en quittant rapidement le magasin.

J'ai levé les yeux vers Hudson, voyant la peur et l'incertitude dans son regard. —Je n'suis pas en travail.

—Vraiment ? a-t-il demandé.

J'ai hoché la tête. —Je ne peux pas l'être. Trent n'est pas là, Hudson. Je ne peux pas avoir le bébé sans qu'il soit présent. C'est impossible.

—Oui, tu peux y arriver, Fin. Tu as mon soutien et celui de Karissa, et tes parents et tant de personnes qui t'aiment. Trent sera là dès qu'il le pourra, mais ce n'est pas toi qui décides maintenant. C'est le bébé, et il dit que c'est l'heure d'y aller.

J'ai fermé les yeux tandis qu'une nouvelle vague de douleur me submergeait. Je ne voulais pas admettre ce qui se passait, mais Hudson avait raison.

Le bébé arrivait. Maintenant.

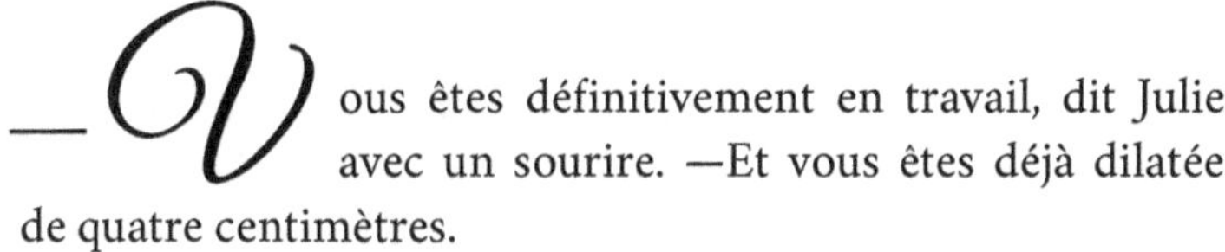

24

— **V**ous êtes définitivement en travail, dit Julie avec un sourire. —Et vous êtes déjà dilatée de quatre centimètres.

—C'est bon signe ? Le père n'est pas encore là, et je ne sais pas quand il pourra arriver, et le bébé n'a que trente-sept semaines, et...

—Finley, dit Julie de son ton apaisant.

—Oui ?

—Tout va bien se passer. Vous ne traversez pas cette épreuve seule.

J'ai fermé les yeux et hoché la tête. J'avais l'impression d'être seule. Trent aurait dû être là. J'aurais dû pouvoir planifier les choses. La boutique aurait dû être fermée, ou au moins Anna aurait dû être présente. Mon Dieu, j'étais en train de tout gâcher.

—Voulez-vous que je fasse entrer votre ami ? demanda Julie.

—J'ai besoin que vous fassiez quelque chose pour moi, dis-je en lui attrapant le bras.

—Oui ?

—J'ai besoin d'un test de paternité. Pouvez-vous le faire à la naissance du bébé ?

—Bien sûr. Nous aurons besoin d'un échantillon du père, mais nous pouvons ajouter le test à notre liste, dit Julie. — Êtes-vous prête à voir votre ami ?

J'ai acquiescé, laissant mes yeux se fermer à nouveau. La porte s'est ouverte. Les voix étaient trop douces pour que je puisse entendre les mots. La porte s'est refermée, et un moment plus tard, le lit s'est affaissé à côté de moi. Hudson m'a entourée de ses bras et m'a tenue pendant que je laissais couler mes larmes.

—Ça va aller, Fin. Tout va bien se passer.

—Comment peux-tu dire ça ?

—Parce que Karissa est en route avec ton sac d'urgence. Elle sera là avant que le travail actif ne commence. Anna s'occupe de la boutique et gère tout. Je lui ai dit que je serais disponible pour l'aider à tout moment pendant ton absence. Et Trent va essayer de venir.

—Essayer ? ai-je lâché.

Hudson a haussé les épaules tout en me gardant serrée contre lui. —Il était clairement en état de choc. Il avait l'air un peu perdu.

—Je sais que tu le détestes...

—Je déteste comment il t'a fait sentir. Personne ne devrait jamais se sentir comme il t'a fait sentir. Ce n'était pas juste.

—Il avait ses raisons.

—Il n'y a pas d'excuses pour ça. Je comprends que tu'as pu lui pardonner, et j'espère que toutes les promesses qu'il t'a faites sont sincères, mais je vais le surveiller. Et si jamais tu as besoin de quoi que ce soit, tu m'appelles.

—Merci. Je ne pense pas que j'aurais pu traverser tout ça sans ton soutien.

—Tu n'as jamais à me remercier, Fin. C'est ce que font les amis les uns pour les autres.

J'ai secoué la tête. —Tu es un être exceptionnel, Hudson Grant. Et quand tu t'ouvriras enfin à l'amour à nouveau, cette personne aura beaucoup de chance.

Il a ri doucement. —Ils ont dû te donner les bons médicaments.

J'ai souri. —Pas de médicaments. Tout naturel.

—Tu es folle.

J'ai ri. —Probablement, mais c'est ce que je veux faire.

—Eh bien, si tu as besoin d'une main à serrer, j'en ai deux.

—Merci. J'en aurai probablement besoin.

Une autre contraction a commencé, serrant mon ventre et me coupant le souffle. Elles devenaient définitivement plus fortes. Et plus rapprochées.

Karissa est arrivée trente minutes plus tard avec de la nourriture pour nous tous et mon sac. La maternité nous renverrait à la maison quelques heures après l'arrivée du bébé, mais j'avais quand même préparé des vêtements pour quelques jours au cas où je serais transférée à l'hôpital.

Julie est revenue et a vérifié mes progrès. Une heure de plus, un centimètre de plus.

—Est-ce que c'est toujours aussi lent ? a demandé Karissa.

—Ça peut l'être. Mais ça peut aussi s'accélérer à peu près n'importe quand. Je serai dans la chambre d'à côté pendant un petit moment. La maman là-bas est en travail actif. Comme Finley est stable, je laisse les choses progresser naturellement. Essayez de changer de position, de marcher, de vous asseoir sur le ballon. Vous pouvez prendre une douche ou sortir si vous voulez. Restez à proximité, mais vous n'êtes pas obligées de rester assises dans cette chambre toute la journée.

—Je ne veux pas partir et que Trent arrive pendant notre absence. Mais je pense que bouger un peu ou m'asseoir sur le ballon pourrait être bien, leur ai-je dit.

—Parfait. Le ballon aidera à ouvrir vos hanches et à faire

de la place pour le bébé. Julie a roulé le ballon du coin de la pièce jusqu'au tapis devant le lit.

—Je crois que c'est justement ses hanches ouvertes qui nous ont menés ici au départ, a dit Karissa.

Hudson a pouffé de rire. Julie a souri. Moi, j'ai juste levé les yeux au ciel.

—Faites-moi savoir si vous avez besoin de quoi que ce soit, a dit Julie avant de quitter la pièce.

—Tu es terrible, a dit Hudson à Karissa.

—Tu m'adores.

Il a hoché la tête. —Ouais. Hudson s'est tourné vers moi. —Tu veux que je te laisse un peu d'intimité ?

J'ai secoué la tête et me suis balancée d'avant en arrière sur le ballon, gardant mes pieds fermement au sol tout en déplaçant mon poids. —Pourquoi ?

—Si tu veux prendre une douche ou faire quelque chose. Je ne sais pas. Je ne sais pas comment tout ça fonctionne.

J'ai pouffé. —Moi non plus. Julie et Leslie m'ont toutes les deux dit d'écouter mon corps et de le laisser me dire ce dont il a besoin. La nourriture a aidé. J'ai plus d'énergie maintenant. Je dois rester hydratée. Ce serait bien que Trent soit là.

Hudson a acquiescé. —Eh bien, s'il y a quelque chose dont tu as besoin et qui n'est pas ici, je peux aller le chercher aussi. Je ne veux pas être dans vos pattes.

—Tu ne l'es pas, l'ai-je rassuré. —Je suis vraiment heureuse que tu sois là.

Il m'a souri alors qu'une autre contraction commençait. Karissa m'a aidée à respirer comme Leslie me l'avait appris, et après une minute, la douleur est passée sans trop d'intensité.

Pendant les deux heures suivantes, ça s'est passé comme ça. Mes contractions se rapprochaient, mais les techniques de respiration m'aidaient à les surmonter. Ce n'était pas agréable, mais la douleur n'était pas aussi forte que je l'avais anticipé. Je me sentais forte, capable et pleine d'énergie.

Mais Trent n'était toujours pas là.

—Je commence à m'inquiéter, a dit Julie alors que la soirée avançait vers la nuit.

—À propos de quoi ? a demandé Karissa.

—Le travail est lent, et sa poche des eaux s'est rompue il y a des heures, donc j'aimerais que les choses aillent plus vite.

—Et si ce n'est pas le cas ? ai-je demandé.

—Nous devrons envisager de vous transporter à l'hôpital, a dit Julie. —Vous et le bébé allez bien pour l'instant, mais plus vous tardez à accoucher, plus les risques de complications et d'infections augmentent.

Karissa s'est écartée et a chuchoté quelque chose à Hudson. Il a acquiescé et est sorti de la pièce.

—Qu'est-ce qui se passe ? ai-je demandé. —Où va-t-il ?

—Il passe juste un coup de fil.

—À qui téléphone-t-il ? Quelque chose ne va pas ? Il s'est passé quelque chose ?

—Finley, vous devez vous calmer, a dit Julie. Elle a lancé un regard suppliant à Karissa.

—Rien n'est grave. Je te promets. Hudson vérifie juste où est Trent. Il pensait qu'il serait déjà là.

—Donc quelque chose ne va pas.

— Non, Fin, non. Rien ne va mal. Mais Hudson et moi pensons que votre travail s'arrête parce que vous essayez d'attendre Trent. Nous ne voulons pas qu'il arrive quoi que ce soit à vous ou au bébé.

— Je ne l'attends pas, ai-je protesté. Dès que ces mots sont sortis, j'ai su que c'était des mensonges. «Merde. Est-ce que je l'attends ?

— Probablement, a dit Julie. «Même si vous n'en êtes pas consciente, vous demandez de ses nouvelles depuis votre arrivée.

— Je ne veux pas qu'il arrive quoi que ce soit au bébé, ai-je pleuré. Tout mon corps semblait me trahir. Les contractions que je gérais bien toute la journée semblaient soudain plus fortes, plus douloureuses. J'avais tout tenu ensemble, mais maintenant j'étais anxieuse. Je faisais du mal à mon bébé.

— Votre bébé va bien, a dit Julie. «Je ne laisserais jamais rien se produire qui pourrait vous faire du mal à vous deux. Si j'avais eu la moindre inquiétude jusqu'à présent, nous vous aurions déjà transférée.

— Mais si les choses n'avancent pas, vous le ferez.

— Oui, a admis Julie. «Mais nous n'en sommes pas encore là. Donnons-nous encore une heure et nous déciderons ensuite. D'accord ?

J'ai hoché la tête. Julie m'a serré la main, puis a quitté la chambre. J'ai levé les yeux vers Karissa. «Je ne veux pas qu'il lui arrive quoi que ce soit.

— Je sais, ma belle. Je sais.

Hudson est revenu et a dit qu'il n'avait pas réussi à joindre Trent. Je me suis accordé deux minutes d'apitoiement, puis je me suis levée. J'ai pris quelques respirations profondes et me suis concentrée sur mon bébé. J'ai visualisé tout ce dont nous avions parlé pendant les cours de préparation à l'accouche-ment. Quand ma contraction suivante est arrivée, j'ai imaginé mon corps s'étirer pour faire de la place à mon petit garçon. J'ai respiré à travers la douleur et j'ai tourné toute mon attention vers l'intérieur.

J'étais prête.

Trente minutes plus tard, j'ai dit à Karissa d'aller chercher Julie. J'avais l'impression que je devais pousser.

Julie a vérifié et a dit que la tête du bébé était là et que j'étais complètement dilatée. Elle a allumé la baignoire qui se remplissait à une vitesse record et m'a demandé qui je voulais avoir dans la pièce avec moi pendant l'accouchement.

J'ai regardé les deux personnes qui avaient été là pour moi

à travers tout ça. Karissa était une évidence, mais Hudson devait décider.

—Je peux partir, dit-il immédiatement.

—J'aimerais que vous restiez, si vous vous sentez à l'aise d'être ici.

Il acquiesça d'un signe de tête.

Julie annonça que la baignoire était prête après ma prochaine contraction. Je me déshabillai complètement à l'exception de ma brassière de sport et entrai dans l'eau. Hudson grimpa derrière moi, me soutenant par l'arrière. Karissa et Julie étaient à mes pieds, prêtes à me permettre de pousser contre elles quand une autre contraction viendrait.

Quelqu'un frappa à la porte juste au moment où la douleur commençait. Julie m'encouragea à pousser pendant qu'elle répondait à la personne qui frappait.

Puis Trent était là.

Il portait un costume froissé et avait l'air affolé et terrifié. —Putain de merde.

Je tendis la main vers lui tout en gémissant pendant la contraction. Il se précipita à mes côtés et saisit ma main. Il me parla pendant que la contraction traversait mon corps. Quand ce fut fini, il se pencha et m'embrassa.

—Je suis vraiment désolé de ne pas être arrivé plus tôt. Je me suis fait arrêter par la police en chemin.

—Quoi ?

—Ce n'est rien. J'ai expliqué ce qui se passait, mais j'ai dû rouler plus lentement après ça. Tu te débrouilles merveilleusement bien. Il regarda Hudson et Karissa. —Merci à vous deux d'avoir été là pour elle pendant tout ça.

—On ne voudrait être nulle part ailleurs, dit Hudson.

Une autre contraction commença, coupant court à la conversation. Trent serra ma main, Karissa et Julie tenaient mes pieds, et Hudson me laissait m'appuyer contre lui. Je respirai un coup lorsque ce fut terminé, mais peu de temps après, une autre contraction survint, et mon petit garçon naquit.

Julie le posa sur mon ventre pour qu'il reste dans l'eau chaude. Trent coupa le cordon quand Julie lui dit de le faire. Puis elle confia le bébé à une autre infirmière et m'aida à sortir de la baignoire.

Hudson et Trent restèrent avec le bébé, tandis que Karissa et Julie me guidèrent vers le lit pour expulser le placenta. Julie examina le bébé et me le rapporta.

—Il est magnifique, dit Karissa.

J'ai baissé les yeux vers mon fils et j'ai hoché la tête. Il était magnifique. Cheveux et yeux sombres comme son papa. Il avait mon nez et ma bouche. Et il cherchait instinctivement son premier repas.

—Je vais vous laisser un peu d'intimité, a dit Hudson en suivant l'infirmière hors de la chambre.

Il était parti avant que je puisse protester.

Les heures suivantes ont passé comme dans un brouillard. Julie m'a aidée à allaiter le bébé, puis l'a pesé à nouveau et l'a déposé dans son berceau. Karissa et moi nous sommes allongées sur le lit pour somnoler. Trent a quitté la chambre un instant, revenant peu après avec Hudson.

Le bébé s'est réveillé et a tété à nouveau, puis Julie nous a demandé si nous étions prêts à rentrer à la maison. L'idée que nous étions seuls responsables de ce minuscule petit être qui n'avait que quelques heures me faisait peur, mais je n'étais pas seule.

—Je pense que nous le sommes, lui ai-je dit.

—Parfait. Il ne reste qu'une chose à faire. Compléter l'acte de naissance. Quel est son nom ?

J'ai regardé Trent, et il a fait un signe de tête. Nous avions discuté du nom du bébé, et il avait approuvé mon idée sans hésitation. J'ai regardé Karissa.—Son nom est George. Je me suis tournée vers Hudson.—George Hudson MacKellar.

—Quoi ? ont-ils soufflé ensemble.

—Vous avez tous les deux été là pour Finley. Quand elle a dit qu'elle voulait honorer ta mère, Karissa, j'ai su que c'était le bon nom. Et donner ton nom comme deuxième prénom au bébé était un autre choix évident, Hudson. Vous avez tous les deux été à ses côtés depuis le début. Et je ne pourrais pas être plus honoré que si vous acceptiez tous les deux, a expliqué Trent, sa main posée sur mon épaule.

Karissa et Hudson ont hoché la tête, les yeux remplis de larmes.—Merci.

—Merci à vous deux. J'espère que vous ferez toujours partie de nos vies. Trent s'est avancé et a serré Karissa dans ses bras, puis a serré la main d'Hudson.

J'ai souri. Ils en feraient partie. Je ne laisserais rien changer cela.

LES PREMIÈRES SEMAINES avec un nouveau-né n'étaient pas du tout comme je l'avais imaginé. Karissa était formidable et se levait avec moi chaque fois que George pleurait, mais je voyais que cela l'épuisait aussi. Hudson nous apportait du café et le petit-déjeuner tous les matins avant d'ouvrir O'Kelley's et restait avec George pendant que nous nous douions et mettions des vêtements propres. Mes parents venaient presque tous les après-midis et proposaient de garder le petit quand je le souhaitais.

Je me reposais beaucoup plus que prévu, mais j'étais quand même épuisée. George dormait deux ou trois heures d'affilée, ce qui était loin d'être suffisant pour nous. Je veillais à le sortir prendre l'air chaque après-midi pour que Karissa puisse travailler, mais je traînais la patte.

—Pourquoi ne venez-vous pas passer quelques jours chez nous, a proposé ma mère. George avait à peine deux semaines. Trent revenait s'installer en ville ce week-end, enfin. Nous lui parlions tous les jours, mais le fait qu'il ne soit pas dans la même ville que nous compliquait les choses. Surtout que j'étais constamment fatiguée et irritable.

—Trent veut qu'on reste avec lui ce week-end, ai-je dit à mes parents.

—Parfait. Et si vous veniez chez nous ce soir ? Karissa et toi pouvez venir dîner, et si elle ne veut pas rester, elle peut rentrer dormir dans son lit. Ian et Blake seront là.

J'ai acquiescé. Ce serait bien de passer du temps avec ma famille.

Karissa a décidé de sauter le dîner de famille pour avancer dans son travail. Elle finalisait un projet qui semblait vraiment l'enthousiasmer. Et je savais qu'elle était fatiguée.

Mon père s'est approprié George dès mon arrivée et a refusé de le lâcher jusqu'au dîner. J'ai mangé rapidement, puis j'ai allaité George pendant que tout le monde mangeait. Je suis redescendue pour le dessert et mon frère m'a immédiatement abordée.

—C'est à mon tour de prendre mon neveu. J'ai besoin de tout l'entraînement possible, a dit Ian.

—Attends, quoi ? ai-je lâché, mon regard passant d'Ian à Blake. Ma meilleure amie souriait en hochant la tête. —Tu es enceinte ?

—Oui ! On voulait attendre qu'on soit tous ensemble pour vous l'annoncer. J'en suis à un peu plus de trois mois.

Ma mère a serré Blake dans ses bras, puis Ian, avant de les passer à mon père. Il les a tous les deux embrassés et a tenté de reprendre George des bras d'Ian, mais ce dernier a esquivé la tentative et a emporté George dans le salon.

—Je suis tellement heureuse pour vous deux, ai-je dit à Blake. —Je suis désolée de ne pas avoir été très disponible pour discuter.

Elle secoua la tête. —Je sais que tu es toujours là. Et je

comprends aussi à quel point c'est difficile de faire grandir une personne.

—Comment te sens-tu ?

Blake hocha la tête. —Étonnamment bien. J'adapte ma routine pour pouvoir manger plus régulièrement, mais jusqu'ici tout a été vraiment facile.

—C'est tellement excitant. Je suis si heureuse pour toi. Ma mère serra Blake dans ses bras à nouveau.

—Merci. Nous aurons besoin de beaucoup de conseils de votre part.

J'ai acquiescé. —Puisque je suis une pro maintenant...

Nous avons tous ri quand la sonnette a retenti.

—Qui cela peut-il bien être ? a demandé maman d'une voix beaucoup trop suspecte.

—Qu'est-ce qui se passe ? ai-je demandé.

Maman s'est contentée de sourire et nous a guidés vers la porte. Blake et moi l'avons suivie.

Karissa et Trent étaient sur le pas de la porte.

—Oh, quelle surprise ! Quel plaisir de vous voir tous les deux, a dit maman.

—Qu'est-ce que vous faites ici ? ai-je demandé.

—Je ne pouvais pas attendre un jour de plus pour te voir, a dit Trent, passant devant ma mère pour me donner un baiser beaucoup trop intime devant elle. Il s'est reculé et s'est léché les lèvres. —Tu m'as manqué.

—Tu m'as manqué aussi.

—Parfait, parce que je te kidnappe pour ce soir. Et George aussi. Mais d'abord, Karissa a quelque chose pour toi.

Trent m'a lâchée pour que je puisse voir Karissa. Elle était entrée et tendait son téléphone.

— Ta nouvelle application ? Elle est terminée ?

Karissa hocha la tête. — Oui. Je veux que tu sois la première à la voir.

Je pris le téléphone de ses mains et regardai l'écran. Petits ami du Livre Illimité apparaissait en arrière-plan avec des boutons sur l'écran d'accueil pour les livres imprimés, les ebooks et les produits dérivés.

— Qu'est-ce que c'est ?

— C'est ton application. Celle dont on a parlé plusieurs fois.

— Tu as fait ça pour moi ? m'exclamai-je.

Elle hocha la tête. Son sourire était immense.

— C'est trop, Rissa. Je t'avais dit qu'on en parlerait après la naissance de George et quand je serais remise sur pied.

— J'ai été très bien payée pour mon temps. Son regard se tourna vers Trent.

Je me retournai brusquement vers lui. — C'est toi qui as fait ça ?

Il haussa les épaules. — Tu as mentionné il y a quelques mois que tu aurais dû mettre en place ton application. Je me suis dit que Karissa serait celle qui la concevrait et je lui ai demandé si elle savait ce que tu voulais. On en a discuté un peu et je savais qu'elle ferait un travail incroyable.

— Mais c'est cher. Et énorme. Tu n'avais pas besoin de dépenser autant d'argent pour moi.

Il secoua la tête. — Je t'aime, Finley Jameson. Et cette application va te faciliter la vie et l'améliorer. Il n'y a rien que je ne ferais pas pour toi ou George. Tu es tout pour moi. Dès que tu me le permettras, je t'épouserai.

— Quoi ?

Il sourit et prit mon visage entre ses mains. — Je le pense vraiment. Je ne quitterai plus L'anse MacKellar, ni toi. Je te veux à mes côtés pour toujours. Et quand tu seras prête, je veux t'épouser.

— Tu es sûr ? Je veux dire, je suis plutôt un désastre.

—Peut-être, mais tu es mon bazar. Et je suis le tien.

Ian est entré en tenant George aussi loin de lui que

possible. —À qui est ce bazar ? Parce qu'il a clairement fait un sacré désastre.

J'ai regardé mon frère et j'ai souri. —Je croyais que tu voulais t'entraîner ?

Ses yeux se sont écarquillés et il a secoué la tête. —Pas à ce point-là.

J'ai pouffé, et Trent a tendu les bras pour prendre George. —Allez, petit bonhomme. Tu pourras peut-être m'aider à convaincre Maman de m'épouser.

Il a monté les escaliers avec George, parlant tout du long. Je les ai regardés partir en souriant.

—Tu es prête, n'est-ce pas ? a demandé Blake.

J'ai fait oui de la tête. —Putain, oui. Je vais épouser cet homme. Bientôt.

ÉPILOGUE

KARISSA

Je n'avais jamais vu Finley aussi heureuse. Elle avait toujours été une personne positive, mais être avec Trent la faisait passer de positive à rayonnante de joie. C'était si agréable à voir. Et si quelqu'un le méritait, c'était bien Finley.

Elle n'avait pas officiellement emménagé chez Trent, mais les choses allaient dans ce sens. Le petit George avait six semaines et commençait à faire ses nuits, et ils passaient de plus en plus de soirées chez Trent. Leur présence me manquait déjà.

—Qu'est-ce qu'on mange ce soir ? lança Finley depuis le nouveau canapé jaune que Trent avait récemment acheté. Il rendait la propriété lumineuse et colorée grâce aux meubles et aux œuvres d'art, laissant les couleurs ternes des murs s'effacer en arrière-plan.

—Je pensais faire des grillades. Ça te dit un steak ? Ou peut-être du poisson ? répondit Trent.

—Parfait. Rissa ? demanda-t-elle en levant les yeux de George qui dormait dans ses bras.

—Ça me va. À quelle heure ton ami arrive ? demandai-je à Trent.

—Bientôt, je pense. D'ici une heure, j'imagine.

—Tu vas adorer X. Et McJenna est vraiment adorable. Elle est incroyablement intelligente et un peu impertinente.

—On dirait bien mon genre de fille, dis-je à Finley avec un clin d'œil.

Elle avait rencontré le meilleur ami de Trent via des appels vidéo et quelques coups de téléphone ces dernières semaines. Elle n'arrêtait pas de chanter ses louanges et de le mettre en valeur. Je n'étais pas sûre si elle essayait de nous mettre ensemble ou si elle était simplement enthousiaste parce qu'il allait emménager chez Trent et ferait certainement partie intégrante de la vie de Finley.

—Tu vas les apprécier tous les deux, me dit-elle.

J'ai hoché la tête. —J'en suis sûre. Mais je n'aimerai jamais personne autant que mon filleul.

George commençait à s'agiter dans ses bras, et je pouvais voir qu'elle avait besoin d'une pause. Finley n'était pas du genre à se plaindre, mais le porter devenait épuisant après un moment.

— Pourquoi ne pas me laisser le tenir quelques minutes ? On peut aller se promener dehors et regarder l'eau pendant que toi et Trent vous prenez un moment pour vous.

Finley ricana. — On ne va rien faire pendant que tu es dehors.

— Je n'ai pas dit de faire quoi que ce soit. J'ai juste dit un moment pour vous.

Finley a reçu le même bon bilan que George lors de leur visite de contrôle à six semaines ce matin. Elle était vraiment excitée, jusqu'à ce qu'elle réalise que c'était le jour où l'ami de Trent et sa fille emménageaient.

— On aura du temps seuls éventuellement, grogna Finley.

— Je sais. Et pour l'instant, va faire un bisou à ton homme ou quelque chose. Je crois qu'il est aussi excité que toi.

— Pas possible, dit Finley.

J'ai souri en coin et pris George dans mes bras. Il a bâillé, s'est étiré et m'a regardée avec ses grands yeux bruns. J'ai commencé à lui parler tout en sortant dehors.

— Tu es un petit garçon chanceux. Tu as tellement de personnes qui t'aiment. Et qui feraient n'importe quoi pour toi. Et aujourd'hui, tu vas rencontrer deux nouvelles personnes qui feraient n'importe quoi pour toi. Trent parle tellement de son ami que j'ai l'impression de le connaître. Et McJenna sera si gentille. Mais n'oublie jamais que Tatie Karissa est ta préférée.

J'ai embrassé son front et respiré son doux parfum de bébé. Mes 39 ans approchaient, et savoir que je n'aurais probablement jamais mon propre bébé me faisait aimer George encore plus. Je ne regrettais pas ma vie ou les choix que j'avais faits, mais je n'étais pas sûre que je les referais tous si j'en avais l'occasion.

Quitter l'homme que j'aimais à l'université avait été facile parce que je me disais que je trouverais quelqu'un d'autre. Quelqu'un qui m'illuminerait comme lui l'avait fait. Je pensais que l'amour était facile et abondant quand j'avais vingt-trois ans. Je pensais que tout m'attendait là-bas.

Mais cela faisait plus de quinze ans et je n'avais rencontré personne qui me faisait ressentir ne serait-ce que la moitié de ce qu'il avait fait.

Je ne pouvais rien regretter, cependant. Revenir à L'anse MacKellar signifiait passer du temps avec ma mère avant sa mort. Cela signifiait un super groupe d'amis. Cela signifiait une vie que j'aimais, même si c'était une vie sans quelqu'un qui m'appartienne.

—Tu ne seras jamais seul, ai-je dit à George. —Je serai toujours là pour toi. Tout comme ta maman et ton papa, et

Tonton Hudson, et Tante Blake et Tonton Ian, et tes grands-parents et Eddie, et tellement d'autres personnes. Nous avons hâte de te voir grandir et essayer de nouvelles choses et apprendre et échouer et réussir et tomber amoureux et construire ta propre vie. Tu peux faire n'importe quoi et devenir n'importe qui, et j'ai hâte de voir ce que tu feras de ta vie, petit bonhomme.

Kenny a poussé un aboiement sonore, suivi d'une série d'aboiements excités alors qu'il traversait la maison en courant. Je suis restée dehors, laissant Trent et Finley accueillir X et McJenna. Je me suis retournée vers l'eau et j'ai pris une profonde inspiration. Rien n'était mieux que l'air frais, l'eau, et le bébé le plus mignon du monde dans mes bras.

—Hé, Rissa, a dit Finley derrière moi. —Je te présente X et McJenna.

J'ai souri et me suis tournée pour les voir, mon sourire disparaissant aussi vite que ma mâchoire tombait.

—Bonjour, Karissa. C'est agréable de vous revoir, a dit X. Son regard bleu vif était fixé sur le mien. Un sourire hésitant a relevé le coin de sa bouche.

—Vous vous connaissez ? a lâché Finley.

McJenna et Trent nous ont regardés l'un après l'autre, aussi confus que Finley.

J'ai hoché la tête. —Oui. Sauf que je le connaissais sous le nom de Xavier.

—Oh, merde, a soufflé Finley.

Oh, merde était le mot juste.

Merci d'avoir lu l'histoire de Finley et Trent! Quand j'ai eu l'idée de cette série pour la première fois, je savais que ces deux-là finiraient ensemble. Même les petites villes ont leurs secrets, comme Trent qui revenait discrètement en ville et traînait chez OKelley! Mais Finley et Trent étaient passionnés et magiques dès le début, et les voir se battre pour se sentir dignes l'un de l'autre était magnifique. J'espère que vous avez aimé cette histoire autant que moi.

Le prochain livre de la série est celui de Karissa et Xavier. Karissa l'a quitté après l'université pour retourner chez elle et construire une vie tranquille dans sa ville natale. Xavier voulait de plus grandes choses, des choses qu'il ne pouvait pas obtenir dans une petite ville. Mais maintenant, il est là, dans sa petite ville, et il rappelle à Karissa ce que c'est que de tomber amoureuse. Lisez ***Son Génie aux Courbes Généreuses*** dès aujourd'hui !

Vous vous demandez ce qu'il en est du test de paternité ? Inscrivez-vous à ma newsletter et recevez un épilogue bonus avec les résultats.

À PROPOS DE L'AUTEUR

Auteure à succès classée au *USA TODAY*, Mary E Thompson a passé la majeure partie de son enfance à souhaiter avoir quelques courbes en moins. Elle se cachait dans les pages des livres parce que ses personnages préférés ne se souciaient jamais de sa taille de vêtements. Aujourd'hui, Mary non plus, et elle écrit des histoires qui célèbrent les femmes comme elle. Des femmes réelles qui ont des courbes, poursuivent leurs rêves et trouvent l'amour, parce que nous devrions tous être heureux, quelle que soit notre taille.

Mary passe son temps hors écriture avec son mari et ses deux enfants, à regarder trop de télévision, à encourager l'équipe de football de sa ville natale (Allez les Bills !) et à cacher du chocolat à sa famille.

Inscrivez-vous maintenant à la newsletter de Mary. Les abonnés reçoivent des ebooks gratuits et d'autres choses amusantes, comme du contenu exclusif réservé aux membres et des concours, et sont les premiers à connaître les nouvelles parutions et les promotions !

www.ingramcontent.com/pod-product-compliance
Lightning Source LLC
Chambersburg PA
CBHW061735310726
48969CB00002BA/346